崇明忆记

CHONG MING JI YI

郭树清◎著

文汇出版社

图书在版编目(CIP)数据

崇明记忆 / 郭树清著. —上海：文汇出版社，2020.5
ISBN 978-7-5496-3150-6

Ⅰ.①崇… Ⅱ.①郭… Ⅲ.①散文集—中国—当代 Ⅳ.①I267

中国版本图书馆 CIP 数据核字(2020)第 050261 号

崇明记忆

作　　者 / 郭树清
责任编辑 / 陈今夫
封面装帧 / 益　平

出版发行 / 文汇出版社
　　　　　 上海市威海路 755 号
　　　　　 （邮政编码 200041）
经　　销 / 全国新华书店
排　　版 / 南京展望文化发展有限公司
印刷装订 / 启东市人民印刷有限公司
版　　次 / 2020 年 5 月第 1 版
印　　次 / 2020 年 5 月第 1 次印刷
开　　本 / 890×1240　1/32
字　　数 / 190 千字
印　　张 / 10

ISBN 978-7-5496-3150-6
定　　价 / 45.00 元

目录 Contents

瀛洲风光

漫步瀛洲公园 /3
金鳌山掠影 /6
行吟森林公园 /8
朝霞映红瀛东村 /11
江海文化农家乐 /16
风韵老街南堡镇 /20
恬静自然怡沁园 /23
江岸水畔休闲园 /26
美丽北湖 /29
家住银杏古树旁 /32
东滩湿地候鸟欢 /35

浮香绕岸荷博园/38

古朴瀛杏湾/41

明珠湖美/44

西沙湿地纪行/47

崇明岛碑名记/49

长江隧桥一路通/52

古韵悠悠

遥念南四滧老街/57

清丽优雅滧村镇/62

聆听小镇沧桑/66

古韵悠悠米行镇/69

寻访圣三堂旧址/74

广福讲寺巡游记/78

访登瀛书院旧址/81

渔乡小村魁星阁/86

留在心中那座桥/89

仙鹤沟旧址遐想/92

劳心共济旗杆宅/96

访高氏贞节牌坊/100

忆情航风船往事/102

远去的乡间土路/105

老宅抒怀/110

宅沟记趣/114

岁月深深草窠情/117

搓草绳往事/119

难忘农活技艺/121

油灯时代/123

烘炉/126

石磨声声/128

土布忆/130

露天电影/132

舂米的记忆/134

独轮手推车/136

水车遐思/138

民风礼俗

忌语趣味/143

诞生礼俗/146

婚俗礼仪/150

寿庆习俗/154

丧葬礼俗/157

过年习俗/171

岁时节俗/174

称谓俗情/180

乳名浓情/182

过房姻亲/184

洞房"吵亲"/186

立夏称人/189

卜算求仙/191

吉祥寿材/195

过年时祭祖习俗/197

插红根香记情怀/199

民间文化

想起当年喊火烛/205

家乡的雕花木床/207

做"会"谊情/210

地名雅趣/212

乘凉夜语/216

佛教文化/218

劳动号子/222

木人头戏/225

山歌情怀/228

小镇茶馆/232

崇明灶花与画笔/234

修谱/236

竹篾怀想/238

想起旧时的升箩/240

故事传说

月光菩萨的传说/245

八仙造米的传说/248

酒药仙草的传说/251

民间故事/253

摸奶桥的故事/260

巴掌镇的故事/261

徐家大潭的传说/264

借得凉风/266

传统美食

蟹肥景美醉梦乡/271

崇明白山羊/275

崇明老白酒/278

崇明羊肉米酒/280

鱼羊鲜汤/283

常忆手工糕饼香/285

重阳糕往事/287

炒焦麦粞/289

"腌鸡"忆情/292

故乡甜芦粟/295

家乡田螺记情怀/298

崇明山药胜补药/300

玉米锅巴/302

美食情浓/304

又到芋艿飘香时/307

忆"吃扛聚"/310

瀛洲风光

金鳌山掠影

崇明有山,谓之金鳌,此山坐落在崇明区城东约2公里处,依城而筑,直视长江,水天相含,气度不凡。拾级而上,步道蜿蜒,一步一景,绿树繁茂,翠竹竿挺,色彩斑斓,鸟语花香,空气清新。山有九峰,下凿莲池,池中有岛,岛上建亭,绿水萦绕,清雅幽静,诚有超然脱俗之感。

金鳌山早在宋、元时系人工所筑的一个形似巨鳌的土丘作为航海之标识。康熙七年(1668)重筑,峰上建藏经处,山前凿池,山后植紫竹林。关于此山,民间还流传着一个动人的故事。相传清雍正十一年(1733),崇明人沈文镐参加殿试,中了探花,因一时兴起,便脱口而出,对皇帝禀道:"微臣虽僻处小岛,但崇明面临东海,背靠长江……岛上还有金鳌山,山明水秀,确是个绝妙之处。"事后沈方醒悟,知已闯下大祸,因崇明当时实无山。为避欺君之罪,沈匆匆赶回崇明,发动当地百姓在一座形似巨鳌的土丘上挑土造景,遂垒成此山。

清乾隆四十一年(1777)知县范国泰有感于此处人杰地灵,于是发动城内商贾缙绅捐资重修,在原址上增设桥、亭、台、楼、榭、月圃诸胜。彼时园内已有得月楼、水香榭、大有亭、宁德亭、清凉洞等观景,一时引来骚人墨客,吟诗作对,激扬文字,留下了"鳌山有寺千秋画,江水无弦万古琴""寺内清山山外月,檐前绿水水中天"等佳句。

光绪十九年(1893),山上的藏经处改为镇海塔,塔高16米。意为镇海平潮,防坍保岛。每逢重阳佳节,游人结伴登高会友,欣赏四方怡人风景。

明嘉靖三十三年(1554)崇明知县唐一岑(字惟高,广西临桂县人)率军民英勇抵抗犯崇倭寇而献身,明皇帝敕赠其"光禄寺丞"。为祭祀唐一岑,于民国二十五年五月(1936)在鳌山桂树旁建纪念碑。昔日"金秋尝桂"为鳌山八景之一,今称"庭荫丛桂"。

金鳌山不仅有着厚实的人文积淀,也有美不胜收的自然景观。山中有八景,即:鳌峰远眺、绿水环亭、长堤新柳、清远荷香、庭荫丛桂、梅林积雪、后乐观鱼、古刹钟声。乾隆时,崇明知县范国泰曾作"金鳌山八景"诗,现刻碑还保存在寿安寺大殿四壁。现"金鳌山"园名为全国人大常委会原副委员长周谷城题写。

金鳌山,小巧玲珑,典雅别致,动静相宜,风光旖旎,温婉烂漫,独领风骚。春日的午后,风和日丽,漫步在松杉灌木、幽花野草掩映的山路上,目及之处,满眼的绿,满眼的景,满眼的美,充满生机。尤其在清凉洞旁的那棵桧柏,迄今已有350年树龄,树干粗壮,遮天蔽日,像个卫士守护着山林,置身其间,你会感到庄严肃穆的气氛。登峰远眺,蓝天碧空,白云悠悠,江水奔流,波光闪闪,舟楫点点,鸥鸟飞翔,意境深幽,令人心旷神怡。此时,那一墙之隔的寿安寺里,隐约传来木鱼声和诵经念佛声,梵音飘荡,香火燎旺,袅袅娜娜飘忽在公园上空,环绕在镇海塔四周,久久不愿散去。

金鳌山,承载着说不完的沧桑历史,流传着道不尽的人文故事。饱经沧海桑田,度过兴废频仍,遭受风吹浪打,连同她的美名,秀丽质朴,依然屹立,盛誉不衰,千古传颂。金鳌山,是一座集历史、自然、人文、生态的有血有肉有情的山,更是一座充满神奇色彩和富有灵气的山,她洋溢出一派古朴宁静又生机盎然的万千风情,她象征着崇明人的善良、朴实、智慧、勤奋。

漫步瀛洲公园

崇明岛除了自然生态景区外，还有众多人文经典园林，其中瀛洲公园可谓是最具经典的园林。

瀛洲公园位于城桥镇鳌山路，南濒长江。这是一个由建筑小品、楼台亭阁、山水花木组合而成，集观光、览胜、旅游、休闲为一体的格调清新、典雅别致的园林式公园。

进入公园，首先映入眼帘的是庄重朴实的公园门廊，门廊上方由我国著名历史学家周谷城先生题写的"瀛洲公园"四个大字金光灿灿。踏入园内，迎面便是黑松山，既自成一景，又起障景作用。沿山左右两侧各建有林荫道，旁植香樟、龙柏、松柏、黄杨球，在这深深浅浅的绿色中，还不时穿插着一些不知名的花和草，有红的、紫的、黄的，艳丽夺目，多姿多彩，像极了一幅精美的油画。

近山处群植广玉兰，东西坡道分植夹竹桃、栀子花。山北坡散点黄石，南坡筑有太湖石砌就的人工假山，山上有泉水、小桥，下有山洞、小瀑布，水流经小溪汇入星湖，但见鱼儿在溪口欢快游弋。这里为最佳观鱼处,建有观鱼览胜亭,砖木结构,小青瓦顶,翘角,古朴典雅。

东北丛植玉兰、栀子花。沿着人行道来到这里,便是全园的中心位置。放眼望去,星湖及湖中星岛,尽收眼底,湖水中倒映着整个建筑群。与观鱼览胜亭隔湖相望处建有临波亭,亭为砖木结构,六角翘檐,挺拔俊秀,青瓦结顶,正反相扣,排列整齐。东南有座石拱桥横跨于湖上,上有周谷城先生手书"破浪桥"三字,十分醒目,尽显悠久历史经典园林的气派。

来到园东北角的沧浪亭,这里是全园的最高处,也是观景的绝佳处,在这里可俯瞰全园和眺望长江。从沧浪亭往前走去便拾级而上登临被人们称为崇明外滩的长江景观大堤。沿着蔚为壮观的江堤漫步,彩砖步道,林木蓊郁,配置了休闲椅、音响、水玲珑等,人们坐在椅上,可沐浴江风,听浪闻涛,遥望对面的风景,惬意极了。景区东西总长为1 500米的大堤两侧安装着古典式的路灯。气势恢宏的九个白色罗马式拱门矗立在大堤中央,高低错落有致。拱门正前的方形基座上竖立着一尊大型花岗石碑,石碑形如崇明岛的地理形状,既似卧蚕,又似草鞋状。正面刻有"崇明岛"三个行书大字,背面为"崇明海塘碑记",在春日的暖阳下熠熠闪光,游人们纷纷举起手中相机,拍个不停,即使这样,也无法装下那宝岛胜景。

漫步在江堤上,吹着江风,放眼远眺,滔滔江水一泻千里,气势磅礴,让人的心情随滔滔江水放飞,心旷神怡,感慨万千,思绪久久不能平静。

行吟森林公园

东平国家森林公园,位于崇明岛北部,面积5 400多亩,为国家4A级景区,入选上海十佳休闲旅游景点,享有"人间仙境,天然氧吧"盛誉和"秀色可餐、乐不思归"的口碑,吸引着络绎不绝的中外游客前来参观游览。

东平国家森林公园的前身是1959年奠基的东平林场。当时,在"潮来一片白茫茫,潮去一片芦苇荡"的滩涂上围垦建场,种植下一棵棵小树。60年后的今天,旧颜变新颜,形成了自己独特的景观,已是华东地区最大的平原人造森林。

当初夏的一天来到东平国家森林公园时,首先映入眼帘的是宽广的公园正门广场,其造型设计优美而独特,线条与结构突出显示了以杉树为中心的森林优美的自然景观,堪称一景。大门石岗气势雄伟,全国人大常委会前副委员长彭冲题写的"东平国家森林公园"八个苍劲有力的大字特别显眼,熠熠生辉。这块巨石采自山东泰山,重140吨,是公园的镇园之宝。

走进公园,这里森林茂密,万木葱茏,满眼绿色,鸟儿低啾,声色和谐;这里湖水清澈,碧波荡漾,映衬着阳光的倒影,让人心旷神怡;这里野趣浓郁,环境优美,乡村自然风光尽情展现;这里空气清新,负氧离子含量高达每立方厘米 18 000 多个,处处弥漫着新鲜湿润的味道;这里被人们称为"活化石"的水杉,高大挺拔,树形优美,种群庞大,笔直的树杆、昂然向上的枝条,充满生机,为公园的主要树种,几乎遍布公园的每个角落。除此之外,还有香樟、银杏、玉兰、红枫、竹子等,既自成一景,又起障景作用。那些郁郁葱葱的参天大树在微风中展示了它的千姿百态,置身其间,仿佛脱身世外一般,意趣风雅,身心舒畅,通透惬意。

穿行在绿树碧水之中,无尽的绿色绵延开去,空气纯净得没有一点杂质,天空飘浮的云彩变幻着各种美丽的图案。徜徉在迷人的公园内,植被丰富多彩,道路两旁花草成片,数不清的白色、黄色和紫色的小野花,满目含笑,摇曳在微风里,像是在迎接着客人的到来。纯碧的湖面似一双少女清澈的眼睛,脉脉含情里似乎隐着一丝淡淡的轻愁,鸟儿们在自由自在畅游嬉戏,恰似一幅没有经过修饰的水墨画,显得更加妖娆和娇羞。

这里的知青广场给人留下了深刻的印象,这是为追溯那段难忘的历史而建。由一男一女组成的红色雕塑代表 20 世纪六七十年代在崇明奉献青春的 22 万上海知青;石碑上刻着的"青春无悔"四个字诉说着知青们心中的信念;八面知青墙象征着当年前哨、前进、新海、红星、长江、长征、跃进、东风等八个农场,上面镌刻着的一个个知青名字见证着一代人的生命力。这既是崇明的历史,也是上海知青的历史!

　　这里的攀岩场位于公园的北侧,岩墙高耸,地势开阔,两条国际标准的赛道在全国都堪称屈指可数的;这里的滑草场,占地面积10 000多平方米,坡高10多米,草地颇平展,是上海地区唯一的一家滑草场;园内,荷兰风车临水杉湖而立,背靠着原野乐园,面对大草坪,在蓝天、白云、绿树、翔鸽的映衬下,欧陆风情,赫然眼前;这里还有青少年喜爱的彩弹射击、骑马场、卡丁车和自助烧烤、森林童话园等,充分体现自然与人的美好意境。

　　东平国家森林公园,这里的景色太美了,所到之处,蓝天白云相约,花草树木争艳。这里从当年的林场到如今生态养生氧吧的公园,从单一的水杉树到树种繁多的国家森林公园,多少年过去了,今天的功能与过去不可同日而语,但其本质和精神却没有变。

　　赶快卸下世俗的负担,挣脱令人窒息的枷锁,放弃无度的竞争与贪梦,从"水泥森林"中走出来吧!从拥挤的马路中走出来吧!来看看这里的土,这里的水,这里的云,这里的树,这里的草,还有数万株杉树的致意和鸟儿的歌唱……它们会使你的眼睛变得明亮,脚步变得欢悦,心灵变得纯净。

朝霞映红瀛东村

深秋的清晨,朝霞从东海边冉冉升起,映红了崇明岛上最东端的瀛东村。此时,波光粼粼的江面上,水是红的,树是红的,田野是红的,农舍也是红的,红色染遍了这里的一切……

瀛东村,原是在滩涂上围垦起来的小渔村,1989年正式建制,占地面积约2 500亩,可算得是岛上最年轻的村落。它东临波澜壮阔的东海,南倚日夜奔流的长江,北接东滩湿地鸟类自然保护区,距上海长江大桥仅6公里,是长江巨龙口中一颗熠熠生辉的明珠。勤劳智慧的瀛东村人浇筑了伟大的灵魂,创造了一段段传奇,使瀛东村这片备受自然恩赐和厚爱的沃土愈加美丽富饶,祥云盛开。

这里水秀天清,秋阳普照,秋光灿烂,秋风习习,秋色宜人。徜徉在村内,花繁树茂,农舍别致,湖水清澈,鱼跃鸟翔,野趣浓郁,环境优美。清晨,我沿着堤岸,翘首东望,只见晨光熹微,万籁俱寂,天幕上飘着的几朵淡云,染上了苍茫的色调。这里的一切,都浸透着新鲜：空气是湿润的，清风是飒爽的，人们是质朴的，感情是真挚的……

在这大地沉睡后刚苏醒的时刻，观赏东海日出，那是最佳的地理位置，可算是上苍赐予瀛东村人得天独厚的自然资源。静坐一隅，极目远眺，曚昽中的东方露出鱼肚白，泛着微弱的亮光，淡云散尽，云天拉开帷幕，群星隐退，仅剩几颗晨星，在爽朗的苍穹中闪淡而去。

再神情专注这东方之天穹，那晨曦拉开了天幕的一角，朝霞正洒满了滩涂，蜿蜒的海岸，像一条彩带萦绕着，泛着精亮的波纹；更像一块块丰收的梯田，等待开镰收割的滚滚麦浪。四周晨雾渺渺，广袤的海滩宛若情窦初开的少女，把平坦、光滑、湿润、柔软的前胸袒露出来，让人们面对无瑕的玉璧，尽情地涂抹幸福和爱情；让人们站在处女地上，收获神圣和纯洁。

霞光渐渐升起，整个江面染成了粉红色。广阔无垠的天空、气势磅礴的江海，霞光、蓝海合成一线，朝霞绚烂，彩云缤纷，分不清界限，看不清轮廓，只感到一种柔和明快的美。四周静极了，一切仿佛凝固了，连鸟儿、飞虫也屏住了呼吸，为眼前这柔美的霞光所吸引并迷恋。

东方开始发亮，一片片悠游的云朵继续变幻着各自的姿态，阳光在背后迸射出各种绚丽的光彩，云儿也被涂上了鲜艳的颜色。远处的海平面上开始呈现出各种各样的蓝色，有深蓝、海蓝、灰蓝，深浅不一，这碧空、白云、近滩水面，色块之多，让人惊叹。紧接着，云彩从粉红色变幻成玫瑰红，渐成橘红色，旋即又变成鲜红色,最后成为绚烂夺目的金色。顿时,眼前一亮,朝霞撒播水波,像巨大的孔雀开屏,这尾羽在水面上闪动,掀起千波万浪,宛如一座海市蜃楼,缥缈水灵,令人如痴如醉,恍若梦中。

晨雾逐渐散开,太阳一半淹没于波涛滚滚的江水中,一半洒浮于五彩缤纷的云带上,红透了半江水面。勃勃生机的一轮红日冉冉升起,神秘的面纱缓缓被褪去,金黄色的滩涂渐渐地展现在人们的面前,似有一种超凡脱俗的美。

凝望这喷薄而出的红日,人们仿佛被巨大的力量托起、升腾、浮动。初升的太阳是那么地圆,那么地红,那么地大,仿佛从水中鱼跃而出。瞬间,红日从半圆变成了重叠的两个猩红的圆火球,散发出万丈的辉煌,把天际燃红,在辽阔无垠的天空和茫茫无际的水面上霞光四射,祥云满天,与水上粼粼金波,点点帆影相映生辉,静止的画面里有了动感,晨光霞色,渐次弥漫,金色的滩涂,摇曳的芦苇,翻涌的江涛,飞翔的鸥鹭,一艘艘来来往往的船只……诸般胜景,勾勒出一种梦幻般的仙境。

天亮了,江变宽了,地变阔了,树木醒了,花朵开了,鸟儿叫了,世界充满了新生的活力。远处,海水与江水交界,海水蓝、江水黄,形成水系分涛的壮观。滩涂上捕鱼的人,撑开渔网,弯腰、抖动、提起,忙碌的情景在一片光影里移动;远处传来隐约悠悠的渔歌声,隆隆的机鸣声,鸟儿的欢叫声,哗哗的浪涛声,卷着芦苇的"沙沙"声,和着人们的欢笑声,交织成优美、动听、雄健的旋律,构成一幅自然天成的画卷,这一切宛如浪漫情怀拥抱的世外桃源。

优美的地理环境,优良的自然资源,给瀛东生态村带来了优越繁荣的基因。1985年,现在瀛东村的地方还是一片荒滩,潮来一片白茫茫,潮退遍地芦苇荡。开拓者长年辛劳,人均年收入不足200元。面对贫穷落后,带头人陆文忠带领村民屯垦拓荒,靠着一根扁担,一把铁锹,一缸咸菜,来到东海边,他们割芦苇,搭洞舍,堆泥灶,甩膀子,围海造田。300多个日日夜夜的奋战,一条长达1700米的大堤终于筑成,600亩荒滩围垦成良田。1987年,他们第二次向荒滩进军,获得了2000亩土地。到1989年,岛上这片荒滩终于诞生了一个以"瀛东"命名的村庄。以后他们又数次向荒滩进军,围垦滩涂土地4000亩。经30年的艰苦创业,使茫茫荒滩上崛起的一个海边小村,一跃而成为绿荫环绕,鱼塘密布,环境优美,民风淳朴,村民生活富裕的现代化江边乡村。

改革开放后,瀛东村因地制宜,在发展集体经济思想的指导下,以"水"为乐,以"渔"为趣,打造成为集观光旅游、体验渔家生活乐趣、品味美味佳肴为一体的度假乡村。如今规划齐整的别墅,与鱼塘碧波和绿树鲜花相辉映,洁净的水土空气,丰富有趣的垂钓捕蟹等活动,使来往游客能住得安心、吃得放心、玩得开心。

"朝上海堤观日出,夕下芦荡捉螃蜞。"难能可贵的是,在瀛东村陈列馆,如今还保存着20世纪五六十年代淳朴原味的农舍,当年的生产生活用具,如石臼、布机、脚踏水车、牛车等依然在目……羊群在土坡上悠闲自在地吃草,候鸟在海边嬉戏起伏,人们在这里能感受到大自然的动态山水美。

如今,瀛东村已建设成了"全国农业旅游示范点""全国美丽宜居村庄""中国特色农庄""全国创建精神文明村镇先进单位""全国文明村",成为上海市政府设立的"爱国主义教育基地和青少年科普教育基地",它以诱人的原生态的景观成为人们养心、修身、休闲的乐园。

惊人的毅力,培植了不屈的瀛东精神。瀛东村,这块远离喧嚣都市的沃土,在世人面前展示出一幅迷人的画卷和一道独特的风景。

朝霞映红了瀛东村,村民干红了瀛东村,瀛东村真红啊!

江海文化农家乐

前卫村,位于长江与东海交汇处的崇明岛中北部,与江苏海门、启东隔江相望,一衣带水,区域面积3.5平方公里。1969年初冬,前卫村人面对"潮来一片白茫茫,潮去一片水汪汪"的荒野滩涂,硬是靠着一根扁担、一副泥络、一把铁锹、一双草鞋围垦造田,诞生了一个以"前卫村"命名的村庄。历经40多年的艰苦创业,江海荒滩蜕变成绿荫环绕、鸟语花香、花果绕村、鱼塘密布、环境优美、民风淳朴、村民生活富足的田园诗意般文化旅游农家乐村。

改革开放后,前卫村因地制宜,率先培育成集生态旅游、体验农家生活乐趣、品味美味佳肴为一体的乡村度假农家乐。这里的农家乐,颇具特色,建有中国奇石馆、世界木化石馆、雷锋纪念馆、世界根雕艺术馆、瀛农古风园、生态休闲广场、跑马场等寓文化性、知识性、史料性、趣味性为一体的系列展馆和活动场所。另有时令瓜果采摘、垂钓等,吸引无数中外游客休闲、娱乐、度假。

瀛农古风园景区,占地面积12亩,分为四区,以一系列的人文景观,传承文化,体味乡愁。一区为"结庐拓荒展示区",展示唐朝时期农舍农具;二区为"渔盐兴盛展示区",展示宋、元时代的农舍农具;三区为"田园科技展示区",展示明、清时代的农舍农具;四区为"农家古风展示区",是综合展示区,展示水车、牛犁、推磨、纺纱、织布、轿子、独轮车等留有时代烙印的各种传统生产工具、生活用具。目光抚过,熟悉的农家生活在眼前渐次清晰,这里蕴含着古老的农耕文明,珍藏着我旧时美好的回忆,它们是有着1400年历史的崇明人工匠精神的传承写照和江海农耕文化的诗性符号,更是反映了崇明历史的演进和生产力的发展过程。

与其他农家乐不同的是,这里有一处景区是野生动物驯养基地,占地面积20亩,其动物有鹩哥、豚鼠、香猪、猴、老鹰、斗鸡、孔雀、梅花鹿等,基地内部环境幽静,树木繁茂,鸟语花香,生态怡情,景色宜人,置身其间,顿觉进入了美丽的桃花源。

2004年7月27日,时任中共中央总书记胡锦涛来前卫村视察,并给予高度评价,称"农家乐前途无量",引起了全国农家乐热。今天的前卫村,经全村人民的不懈努力,一个原不起眼的荒凉沉寂的江边小村实现了"经济实力更强、乡村风貌更美、生态环境更优、人民生活更好"的目标。前卫村村委会办公室内,奖状挂了满满一面墙。小村曾荣获联合国"生态环境全球500佳提名奖"以及"全国农业旅游示范点""全国青少年科普教育基地""全国精神文明建设先进单位""全国最有魅力的休闲乡村""全国民主法治示范村""国家AAAA级旅游景区"等40多项殊荣。

在前卫村,市民游客不仅能品味人文艺术,还能感受自然风光。冬日的一天,来到前卫村,入住海上花岛酒店。清晨,天刚破晓,一对白头翁以清脆高亢的声调,正在呼唤曙色,将人们从睡梦中叫醒。沿着村前的大道,伴着丝丝寒意,品着清新空气中裹挟着的泥土气息,走到村不远处的北横引河大桥。早晨的河畔宁静优雅、风清气爽、天蓝云白,人与自然融为一体。站在桥头,极目远眺,河水清波荡漾,两岸树木茂盛,色彩丰富,旖旎风光,在人们面前徐徐展开。两排水杉树高耸挺拔、树叶紫色,枝头积着一层茫茫白霜,树的四周弥漫着薄雾,形成一片雾纱,如梦如幻。纵横交错的小路"满霜如雪",印着一行行足迹,勤劳的人们已经开始忙碌。

一轮红日在晨曦初露之时冉冉升起,照射在平静如镜的河面上,金光粼粼,照射在风中摇曳的芦花上,银光闪闪。天空碧蓝,几朵白云飘动,几只飞鸟翱翔,静静的河面上漂来一叶小舟,木桨划出一圈圈水纹,打鱼的渔民们把网撒向水中,轻轻游弋,并不时地收网,鱼在网内活蹦乱跳,这可是没有一点污染的清水鱼啊。不远处,一群白鹅在河水中嬉戏,似一朵朵白云悠悠地漂浮在水面上,蓝白相间,构成了一幅人与自然灵动和谐的生态画卷。

久居在城市里的人,来前卫村感受这有魅力、有活力、更有温度的江海文化农家乐,可令人尘虑尽消。在那天然的生态环境里放飞心情,亦可品味到一种人与自然交融的忘我境界。

红日跃出水面,照亮了万物,前卫村染成一片金色,一派生机盎然的风姿,并透出几分艳而不俗的灵秀清芬,令人心潮澎湃,仿佛看到了当年前卫村人战风潮、筑堤坝、疏河道、建家园的猎猎红旗,看到了浩浩荡荡围垦大军冒严寒、顶烈日,奋力拼搏的磅礴气势,更是看到了前卫村在新征程路上的美好未来。

风韵老街南堡镇

翻开南堡镇的历史,犹如翻开了一部厚重的线装书,散发出的人文气息,令人心驰神往。南堡镇的历史源远流长。据《崇明县志》记载,明万历四十五年(1617),为防御海寇的侵扰,当时的崇明知县筑堡城一座。明末,因居民日增,商贸繁荣,形成集镇,称作堡城镇,简称堡镇。

秋日的故乡,秋意盎然,稻谷飘香。当我踏上这条被踩得有点滑溜的石板路,看到旧房子斑驳外墙爬满青苔的老街,情不自禁地勾起我对这条老街往事的深深感怀。在它曾经繁荣而沧桑的怀抱里,生长着我的故乡,蕴藏着我的童年。

南堡镇的历史街巷,融汇着建筑、历史、宗教、民俗等丰富文化。过去,崇明岛上有桥(桥镇)、庙(庙镇)、堡(堡镇)、浜(浜镇)之说,意在这4条镇算是岛上的大镇。有着300多年历史的南堡镇老街,又名正大街,位于崇明中部偏东南沿,邻近堡镇码头,水陆交通便利。因为临江,南堡镇显得通透和灵气,堡镇港晚潮裹挟而来的海潮味,整条街巷都能闻到。南堡镇连接横引河北的沿公路集镇为北堡镇。据资料记载,南堡镇老街有多处历史保护建筑,位于正大街122号建于1923年的著名爱国商人杜少如宅,是镇上建造最早的西式建筑;正大街126号是原崇明第一家于1930年6月私人创办的大同商业银行旧址;光明街73号有一座由晚清状元,我国近代著名的企业家、政治家、教育家,时任实业部长张謇于丙辰年(1916)夏题"五福骈臻"的牌楼;正大街148号,有一座高氏节孝牌坊。镇上有百年以上的古宅5处,200年以上的历史建筑3处。

走进老街,宛如走进了一幅民俗风情画,感觉仿佛时间已经凝固,恍若人就在片刻之中迷失在一段段历史的烟云之中。这里一派宁静,质朴伴有些许破败。老街两侧处处是斑驳的青砖灰瓦、凌乱的砖石铺道和布满岁月风尘的街面店铺以及居家住户,让人领略历史的沧桑。

当年的南堡镇,是崇明岛东部地区工商业主要集镇,经济、文化、军事和交通的中心。记忆中的南堡镇老街极具江南古镇特色,随处散发着浓郁的江南气息。整条街南北走向,无高大建筑,除了几座二层小楼外,几乎全是青砖灰瓦的平房,均为对面屋。街面只有几米宽,街道不长,从南到北不过数百米,街道有点弯曲,街道两边还有几条很短的横街,无不演绎着老街独有的古朴风情。然而,老街却有着形形色色的商铺,杂货店挨肩接踵,经营着人们日常需要的油、盐、酱、醋、猪肉、豆腐、布匹、染坊、竹木用具等,品种琳琅满目,应有尽有;门面装饰风格多样,折射出商人追求财运亨通的心理;小吃店、点心店、茶食店、汤团店、茶馆店、老虎灶等,热气腾腾,满街飘香。

那时的清晨,满街清薄的雾气和生煤球炉的白浓浓烟味扑面而来,烟味中还混合着饭菜的香味,以及早点小铺刚出炉的大饼和出锅油条的香味,有时还会听到洗涮马桶的唰唰声……此时,从乡下来的菜农挑着水淋淋、娇滴滴、带着露水的蔬菜、瓜果,怀揣着卖个好价钱的期盼,边走边哼,随着扁担吱吱呀呀声朝着集市的方向唱着走来,成为老街上一道独特的风景。

老街的早晨是一个个忙碌身影的重叠,是生活序曲的一串串五线谱。直到中午时分,乡下人纷纷回去了,热闹了半天的老街暂时安静了下来。要是在冬天里,邻居们端出小板凳边晒太阳边拉家常,老街就呈现一派安闲的景象。夜晚是老街最萧条的时候,店铺打烊了,镇里人劳累了一天进了家门就少有外出,只有一些玩心重的年轻人去看看电影,或邀几个知己打牌消遣。要是在夏天,人们晚饭后,就在各自的家门口搭起门板,放好躺椅,或乘凉或聊天,手中蒲扇轻摇,悠闲安逸,怡然自得,自由自在。

几十年过去了,沧海桑田,现今的老街面积只有原先的几分之一,旧貌换新颜,印证着历史的沧桑。走进老街,走进了岁月,也感受到了家乡普通百姓的喜怒哀乐。

岁月,带走了老街的许多风韵,带不走的是老街的情怀,人们期待着老街的保护与开发,延续城市历史文脉,保留历史文化记忆,让人们记得住历史,记得住乡愁,以使老街焕发新活力。

徜徉在风情万种的老街,空气中弥漫着怀旧的回忆,在那民风民俗中,重拾已经流逝的岁月,我心波荡漾……

恬静自然怡沁园

怡沁园度假村位于崇明世界级生态岛的中北部,地处东平国家森林公园的南侧,毗邻"根宝足球基地",占地面积33.3公顷。夏日的一天,我来到怡沁园度假村,尽管园区外的气温已高升至34℃,但人在园内却仍然感到凉爽怡人。

放眼望去,这里满目苍翠,花开鲜艳,草坪翠绿,湖水澄碧,鸟语花香,野趣浓郁。一排排参天大树,一丛丛茂密的灌木,优雅地耸立着,姿态各异,怡然大方;万绿丛中,石榴、玫瑰、玉兰盛开,艳丽夺目,点缀其间,融汇一体,恰似园中的主人在伸出长臂欢迎着远来的朋友。置身于如诗如画般的意境中,漫步在绿荫碧水之间,湖水滢滢,宛如一颗巨大的蓝钻镶嵌在千姿百态的图画中。人行其中,犹如人在画中。

怡沁园度假村以环境幽雅、风景秀丽的布局,构成了一个集住宿、餐饮、会议、休闲娱乐于一体的高规格商务休闲型观光、度假胜地。

广袤的林海是度假村内独厚的绿色资源,园内坐拥17万平方米的生态森林景观,近6万平方米的明澈水域,蓝天白云拥抱着这片绿水环绕的净土,令人远离喧嚣、静聆心灵,尽情享受这恬静怡人、沁人心脾的绿色风情。怡沁园,翠绿盎然,步步皆景,缔造出无与伦比的度假天堂,仿佛进入滤镜般的清新宁静,深受海内外游客的青睐。

清晨,薄雾朦胧的怡沁园,仿佛披上了艳丽的薄纱,轻荡缥缈,光影交融。紧接着,苍色渐渐明亮,丝丝红云变浓,天空飘浮出晨晖的朝霞,映红了这里的一切,树是红的,水是红的,房是红的,园区变成了霞红一片,宛如一幅浓墨重彩的瑰丽画卷。漫步通幽曲径,花香四溢,林间小鸟窃窃私语,不由得让人心生醉意。来到湖畔,举目望去,园内亭阁楼湖,掩映于绿树丛中,和风送爽,心旷神怡。登上亲水平台木质栈桥,水波轻拍,微风吹拂,芦苇丛中鱼儿游弋,湖荡里荷叶田田,叶面如伞,湖面上三三两两飞鸟或展翅翱翔,或扑向湖面,或高声尖叫,或静静戏飞,好不自在;湖水中一群野鸭休闲游荡,忽而潜水,忽而跃起,姿态优美,憨态可掬。湖岸边,一幢幢森林小木屋古朴自然,森林茶吧情趣优雅,环境怡人的景观垂钓平台上,几位垂钓高手正持鱼竿,悠闲地坐在水边,感受着轻松、洒脱、静心、养生的都市"慢"节奏生活……

夜幕下,灯光亮,繁星闪,皓月明,气温宜人,缤纷的霓虹闪满园区,农家土菜弥漫飘香,静静的湖面在夜色中荡漾,璀璨的灯光倒映水中,更显流光溢彩,湖中迷人的旋转喷泉在灯光下闪发出道道金光，清新的湖风中吹飘来悠扬的乐曲声，身临其境，似有夜市的风情，又有繁华的情趣。怡沁园，似梦一般的江南水乡，画一般的自然美景，诗一般的迷人风情。

江岸水畔休闲园

位于堡镇东约三公里处，小漾河南部东侧靠江岸边的孟瀛农庄，占地面积140亩。这是一处因地制宜，依托得天独厚的自然环境，集旅游、观光、度假、休闲于一体，以独具匠心的设计和巧妙合理的布局构成了韵味独特，民俗风情浓郁，田园风光独具，以及可观日出日落和长江潮涨潮落美景，可听细浪拍岸之声的生态休闲园。

夏日回崇明，天高云淡，沿着江岸一路走来，有路牌相指，便见堤岸旁别致的孟瀛农庄和高高的铁制门楼，掩映在四周绿树中，飞鸟相应，蝉鸣起伏，景色宜人，充满原生态气息，顿觉神清气爽。

进入园区，首先映入眼帘的是那一方荷塘水清如镜，水面上铺满丝绸般的绿荷在微风中摇曳，莲叶田田，风姿映日。色彩鲜艳的荷花或含苞待放，或迎风盛开，绿叶、红花、微澜，宛如镶嵌在园内的一颗蓝钻。几只小天鹅在水中时而悠闲觅食，时而游弋玩耍,荡起了一片诗意,成为园区的一道靓丽风景。

环池塘的两边,便是另一番天地,仿古建筑错落有致。池塘西侧,朝东向的一排平房,作为休闲场所,青青的砖墙,还有那乌黑的瓦檐、朱红色的格子门窗,飞檐翘角,雕梁画栋,格调清新,精美雅致,以及梅、兰、竹、菊厅和书画室的布局,充满着浓厚的传统文化气息。池塘北侧,一排朝南向的二层小楼,作为客房,共30多间,仿当地民居特色建筑,白墙黑瓦,古色古香,别样的水乡风情。

农庄的南侧,是一座南北走向长长的木结构棚廊,有栏和柱,与东西走向爬满紫藤的长廊相呼应,游客可坐可立,那水、那树、那竹、那亭,还有那一片片菜园,在坐立之间可品可评,令人心旷神怡。

游廊的西侧,一片绿意葱茏,高大挺拔的樟树分列两边,水泥路道如绿荫长廊,从园门口一直延伸到西边的小漾河。那些不知名的鸟儿在枝头啼鸣,循声找去,树叶依然茂盛,纵然歌声美妙,还是寻不到它们的踪影,置身其间,让人澄心悦目,尘虑顿消。

水泥路道的两边是菜地,瓜棚豆架上叶子绿汪汪的,那豆角长的已下垂过尺,刚刚谢花的有手指头长,透过棚架缝隙,叶底下有三两员工在劳作,手中摘下水灵灵的豆角,充满着神采飞扬和悠然自乐的景象。往深处望去,一排排玉米,果穗饱满,吐着红须;一垄垄绿油油的青菜,恰似一幅幅巨大的绿色地毯铺在大地上,养眼怡心。

这里的农家乐,鸡鸭鹅羊猪等禽畜都是有机草饲和自然散养的,菜也是在优质天然的环境下自己种的。这些鸡鸭刚才还在那里活蹦乱跳，绿色生态的蔬菜还在田间郁郁葱葱，瞬间就成了盘中新鲜清香的美味佳肴，诱惑得惹人垂涎。在这里，让人真正感受到，食材本真，土灶烧制，烹调手法自然清淡，这就是十足本土气息的农家菜味道。

  住在这里休闲游乐，细心赏玩，乃一步一景，移步换景，仿佛走进世外桃源。清晨，孟瀛农庄在鸟欢、鸡鸣、狗叫、鸭闹声中唤醒。登上堤岸，可远眺一轮红日从浩渺的东海边冉冉升起，映红了水，映红了滩涂，映红了芦苇，映红了村庄……勾勒出一种梦幻般的仙境。白天，在天气晴朗的时候，站在堤岸，可观碧波细浪，轻拍水岸，举目远眺，长江大桥和长兴岛船厂塔吊的雄姿，江中来往的船只和空中盘旋的海鸥，诸般胜景，美不胜收；傍晚时分，漫步江堤上，落日晚霞，绚烂辉映，红满天际，蔚为壮观。尤其是遇上雨后天晴，万物清新，七彩晚霞，美轮美奂，此时，在水波荡漾里听渔舟唱晚，在一朝晚霞里看水鸟翩跹，让人陶醉；入夜，蓝宝石般的星空下，银色月光洒向江面，长江里船只灯火和对岸市区流光溢彩的灯光，水上水中，光影错落，交相辉映，吹着阵阵爽朗的江风，呼吸着沁人心脾的纯净空气，满眼里尽是诗情画意，惬意极了。饱了口福、眼福之后，便可享受其耳福，那美妙动听的细浪拍岸轻唱，与青蛙和鸣虫的交响欢歌声伴你进入梦乡。

  清风拂面，草木花香，丝丝缕缕，悠然而至，让人不自觉地沉浸其中，除却繁杂和喧嚣，不用去想世俗的羁绊，不用去想琐事和烦事。

  孟瀛农庄，让你敞开心扉尽情游憩，悠然自在尽情休闲！

美丽北湖

早就听说,崇明有个北湖,十分美丽。初夏的一个双休日,有机会来到北湖,终于见到了她的倩影。

那天早晨从市区出发时,雷雨如注,到达石洞口码头时,开往崇明的轮船还处于停航状态,等待的车辆如长蛇般排成了长队。两小时后船终于起航了。经过一个小时的航行,顺利到达崇明南门码头。此时,雨过天晴。

一路上,尽管坐在空调车内,但梅雨天的闷热还是让人有些燥热。车到达北湖地区,一阵清新的江风吹来,顿时感到阵阵凉爽。透过车窗,放眼望去,美丽的田园风光扑面而来,道路两旁刚插好秧的水稻田里禾苗青青,显得那么静谧,又那么充满生机和活力。据陪同我们的同志介绍,这里是崇明现代农业示范基地,是一方天然净土。此地的水、空气、土壤均达到了国家一级标准,拥有生产绿色食品、有机食品的最佳生态环境。这里种植的水稻是经过精心繁育的无污染、无农药、无公害和营养含量高的优良品种,倍受人们的青睐。往远处看,碧绿的湖水,波光粼粼,与蔚蓝的天空连成一片,分不清是蓝天还是碧水。无数只野鸭在湖面上,它们时而追逐着在嬉戏,时而发出"喔喔"的鸣叫声,使北湖充满了勃勃生机。体形细长的白鹭在堤岸边的稻田里忙碌着奔走寻食,并不时地发出嘎嘎的叫声,它们与田间劳作的人们亲密相近,毫无惧意,和谐共处。然而当我们的车经过时,它们对我们这些不速之客的到来显然有些陌生,受了惊动而展翅飞向湖面,在金灿灿的阳光映射下,鸟的翅膀银光闪闪,如雪花飞舞,呈现出"飞时遮尽云和月,落时不见湖边草"的壮观盛景。

当我们来到堤岸,环视湖的四周,景趣各异。东边黄泥滩涂,群鸟欢愉;南边水天相接,渔舟荡漾;西边芦苇含翠,一望无际;北边正在施工的崇启大桥工地上,塔吊叠立,机声隆隆,一派繁忙景象;近看湖水,轻缓流动,矗立于岸边挤挤挨挨、蓬蓬勃勃的杨树舒展着细长的枝叶,一起临风起舞的还有它们映在水中的倒影碧波,层叠隐现。成群的鱼儿在水中嬉戏,发现游人靠近,不但不落荒而逃,反而翩翩起舞,颇富诗情画意。

走近芦苇丛,一眼望去,经过雨水的洗浴、江风的梳理、阳光的施妆,绿得格外透彻,显得特别青春活跃,也有了灵性,随风摇晃,温情滋润,如美丽的少女,楚楚动人。港汊的滩涂上,星星点点的小洞,爬满了密密麻麻的蟛蜞,当我们向它们靠近时,大多如临大敌,掉头而逃,机灵地钻进了各自的洞穴,但也有一些胆大的,在你的脚跟前旁若无人地爬来爬去,当你伸出手提时,它却一点也不示弱,还会张牙舞爪地向你发起示威、进攻,十分有趣。

在北湖，我们看到的是一种没有污染、没有外力左右、独特而神奇、自然而原始的美丽风景。来到这里，瓦蓝的天、洁白的云、莹绿的水，人的心灵就会被这里的一切吸引、净化和陶冶。我将手放在湖水中，清凉着肌肤，也清凉着心思。

北湖地处崇明岛中段北侧和黄瓜沙之间，是经北沿滩涂圈围形成的天然半咸水湖泊，这里环境优美，资源丰富，湖面开阔，一碧万顷。据介绍，北湖的水域面积2.6万亩，是崇明岛上最大的湖泊，这里，鸟的种类繁多，是候鸟的后花园，一直受到严格的保护。同时，这里将作为上海乃至全国第一个低碳农业示范区，如所有肥料利用农作物秸秆和动物粪便自产自足，开辟出的低碳农业旅游区，让游客坐低碳车、吃低碳饭、住低碳房。"低碳车"，就是以电等清洁能源为动力的车辆；"低碳饭"，大米是崇明有机大米，菜是低碳蔬菜，火来自秸秆产生的沼气；"低碳房"，采用太阳能、风能等绿色能源，设计建造也体现生态理念。抛开都市的喧闹、世俗的烦扰，来到北湖一游，是能感受到它的美妙温馨。

北湖往北不远处，崇启大桥工地上的工人们正在夜以继日地忙碌着。此情此景，不禁让人浮想联翩，不久的将来，崇启大桥一旦建成通车后，必将给交通带来更大的便捷。

北湖——浩瀚的湖水，成片的湿地，浩荡的芦苇构成了独特的风景线，它不仅是人们旅游的好去处，更是一道享不尽的生态观光美景。

家住银杏古树旁

在我的老家不远处,有一棵古老的银杏树,生长在崇明堡镇四滧村滧村镇北侧,至今已有近500年历史。据史料记载,那棵银杏树植于明万历二年,东株为雄,树高20.7米,树围4米,西株为雌,树高15.6米,树围2.25米。它经数百载风雨,历数百年沧桑,雄姿不减;它昂首苍穹,挺拔独秀,刚毅坚强;它年复一年,悠悠岁月,不知生长过又飘落过多少片树叶,才会有今天的枝繁叶茂,生机盎然,才会有像努力张开的巨大臂膀,撑起那向外倾斜的主枝,才会有形如蛟龙腾空,威严屹立的雄伟身姿。

家乡的那棵银杏树,是我们家乡人的骄傲。孩提时,我和家乡的小伙伴们时常到这里玩耍,冬天,看银杏树上的喜鹊忙碌着搭建"新家";春天,听树上的小喜鹊待在窝里叽叽喳喳叫个不停;夏天,在浓荫覆盖着的银杏树下,听大人们讲述那种神奇般的传说;秋天,围着银杏树追逐打闹,有时还会爬到树枝上探个究竟,感悟它那造化的伟大。

自从我 20 岁那年参军离开崇明岛,以后转业分配在市区工作,每次回家乡探亲,坐在开往家乡的轮船上,离开吴淞口后,只要看到崇明岛,就能看到那棵熟悉的银杏树,它高高地耸立在家乡的土地上。此时,我会顿然兴奋,一股亲切感油然而生。每当有人问我,你家住在崇明什么地方,我便会以树为起点并自豪地说,住在崇明岛上那棵最高最大树龄最长的银杏树附近。古老的银杏树早已扎根在我的心中,成为我人生的坐标。然而,也听乡亲们说,过去,这棵银杏树曾作为渔船或行风船的航标,用以指引航向。就这样,这棵银杏树,不仅成为人而且也成了行船的参照物。

于是,在与那银杏树的交往中,也发现了一些树的精神。那棵长得高大伟岸的古银杏树,靠的是不断向上扩展和向下扎根的努力和坚韧。据说,这棵银杏树曾遭受过多次雷击,其中在 20 世纪 80 年代的一次雷击中劈断了一根主枝,并渐渐地枯萎干死。但几年后,枯枝重新发出新芽,长出新枝,而且经历了险恶环境的考验之后,更是造就了它那顽强和抗争的性格,竟奇迹般地重又枝叶茂盛,焕发青春,充满生机和活力。

另据民间传说,当年有个财主想用这棵树做盖房和家具的材料,并雇人用锯子锯树。结果,当锯子刚要锯树时,树的根部流出鲜血,几条大蛇从树洞钻出扑来,吓得众人丢下锯子拔腿跑掉。从此以后,再也没有人敢打这棵树的主意。以后,人们也常常会讲着这里有鬼神出没的故事。然而,尽管这有声有色的传说、故事显得有些离奇,但每次来到这棵银杏树旁,总有一种神秘之感,无论在阳光下或月光下,银杏树上都仿佛镀上了一层飘忽的圣光,远远望去,宛若仙境。

银杏树,历经风雨,它的强大在年轮里扩展,给人以启示:无论你身在何处,无论你遇到多么恶劣的境况,无论身份多么卑微,你都应该努力,积极拼搏,像银杏树一样抗争,像银杏树一样活着。

可是在现实生活中,人与树相比,却缺少了这种精神,往往在得意的时候忘乎所以,在失意的时候怨天尤人,缺少镇定和从容,以致在旷野里迷失方向。因此,在漫漫的人生征途上,无论走多远,不忘却出发时的初心不迷惘行进中的方向,才会像银杏树一样具有坚韧的情怀,活出一个让人敬畏和尊重的人生。

我们可能去过许多地方,也看过许多古树大树,但真正能感动心灵的有几许?家乡的那棵银杏树,深深地扎根在乡土里,也深深地扎根在我的心中。同时,我也深深地祝愿家乡的那棵银杏树,永远年轻,永远生机盎然,朝气蓬勃。

东滩湿地候鸟欢

春天,是观鸟的好季节。

三月的一天,游历崇明东滩湿地,适逢阳光明媚,云淡风轻,湛蓝湛蓝的湿地上空,呈现出群鸟云集的美好景象。随着冬去春来,气候回暖,东滩湿地上的雁鸭类候鸟经过一个冬天的休整,又要陆续走上迁徙北飞的旅程。此时此刻的东滩湿地,格外引人入胜,成群的鸟儿时而悠然自得地翩翩起舞,在空中盘旋;时而轻展双翅剪开脆薄的云天,俯冲低飞;有时甚至形成鸟群满天雪花飞舞般的壮观情景,如此优雅飞翔的姿态,让人目不暇接,陶醉其中。

东滩湿地,地广三万公顷,是一个天然自成、生态极佳的宝地,拥有丰富的底栖动物和植被资源,是候鸟迁徙途中的集散地,也是飞禽的越冬地。这里有记录的鸟类达312种,每年迁徙水鸟上百万只。春天给大自然带来魅力,也给东滩湿地增添生机。当我们迎着暖暖的阳光,走在那座蜿蜒曲折的长廊木桥上,周围展现的是气势磅礴、无边无际的芦苇荡。极目四野,水天相接,纵横寥廓,曲折迤逦的河渠,仿若一条条春风舞动的银链;星罗棋布的水泊,恰似银链上镶嵌的颗颗珍珠。得天独厚的自然环境成了鸟儿的天堂和它们栖息的家园。

清晨的湿地,第一个迎来的便是旭日东升。放眼望去,烟波浩渺,大大小小的鸟儿,或悠闲休憩、或草地嬉戏、或梳理羽毛、或安详觅食。洁白的身躯、华丽的羽毛、优雅的动作、婀娜的姿态、矫健的形体,在澄澈天地中无比和谐、静谧而美好。说话间,几只鸟儿亮着歌喉展翅掠出水面,在湿地上空翱翔,剪出道道英姿。身临其境,仿佛心儿随着鸟儿飘舞的翅膀一起荡漾……

午间,暖风吹拂,丽日高悬,和煦的阳光洒向一望无垠的湿地,熠熠闪光。举目远眺,赏心悦目,怡情娱耳,无数水鸟正在掀起热闹的"鸟语大合唱",在阳光下,江水、天光、云影、水鸟,构成了一幅自然天成的绝美生动画卷。面对此景,走出城市水泥森林的我,不禁想起陶渊明《归田园居》中"久在樊笼里,复得返自然"的诗句,油然而生回归大自然的自由和恬适。

傍晚时分,是鸟儿嬉戏觅食的最佳时间。此时,映入眼帘的是又一幕动人的画面:水鸟们在湿地跳起精美绝伦的"水中芭蕾",时而欢跃水中,时而击水腾起,妙趣横生,令人兴趣盎然,流连忘返。

阳春三月正是草长莺飞的季节。绿,就是春天的集结号,就是大地用季节的方式向我们的问候。此时,整个湿地铺满了一层绿毯,万顷芦苇已显露出勃勃生机,那箭一般的芦芽悄悄钻出淤泥,密密麻麻,指向天空,整个湿地呈现一片鹅黄嫩绿,它绿得热烈、绿得纯洁、绿得艳丽、绿得高雅,在旷野中随微风摇曳生辉。置身其间,一股清新空气扑面而来,淡淡的馨香,散发在春天的空气中,深深吸上一口,沁人心脾。

据说常观鸟助养身。观看鸟儿在空中自由轻舞,可以缓解人的心理压力,调节紧张情绪,改善生理和心理状态,是极妙的心灵熏陶。在这宁静优雅、视野开阔的湿地里,一边欣赏怡心养性的自然风光,一边吮吸甜彻肺腑的清新空气,一边聆听欢快活泼的啁啾鸟语和远处传来的大海涛声,人如在轻松惬意的美景中畅游,不知不觉地也使自己入景入画。

崇明东滩湿地的美是生态的美,天然的美,纯粹的美,清澈的美,大气的美,是给人享受的美,是大自然所有的事物都回归了它本原的色彩美。走进春天的东滩湿地,观鸟、赏芦、洗肺、享受负离子,倾听着风声鸟鸣,倾听着大海涛声,倾听大地赐予的这片辽阔的沉静,是既悦耳又养眼的难得享受,让我的心仿佛流连于那天空飞舞的水鸟之中,融化于眼前无与伦比、超凡脱俗的境地,停留于这个生机勃勃的季节里。

浮香绕岸荷博园

崇明岛上绿华镇,有个荷花博物馆,占地面积达560余亩,品种包括观赏莲、香莲、菜莲等,多达350余个。还有来自太空培育的"太空莲",以及辽宁移栽过来的"古代莲"等珍稀品种。盛夏的一天,我避开热浪来到这里赏荷,享受着天蓝、云白、水清、荷花艳的特色美景。

放眼望去,荷花塘里,绿叶田田,像一把把撑开的绿伞,或漂浮于水面,或高探于碧波,仿佛层层绿浪,又似片片翠玉,把一塘碧水荡漾得凉凉的、绿绿的……还有那一朵朵妖艳欲滴的荷花,像高洁的仙女,袒露在明媚的阳光下,带着圣洁的微笑,亭亭玉立于荷叶之上,摇曳于缕缕清风之中,煞是诱人。

行走在园内的木栈道上,犹如漫步于荷花丛中,密密匝匝,宽宽大大的荷叶盖满了整个荷塘,翠盖红裳扑面涌来,一幅美不胜收的天然画卷渐次铺展,仿佛进入一个梦幻的世界,让人感到目眩身转,清凉惬意。那雪白、粉红色苞蕾欲放的荷花箭含情脉脉,充满期待；缤纷的荷花风姿绰约，热情绽放。四周浓郁芬芳的清香，随着百褶裙似的涟漪，徐徐飘来，沁人心脾。三三两两的小鱼儿浮上水面，绕着莲花啄着涟漪上的波光在梦呓。近距离欣赏万千荷姿，品味"浮香绕曲岸，圆影覆华池"的荷韵，顿觉神清气爽，浑身舒坦。

按照常规，莲花一般都是七叶一花，但这太空莲却是一叶一花，并具有花多、花期长、莲蓬大、结实率高、颗粒大、品质优等特点，亩产莲蓬可达 6 000 多个。我真为此而欣喜，愿搭乘过神舟飞船的莲籽，带给家乡新的梦想，新的奇迹。此外，这里还有从台湾引进的四季开花，既可观赏又可食用，且具有较高药用价值的香睡莲等品种。莲子全身是宝。莲藕在清朝咸丰年间就被钦定为御膳贡品。莲藕的药用功效也十分可观，相传南宋孝宗曾患痢疾，就是用鲜藕汁以热酒冲服治好的。李时珍在《本草纲目》中称藕为"灵根"，味甘，性寒，无毒，视为祛淤生津之佳品。另外，莲芯是白莲中间的绿色胚芽，有祛火清凉解毒、降血压等作用，莲藕可生吃也可熟食，生吃能清热润肺，凉血行淤，熟吃可健脾开胃，有止泻固精之功效。

除了赏荷，这里还是一座集莲子生产加工、良种繁殖、科普教育为一体的科技博览园。游客在这里可以品尝到用莲藕烹饪的各种小吃，像新鲜莲蓬、新鲜莲藕、速冻藕片、荷叶保健茶、藕粉、藕汁和藕带等，都是别的地方少见的美食。

清风吹来荷花香，碧波含情水荡漾。走进崇明荷花博物馆，就走进了浓得化不开的绿意，走进了典雅脱俗的古诗词——步步皆是景,处处可入画,荷博馆实在让人着迷。时下正是盛夏荷花次第绽开的季节,也是荷花博物馆一年中最值得观赏的时候,久居城市纷杂之地的人们,不妨周末来此一爽,以解城中炎热的溽气。

古朴瀛杏湾

瀛杏湾农庄，位于崇明堡镇四滧村北侧，紧挨上海市市级保护文物、迄今已有 500 年历史的那棵古银杏树西侧，占地面积 140 亩，是一处江南水乡风情浓郁，富有乡村田园特色的休闲度假之地。

走进农庄，举目四周，群树波涌，满眼葱绿，尤其是那棵高大的银杏古树，遮天蔽日，像个伟人守护着这片土地。庄园内，池水、楼台、树木、花卉、菜园……起伏的地形，幽幽的小径，梦一样的宁静，显得清新自然，恰似一幅景致优雅的精美油画。

这里的柏树、樟树、莲树、榆树、槐树、银杏、合欢、翠竹、桂花树……一片连着一片，优美的造型和姿态，赏心悦目。这里有桃树、梨树、橘树、柿树、枇杷等果树。那压弯了枝头的橘子，红得鲜艳夺目，热情奔放，如同新娘子掀开盖头的那一瞬。这里的鸡、鸭、鹅、白山羊，在棚舍内欢奔，追逐嬉戏，不时发出"喔喔""嘎嘎""昂昂""咩咩"的叫声，与那棵古银杏树上的喜鹊"喳喳"声和农庄树林中悦耳的鸟鸣声婉转相应。这里的块块菜地生长着白菜、青菜、萝卜、菠菜、西红柿、黄瓜、茄子、辣椒等时令蔬菜,一簇簇、一丛丛、一片片,葱葱郁郁,生机盎然。

走进瀛杏湾农庄,春夏秋冬季季都有她独特的味道与韵致。春天的农庄抒发着勃勃生机,塘岸边的翠柳对着塘镜梳理她那飘逸的长发。春风把桃花、梨花、橘花竞相吹开,层层叠叠的花瓣,婀娜多姿、争艳夺俏,绽放枝头的花穗在风中轻轻地摇动,炫耀着自己的光彩,表现着自己的至美。远远望去,就像一条条彩色的长河,泛着点点银光,不停地向前流动,散发着馥郁的芳香,飘散在整个农庄的园林里。新雨过后,薄雾轻岚萦绕其间,为秀美农庄平添了一份灵气。

夏日的池塘,澄碧清静,岸边的柳树花木成荫,微风吹拂,空气清新,绿叶、红花、碧草、微澜,游鱼戏水,含情脉脉,荡起一片诗意。池塘里也生长着一些田螺,静静地潜伏在池塘水边或池塘底端。人在塘岸边行走,塘面上一棵棵树木一片片花草倒映成七彩的虹,整齐而生动,不时地变幻着池水姿态,天光云影,水波潋滟,增添了一丝妩媚,给人以无限的遐想。

进入秋季,葡萄观景长廊里,浓郁的绿叶下,挂着一串串颗粒饱满、色彩鲜艳、肉质细嫩的葡萄,好像一颗颗紫色的宝石在阳光的照耀下闪闪发亮,十分诱人。剪下一串,用水洗净,坐在长廊下的长椅上,一边一粒一粒地啖着,一边听着鸟语、闻着桂香,享受幽静的小憩,别有一番意趣。

夜幕降临,入住庄园池塘河畔的农家屋。站在窗台遥望夜空,散落在庄园附近的民房隐隐可见,一缕缕炊烟从树林梢头袅袅升起。四周一片宁静,一轮皓月伴着颗颗星星辉映在碧空。此时,农家的灯火亮了,蓝的、黄的、红的,一盏又一盏,与之交相辉映。璀璨的灯光里,拂来了一丝晚风,树枝在风里摇曳,水波泛着鱼鳞般的光亮。凝望着这绿水芳草密林,一种宁静、安详、清纯、温馨与质朴在心中荡漾。

当那土灶上烧出的带有浓郁柴草馨香的四时河鲜和绿色健康的农家特色风味土菜端上餐桌时,这里的一切景致渐渐地被暮色收回。那些白天还是五彩缤纷的花儿、草儿、树儿,都无一例外地像谢幕的演员收拾好华美的演出服,变成平日里的素颜,静静地倚立在微风里,隐入了朦胧中。

这时,那些不知名的虫儿放开嗓子,先"啾啾"的嘀咕,后在蟋蟀这个公认的音乐指挥家的和鸣声中,从河道边、庄稼地、树丛中鼓动开来。远处的吠声也随风而来,忽远忽近,忽长忽短,像开始了一场晚间音乐盛宴。慢慢地,睡意便从静谧的农庄弥漫开来,躺在床上,任思绪在农庄飘逸,仿佛进入仙境中。

明珠湖美

浩渺的明珠湖,位于崇明岛西南部,占地6 500亩,其中水域面积3 000亩,是上海地区最大的天然淡水湖。初夏的一天来到明珠湖,这里环境清幽静谧,湖水清澈碧透,微波潋滟,洁净明丽;河岸植被繁茂,鸟语花香,充满野趣,生态秀美。沿湖岸行走,是一种回归大自然的享受。

有道是,仁者乐山,智者乐水。有了山,就有了魂魄;有了水,就有了灵气。明珠湖是大自然的恩赐,是大地母亲的给予。看那宽阔的水面,在阳光下波光粼粼镜子一般,瞧那深深的湖水,深蓝靛青碧绿,透溢着诱人的魅力。站在湖堤上,放眼望去,迤逦连天碧,恰似一条舞动的银色纱龙,顿时觉得自己仿佛身在湖水中,意在仙境处,让人好生惬意。

漫步湖畔,赏湖观景,道路两旁,绿树成荫,四季常青的竹林、松树林,沐浴着阳光,清秀挺拔,碧翠葱郁。高耸入云的水杉树和参差其间的银杏、香樟、广玉兰等名贵树木,绽着碧绿,撑起一片蓝天。透过树林枝叶的缝隙，品味两岸那旖旎动人的风景，那是浓墨重彩的水墨画，那是鲜活靓丽的风景线。湖岸边上那些粉的、红的、黄的小精灵似的花儿钻出那团绿的孕苞，在枝叶间闪烁，在微风中弄姿，争相抛送令人心醉的媚眼；其间漾着几点嘤嘤、悠悠的蜂儿、蝶儿，穿着多彩的舞衣，跳着多姿的舞步，在叶隙间戏耍，演绎得惟妙惟肖，构成了一幅动人的生态图景。

沿着湖边走去，湖水便在脚下荡漾，像一块湿润的美玉，碧绿无瑕。此时，鱼儿悠然自得地来回游着，仿佛在向人们夸耀这里环境的优美。湖面上流荡着一层层薄薄的乳白色水雾，宛如丝带，随风飘动。湖水中的水鸟，时而在水里嬉戏，时而悠扬地从湖面上飞起，在天空翱翔，在金灿灿的阳光映照下，就像顽皮的精灵跳跃闪烁，煞是好看。

湖岸边新颖别致的休闲小亭，花团锦簇的儿童乐园，环境幽雅的度假山庄，姹紫嫣红的花园，古色古香的会所，还有那绿地草坪上，满脸灿烂的男男女女，仪态万方地谈笑风生……此情此景，恍若海市蜃楼，让你驻足流连，陶醉其间。

在蓝天白云之下，徜徉在曲径通幽、充满绿色的明珠湖水源涵养林间，感受着满目的夏日清静。这里有密集的树木，苍翠的枝叶，亭亭的干身，袅娜的姿影，延伸成湖岸的画屏。阵阵清风夹着湖水的湿润和花草的沁人清香迎面吹来，遮天蔽日的树林把我们包围着、滋润着。树上鸟巢众多，鸟鸣声声，树丛中，不时有野鸡贴地扑飞，刺猬悠然独行。此时，仿佛回到儿时的光阴，心境自然而平静，心也放松了下来，让人感到停留在这里的每一次呼吸。

明珠湖公园以"天然湖泊、茂密森林"著称,蓝天、湖泊与园林交相辉映,不断变换色彩,极具神奇、梦幻的魅力:天空湛蓝时,湖水是蓝色的;天空阴暗时,湖水是碧绿的。有树的映衬,湖水是翠绿的;没有树的映衬,湖水是青绿的。

沐浴润泽心田的夏风,与自然零距离接触,拥抱自然,用心与自然交流,品味明珠湖那种纯、那种真、那种不加修饰的碧水,那无法形容的透亮、洁净、纯粹,碧得晃人眼,碧得钻人心,碧得诱人醉,碧得摄人魂。品味明珠湖那层层叠叠的绿色,有浓绿、深绿、淡绿、浅绿,使人宛然置身于绿的海洋。

在这里,我看到城市里没有见过的美丽景色,有一种豁然开朗的感觉;在这里,零距离地接近大自然,融入免费天然氧吧;在这里,让人忘却了烦恼,全身心地投入;在这里,生活放慢了节奏,可以尽情地享受生命的快乐,也给予了人们健康的生活磁场。

足足三小时的明珠湖之行,尽管有点累,心里却充满了喜悦,仿佛又一次沉浸在对故乡的感怀中。在我心中,明珠湖是一条彩绸,把我和故乡紧紧相连;明珠湖是一根琴弦,弹拨着我绵绵不尽的思乡之曲……

西沙湿地纪行

时下,地球环境恶化,大气污染日趋严重,人们不由得对"大自然"的可贵感喟不已。因此,作为地球"绿色宝地"之一的湿地,近几年来越来越受到人类的关注。它对大自然有积极作用,能消弭污染,净化水土,涵养水源,故森林有"地球之肺"之称,湿地则有"地球之肾"之称。

在崇明岛西部,靠长江就有一大片 4 500 多亩,近来闻名遐迩的西沙湿地,浩浩渺渺,郁郁葱葱,水陆相含。夏日里,我乘兴特下西沙,游目骋怀。

也许是上帝的恩赐,也许是勤劳的崇明人生生不息地保护着这片土地而感动上苍。远眺西沙,绿树青草,扶疏叠翠;近观西沙,树间草泽,浸漫水中。湛蓝的天空下大片大片的芦苇在江风的吹拂中轻轻摇曳。湿地近年受人青睐的原因之一,还因景观殊妙,似草地非草地,似水域非水域,含滩涂、沼泽、泥塘、浅河,树草丛生,河汊纵横——水中有树草,树草生水中,树、草、水浑然天成。

在这炎炎夏日，走进西沙，顿觉清风徐来，凉意袭身，清幽麻爽。这里的空气相当新鲜、清润，极富纯氧，在上海市区公共场所一般每立方厘米仅含10—20个负氧离子，而西沙的含量高达1 000—2 000个，堪称天然"大氧吧"。进入西沙的人都会自然而然地大口大口呼吸，恨不能把负氧离子渗入全身的每一个细胞。

不用担心鞋湿路泞。进入西沙，一条由天然杉木建成的步行栈道便会映入眼帘，逶迤曲折，错落有致，足有2公里长，穿插于茂密的芦苇草荡，一直延伸到长江边。栈道每隔一段距离，便有野趣十足的小凉亭、别具一格的小木屋，既让人歇脚，又十分养眼。更有趣味的是，两边芦苇泥荡里，有活蹦乱跳的跳跳小鱼，一刻不停地翻上跳下，活像不知疲倦的体操运动员；有数不清的螃蜞爬进洞里又爬出，密密麻麻，忙忙碌碌，凸出两颗黑眼珠，挥舞双螯，八足横行，活像蛮不讲理的小霸主，给静穆的湿地平添几分生气。

西沙也是上海地区目前唯一兼有潮汐环水和滩涂林地的自然湿地。在日月引发的潮汐冲刷成波纹形的滩涂上，有成片的云杉，层林密叶，熠熠阳光从绿叶筛落，水波闪金，叶草光影交织、反射、颤动，相映成趣。这里还是白鹭之类候鸟的天堂，有充足的无污染的水源，有新鲜活跳的鱼蟹，飞鸟珍禽到此自然乐以忘忧，翔集嬉戏。

夕阳西下，站在湿地尽头，极目览长江，放眼观潮汐，"落日渔舟，晚歌江天"，人与自然完美协调之佳景尽收眼底。啊，绿色的西沙，生态的西沙，生机无限的西沙，天然、简洁、纯真、宁静，真是令人心醉。

崇明岛碑名记

近日,我到上海市瀛洲壁画艺术研究院采风,院长邱振培送我一幅"崇明岛"三字的书法作品,我顿时愣住了,这与耸立在崇明南门海塘边那块石碑上的三个字何以如此相像呢?他笑而直言告诉我那石碑上崇明岛三字是他书写的。我问何以未曾落款?他说,那是2000年,崇明县政府为提升崇明岛的知名度,准备在南门海塘边立一块石碑,于是就在全县范围内的本地人中公开征集书法作品。为显示评委们公平公正有效评选,送审的应征作品都不署名,以免被打上人情分。后经评委们几轮评选结果,此件作品荣获一等奖,并作为碑名被制作成石碑立于崇明南门港东侧的海塘边,人称"海塘碑",中共崇明县委办公室还为他颁发了荣誉证书。

那块矗立在南门景观廊道广场平台中央的巨石海塘碑,高6米,宽1.8米,重约10吨,是从河南焦作运过来的,富有景观美感。从此,人们只要坐船到南门港,远远就能眺见这块貌似崇明岛地形的巨石上所刻的"崇明岛"三字大石碑。如今许多人来崇明，都会在此石碑前留影。该作品及碑名还刊登于2011年《人民画报》的封面，从而使崇明岛及其碑名书法名传海内外。

许久以来，我一直都搞不清这块巨石上"崇明岛"三字的来历及究系何人所写，如今总算解了心中之悬念。同时，还得知，当时为参加评选，邱振培一共书写了20幅作品。这次他送给我的这幅"崇明岛"碑名书法作品是其中之一，因此更显珍贵。作品上有完整的参赛名称、作者落款及印章。细细品味，真给人以美的享受和艺术感染力……

邱振培系崇明人，自幼天资聪颖，勤奋好学且酷爱书画，凭着兴趣和执着，学生时代就小有名气，令人刮目相看。长大参加工作后，曾担任过崇明沪剧团舞台美编、设计和团长等职。他矢志不移，临池不辍，集诗书画印于一身，楷、隶、行、草、章、篆等无不精通；在画艺上，油画、水彩画、国画都是挥洒自如；人物画、花鸟画、山水画都画技出众，他每幅画的题跋均根据画意配自吟诗。在篆刻方面也颇具功底，刻下了数千方印章，这使他的书法作品不仅立意高远，而且影响深刻。

为追求艺术，邱振培曾进入上海书画院学习深造，得到了名家丰子恺弟子、著名书画家茅雨亭等名师的指点。因此，他的作品往往构思独到，不泥古法，自成风格，风韵洒脱。如今邱振培以自己的扎实功底和高超艺术取得了可喜的成果，他的书画作品屡屡在市区和全国书画比赛中获奖并展出，2000年被中国绘画年鉴艺术评审委员会评定为一级画师，从此声名远播。

有道是，名师出高徒。这幅"崇明岛"碑名书法作品，使人既能看到作者扎实的书法底蕴，更能让人从中了解到崇明岛文人墨客厚重的艺术素养，是值得欣赏和珍藏的艺术精品。

长江隧桥一路通

浮云淡淡，蓝天湛湛，江风徐徐。

2009年9月的一天，在上海长江隧桥即将通车的前夕，我应邀提前体验了浦东至崇明的"桥隧一路通"，心中有种异乎寻常的高兴和激动。

那天，我们乘车从上海人民广场出发，经中环线、翔殷路隧道，大约40分钟的时间，便来到了位于浦东五号沟的长江隧桥工程建设指挥部。先由指挥部的同志介绍隧桥工程建设情况和观看录像短片，随后由隧桥项目公司的工程车开道，乘坐一辆中巴，进行现场参观。当车进入长江隧道，此时，长达8.9公里的隧道内灯火通明，地面平整洁净，工作人员正在为隧道通车作最后的内部设备安装和装修施工，车行几乎畅通无阻，仅10分钟，就到达大桥。车在大桥上行驶，一眼望去，大桥造型优美，形成"S"形弯道，显得分外雄伟。桥面平坦宽阔，两岸江景跃入眼帘，十分壮观，令人神往。

当车行至桥中央,我们一行下车,在指挥部同志的引导下,来到桥面上参观。站在平坦如砥的大桥桥面上,阵阵轻风拂面而过,像是在温柔地抚摸着每一个人,顿觉心旷神怡。昂首望去,两座高212米的"人"字形桥塔耸立在天际,整齐排列的斜拉索分列主塔两侧,像一架倚天而立的巨大竖琴,仿佛在为上海人民弹奏出奋进的华彩乐章。脚下,长江像一条玉带由西向东从桥下逶迤流向远方,在那闪烁着光斑的江面上,一艘艘巨轮都变得那样的小巧玲珑,只有那一阵阵高亢的汽笛声随风飘来,像是为海岛崇明人高歌欢笑。自此,"一桥飞架南北",崇明岛人千百年来祖祖辈辈过江只能靠船行的日子终于一去不复返了,"天堑变通途"的梦想在我们这个高速发展的时代终成现实。

蛟龙潜江,长虹横跨。陪同我们的隧桥工程建设指挥部的同志介绍说,被誉为"万里长江第一隧、第一桥"的上海长江隧桥已基本建成,经过测试,各项技术参数达到设计要求,具备通车条件。大桥通道全长16.5公里,越江桥梁长约10公里,全线双向6车道,时速为100公里,达到高速公路的标准。桥面两侧预留了宽4.15米的空间,今后供轨道交通使用,届时将会出现汽车轻轨并驾齐驱的热闹场景。

据称,长江隧桥的建成通车,有多项纪录被刷新:大桥首次在海上连起四节墩身,最高超过40米;首次大规模利用江底细砂筑成"砂路基";首次运用预置整跨吊装工艺、吊装2 600吨预制件。至于大桥的配套设施也是国内最完备的,新装仪器可以检测车辆间隔、车重、车速、车的数量,对超载车则可在收费口拦截。

此外,防雾、防撞、抗风、抗震、防腐和配套设施等均达到了国内最高水平。长江隧道,更以建造截面直径达到创纪录的15.5米,一举确立了我国在世界大型隧道施工领域的"领军"地位,载入交通建设的史册。

当我们结束了隧桥参观之后,车行至崇明岛的大桥尽头。放眼远眺,一条建设中的高速公路在向北延伸,不久的将来,它将作为环线使长江大桥与通往江苏启东的崇启大桥这两座姐妹桥拉起手来,连接一起。到那时,上海至启东、南通以及连云港、山东等地的速度将大大加快,从而成为实现江海联运的南北交通大动脉,为长三角经济一体化提供强有力的动力支持。

隧桥之行,使我由衷地感到,上海长江隧桥的建成,为沪上增添了一道新的动人的光彩和靓丽的景观,这是中华振兴的结果,更是国家昌盛的展示。从此,长江的过江交通迎来"江上架桥、江面行船、江底通隧"的"三维"时代,中国第三大岛,不再"孤悬"长江口,上海(包括崇明)、苏北,乃至整个长三角"经济时速"将被改写。

古韵悠悠

遥念南四滧老街

位于崇明堡镇四滧村与瀛南村交界处的四滧镇,俗称南四滧镇。据《五滧乡志》记载,该镇于清乾隆年间形成,迄今已近300年历史。旧时,由于该镇地处长江之滨崇明岛东南部的四滧渔港,也是崇明岛上第一滧(即在崇明岛上,按顺序依次排列命名的滧,从四滧打头开始)的集镇。港内船只往来频繁,鱼鲜贸易活跃,集市十分繁华,也带动了该镇的经济和商业繁荣发达。具有江南水乡特色的四滧镇,倚河筑屋,临水成街,沿河沿街成东西南北走向的十字形集镇,店家商铺,白墙黑瓦,雕梁画栋,古朴典雅。为营造遮阳避雨的空间环境,沿街街面搭建有木梁土瓦廊棚覆盖,廊棚下,又是人们休憩、交流、聚会的好去处。街中路面铺设长方形的石条,历经岁月风霜,被踩得滑溜圆润,演绎着老街独有的古朴风情。整条街巷上,客栈、茶馆、肉铺、鱼鲜铺、小吃店、豆腐摊、碾米厂、铁铺、布庄、轧棉花店、染布店、杂货店、理发店等商铺林立,商品琳琅满目,生意兴隆,各路客商云集,人头攒动,热闹非凡。当年的四滧镇成为崇明岛上颇具规模、闻名遐迩的集镇之一。

另据清雍正《崇明县志》记载："箔沙中区"下辖"井亭镇"；四滧竖河有"井亭桥"，西距县城60里。"井亭镇"已湮没……崇明《施氏宗谱》"文六官，泽后裔"的一支后代，迁崇第22世施正兴、施正荣居住"崇四滧井亭"。据此推断旧志所载箔沙中区的"井亭镇"即在南四滧镇附近。所谓"井亭"，指的是乡间道路旁所凿的井（即义井），以及所建的亭。在旧时，有井有亭，可供行人"风雨思歇，疲渴思饮，暮夜思灯"之享用。然而，四滧井亭称为东井亭，西井亭在新开河镇西（即博济庵）。

贯穿四滧镇街巷的四滧河上的井亭桥，也称东井亭桥。建于清代中期，其长10.5米，宽4米，木材结构，东西走向，横架于四滧河上，连接四滧镇河东河西街巷的唯一通道。该桥在历史上有过两次大的修缮和改造。一次是在清末，由本村樊享正带领当地木匠修缮，并增设木栏杆，造型美观，在当时崇明岛上同类桥中亦属首屈一指。另一次在民国初期，由当地秀才龚子昌发动村民募集资金重修，并将木栏杆改成铁栏杆，栏杆两侧木底圆铁支架，桥面横木风凉格架，中间架设两条桃木的平行车道，桥的两边垫有石板，坚固耐用，式样新颖。这座与众不同的木桥以其婀娜多姿的身影躺卧在碧波之上，格外夺人眼球，成为岛上一道靓丽的风景。20世纪60年代初，兴修水利，开阔四滧河时拆除。随后，由于港口闭塞，筑上大堤，客商剧减，四滧镇日趋冷落。到了80年代，街道建筑已基本拆尽，唯有流水依旧，四滧镇成为有名无实的旧址。

　　记得当年上小学时，四溆小学就在桥的西边北侧，课余时间常和同学们一起去桥上观光玩耍。站在桥上环顾四周，水乡风光一览无遗。从桥上往南近看，港内船只云集，悠悠穿行，停靠在港岸边的渔船和手抬肩扛的人们装卸着活蹦乱跳的海鲜，人声鼎沸，一股鱼腥的味道在港岸上空弥漫着，这里充满着一派繁忙和喜悦的景象。往南远眺，烟波浩渺的长江和穿梭不息的船只，白帆点点，十分壮观。向北望去，两岸是错落有致的民居和长势茂盛的庄稼。晨光夕阳里，碧水盈盈，波光渺渺，芦苇青青，随风摇曳，赏心悦目，似一条玉带飘向前方，令人心旷神怡。桥的东西两侧则是街巷，沿街除了星罗棋布的商铺外，还有几处明清时期建筑的宅院点缀其间，白砖青瓦，画栋雕梁，花式木窗，庭院深深，人家枕河，呈现一派江南水乡民居建筑风格。

　　四溆镇西市梢北侧，四溆小学南侧，有一座井亭庙，也称东井亭庙。相传，该庙建于清代道光年间，同治年间改名为天后宫。供奉大小菩萨数十尊，香火旺盛，享誉遐迩。后因局势不稳，香火渐衰，一度成为土匪、自卫队的落脚点，无住持和尚。20世纪五六十年代，长年看守寺庙的有两位老人，一位不知姓，名叫才林，另一位是左手残疾、名叫张全郎的老人。

　　寺庙在民国时遇到过一次火灾，大部分建筑被烧毁，所剩无几。新中国成立后，庙内办起了四溆小学，把菩萨迁至西市梢一间茅草屋内。此屋虽四面透风，窟洞通天，破烂不堪，但佛事照常，香火不断，前来烧香拜佛的香客络绎不绝，时不时地传来南无阿弥陀佛的诵经声,清脆的木鱼声,悠扬的击磬声,美妙动听。庙前左侧还搭建一个木结构的戏台,每逢过年过节和三月二十三娘娘节期间,常有当地的或外来的戏班子在此登台献艺,演出诸如木偶戏、崇明山歌等地方特色戏,顷刻间,锣鼓喧天,四方船民及当地村民前来观看,人山人海,商贩云集,热闹非凡。可惜,在"文革"期间,佛像被打碎埋掉,寺庙和戏台被毁弃拆除,荡然无存。

遥想在四滧小学读书时,经常利用课余时间约几个同学去庙里玩,与僧人香客和睦相处;与村民一起看戏,欢声笑语,欢呼雀跃,其乐融融。那时候的乡村,没有收音机,也没有录音机,更没有电视机,物以稀为贵,每次有戏演出,就像过年一样,人们奔走相告,从四面八方赶来观看,不放过良机,一饱眼福。台上的山歌唱得悠扬动听,节目演得活灵活现,台下的观众听得入神入迷,看得如痴如醉,深深感悟地方文化的无穷魅力。

另据史料记载,在四滧镇西首有一处南北走向的窄弄,世称引线弄。相传,当年弄内有民间艺人倪道生开设的一爿引线店(乡间称各类缝衣针为引线),店面朝西,两间低矮的旧式瓦屋,手工自制的各类缝衣针,质量可靠,技艺高明,深受百姓喜爱。由于生意兴隆,远近闻名,客商来往不绝,引线弄由此得名,距今已有150年历史,旧址已无踪影。另外,在四滧镇北约300米处,现今八生产队一号河两侧有个营盘垗。据《五滧乡志》记载,清代光绪年间,由杨统领领兵500驻防四滧港,在该地扎有营盘(指建兵营的地方),以供驻兵食宿,营盘垗之名由此而来。四滧港外口还建立瞭望墩,墩上设有烽火台。现今旧址无当年痕迹。

50多年过去了,故乡面貌异变,井亭桥、井亭庙和四漵镇、四漵小学虽已不见踪影,但人们对这些曾经的所在地仍然按旧址的名字称呼,留下的许多故事和传说,依然在这里传诵。其实,古镇、古桥、古庙、古建筑,尤其作为崇明岛上第一漵的四漵镇,对传承崇明传统文化、历史文脉有着独特的标志性意义。四漵镇从兴起到消逝,在崇明岛的历史上存在了200多年,它对这一地区的经济和文化的繁荣发展提供了有益的启示,发挥了良好的作用。

　　有道是,一个地方总要有一些让人有"念想"的东西,那么它才能唤起人们对它的记忆,才会对它产生依恋之感。也有人说,一条街道倘若是有历史的,那么它应当由两种方式来加以证明:一种是文字,一种是建筑。可现在,这两种方式都已经没有了,真让人备感遗憾。

　　四漵镇,萦绕着我童年和少年时代的多少欢乐和梦想。但愿历史繁衍在人们身上的那一脉故土辉煌的情结和公序良俗的风气,成为宝贵的精神文化财富。我将用文字把它记录下来,立此存照,留存于世,代代相传。

清丽优雅溦村镇

溦村镇,位于堡镇东约 4 公里处,南靠大通河,西临小漾河,名载清康熙二十年(1682)编纂的《崇明县志》。另据记载,该镇以"文四千户,可知后"施氏家族著称,有东三井、西三井、堂名"尚义堂",墙门有"垂裕后昆"砖雕。

相传明末清初,由于溦村镇地处大通河东与四溦港相通,西与县城相连,是水陆交通的枢纽,成为四面八方的商贩、客商开张营业的一方宝地。其中有该镇上的商贩施溦村,利用他自己的两条船,来往于岛内外进行土布及农副产品交易经商。据称,当时他的布庄拥有周转布匹在千匹以上,运至山东、东北一带销售。他的资本厚实,交往广泛,颇负盛名,人们就用他的名字来命名。"溦村镇"之名由此而来。

由于有天时、地理的有利条件,溦村镇一度十分繁荣,在民国初年至民国三十年左右,溦村镇达到全盛时期。当时的溦村镇东西走向,全长 300 米左右,一水分两条街,小漾河穿街而过,河上架有竹桥,连接东西街。河东街200米左右,河西街100米左右。沿街建筑,砖木构造,梁、柱、门、窗一应俱全,街面不宽,3米左右,两边搭建有廊棚,廊下行走,晴天遮阳,雨天避雨。镇上有杂货店、饮食店、酒店、烟店、茶馆、豆腐店、肉店等20多家,鳞次栉比,商铺林立,颇具规模,生意兴隆,经济繁荣,市场活跃。临街还错落有致地间杂着民舍草棚和好几进深的深宅大院,屋角粗壮的老树繁花衬在青砖灰瓦的背景中,让人品味无穷。

旧时的春节是农民一年中最隆重的节日。因此,到了小年夜,人们就要忙碌起来,置办年货。相传,腊月廿四为灶君上天之日。按崇明岛上的风俗习惯,家家都要吃廿四夜饭。然而,岛上人家都是廿三那天过廿四夜,唯有滧村镇上过廿四夜是当日的,这在崇明岛上可谓是独一处。据称,由于滧村镇上的先辈出外做生意的人多,过年前几天正是最忙的时候,所以一直忙到廿四夜才赶回家与家人团聚。久而久之,约定俗成,这一习俗一直沿袭至今。

滧村镇地处农村,镇上店铺的主要营业对象是附近的农民。农民的生活习惯,大多是白天黑夜从事繁重的体力劳动,只能在早晨天刚蒙蒙亮时,抽出时间到镇上(乡间称上镇)农贸市场出售自己生产的农副产品,或购买生活必需品,久而久之,"早市"便成了约定俗成的集市贸易惯例。

另据史料记载,滧村镇东边不远处,有条小镇叫六尺头镇,又名火通镇(火通,也称吹火筒。指灶膛吹旺柴火用的竹管,约50厘米长),以示镇很短,规模很小。相传,当地粮户施梦良家族,另有陈姓及河南边的朱姓人家,一起在大通河沿旁开了几爿经营食用品之类的小商店,相向而筑,排列成一片,形似一条小巧玲珑的袖珍小镇,"六尺头镇"由此得名。

随着社会的发展,乡村水利建设的需要和商业网店的规划,漵村镇上的商店逐渐减少,到了20世纪80年代初,各类商店已淡出人们的视线,荡然无存。昔日繁盛的街巷,如今成了民风淳朴、环境整洁、生机盎然,深厚的人文历史和自然生态交相辉映的风情小村。

夏日的一天,来到阔别近半个世纪的故乡漵村镇,放眼四望,这里景色秀丽,绿树成荫,鸟语花香,镇北边那棵植于明万历初年的古银杏树,历经460多年的沧桑岁月,依然雄伟挺拔,树影婆娑,蔚为壮观;古树西边、漵村镇北侧的瀛杏湾农庄,名木荟萃,花草盎然,果物笑靥,一泓碧水,芦叶翠翠,波光莹莹,风光旖旎;四周一幢幢新颖别致的农家小楼,街贯巷连,整齐排列,相映成趣,展现一幅幽雅宁静又充满生机的水乡图画。

从古镇街巷出来,漫步在沿马路边,两三家经营日用品的便利店散落其间,店内顾客稀少,显得空荡和冷清。据当地村民介绍,这里仍保留着附近村民自发性的"早市"在这个有名无实的集镇上。他们跟我说:"要是在早晨,有不少当地村民用扁担挑着或用车推着自家种的农副产品在这里交易,品种繁多,人来人往,非常热闹。来这里做生意的大都是熟悉的乡里乡亲老主顾,他们在边谈边笑中就达成了默契,成交了买卖。"听了他们的讲述,让我感受到那带着泥土和露水的果蔬、温馨的气氛,陶醉在那散发着乡村气息和水乡味道的其乐融融之中。

当来到溦村镇南侧,便是一处综合文体活动场所,有老年活动室、棋牌室、图书室、乡贤馆、饭庄等,还有一个颇具规模,占地130亩的生态公园。这里有景观河、清水平台、亭阁、假山,园内种植多种花草和树木,幽幽的小径梦一样的宁静,吸引着众多的鸟儿成为这里的栖息常客,它们时而在树丛上空展翅盘旋,时而在高高的枝头嬉戏啼鸣,观之,心情亦随之轻松愉悦。夏天的云朵悠闲地倚在天边,那盈盈的一池碧水,有时静静的,温情脉脉;有时微波荡漾,动人心弦。此时,又见河对岸那一片合欢花开得如云霞一般,蓝天、白云、绿树、繁花、飞鸟,倒影翩跹,令人醉于树林水韵之间,真是留住乡愁和放飞心情的好地方。

离开溦村镇旧址,透过车窗望去,眼前的那条小漾河,碧波荡漾,恰似一条绿色绸带,飘向远方。坐落在河畔的村庄,层层叠叠的白墙黛瓦与碧空白云遥相呼应,如此夺目的光彩,宛如母亲河衣襟前的一方丝帕,清丽优雅,婉约动人。相信不远的将来,在世界级生态岛和美丽乡村的建设中,这里的村落、庭院、小溪、一草一木都将飘荡起铿锵的音符,展示更多值得回味和留恋的靓丽风情。

寻访溦村镇旧址,其景其情,恍惚梦境,一股暖流涌动在心头……

聆听小镇沧桑

夏日的一天,来到阔别多年的小镇——五滧镇,目及所至,小镇虽然历经沧桑,却依然迷人,依旧保持着属于它的那一份厚重、古朴、幽静……这里最吸引我的是登瀛书院旧址和云林寺。

五滧镇位于崇明堡镇东约4公里处,是一处乡间小镇,东西走向,近200米长,在乾隆年间,原五滧镇因海塌后迁至这里,故也称"新五滧镇"。如今的小镇老街已是农家小楼林立,原先的商铺和集贸市场已搬至河西的合五公路两侧,老街显得有些清静。街巷悠长而狭窄,街道两旁的几处老屋灰墙凋败,厚厚的青砖受岁月侵蚀,显得有点斑驳,老屋上的门槛和柱头雕刻的祥瑞云纹早已破裂,过去热闹的场面已物是人非。只有镇老街北侧的登瀛小学校区,这里有着现代化的教学大楼,环境优美,设施一流,生机盎然,令人鼓舞。

登瀛小学,其前身登瀛书院,创办于1871年,迄今已有140余年历史。1949年新中国成立后,改名为登瀛小学。遥想当年,我在这里上学。在我的印象中,那时的书院是四厢房的传统民居,有正埭屋、厢屋10余间,房屋结构为瓦顶砖墙木架,青砖白缝,墙基深阔,木柱立于础石,七路头拔廊,格字门窗,古朴幽静。庭院内假山喷泉,绿树掩映,颇具规模。然而,自20世纪六七十年代以来,几经改造,学校的老校舍已拆除,书院老屋破败不堪,留下遗憾。

五滧镇西侧靠四滧河旁,有一座始建于清代初期顺治年间(1644—1661)、迄今已有360多年历史的云林寺,共有寺房24间,建筑面积866平方米,占地面积2 539平方米,规模虽不是很大,设施却很齐全,当时,在崇明岛上颇有声望。传说清代乾隆皇帝之师崇明沈文镐[字绍歧,雍正十年(1732)中进士,殿试一甲第三名探花及第,崇明人一般都称之为沈探花]回乡恰逢云林寺翻建,他回京后请乾隆皇帝御笔写了一个"福"字赐给了云林寺。该匾额悬挂在祖师佛像上边梁上,在合作化时期被毁。1950年,云林寺被学校占用。1958年因开四滧港兴修水利,云林寺被拆除一大半寺房,两棵有300多年历史的古银杏树也被挖掉。到1966年开始的"文革"中,寺遭全毁。

1988年4月,崇明县政府宗教主管部门同意云林寺作为佛教活动点。自2000年起进行重新修建,现在的云林寺已颇具规模,全寺目前占地面积13亩,建筑布局合理,规划井然有秩,庙貌焕然一新,山门朝北,紧挨着公路,两边是碧波荡漾、河面开阔的四滧港大河,交通方便,环境舒适。整个寺院清静整洁,飞檐翘角,画栋雕梁,工艺精湛,辉煌庄重。佛殿雄伟,法相慈悲,佛光熠熠,山门两侧写一副对联"云林复苏香烟缭绕,佛光普照国泰民安",似在祈祷祖国繁荣昌盛,护佑百姓安居乐业。寺内翠绿的树木和艳丽的花卉交相辉映,衬得庄严佛地更为幽雅秀美。每逢佛期圣诞等重大节日,来寺院敬香礼佛参加法会佛事活动者络绎不绝,云集于此,香火旺盛,秩序井然。云林寺成为崇明东部地区的一处较有规模的佛教活动场所。

漫步在梵音回荡的寺庙里,在那回旋不息,平缓和谐的诵经声中,使人领悟到了人的生命并非缥缈虚无。古刹以出世入世的两种方式,不断地提醒和告诫世人人生的意义。

夕阳西下,老乡正荷锄回村,零星几缕炊烟袅袅升起,小镇笼罩在祥和的余晖里,沐浴在晚霞中,安详、静谧。在我心目中,小镇就是一部厚重的线装书,积淀着这里的沧桑历史和挥之不去的诗情画意。我认真地读了它,但似乎没有读懂,也没有读透。

暮色里,走出小镇,合上这本古书,但见田野碧碧,河水潺潺,原野茫茫,无穷无尽。我仿佛从历史的旧影中寻找到了一种浓浓的乡情,一种永恒的慰藉。有效保护和合理利用小镇,才能延续她的历史,留住她的根。

古韵悠悠米行镇

米行镇,又名老米行镇,地处崇明陈海公路渡港桥畔。米行镇始建于康熙初年,距今已有 300 多年历史。据清康熙《崇明县志》记载"盛家米行镇"距瀖村镇十里,靠近渡港。该镇东市有平福庵,名载清雍正《崇明县志》。该镇有经魁桥,跨渡港,名载民国《崇明县志》。西有米行桥,为日伪时所建水泥环形桥。

当时具有江南水乡特色的米行镇,全长 1.5 公里,紧靠公路,中间为一条船只能进出的米行河贯穿全镇,交通十分便捷。老米行镇也是苏北与江南的大米经营集散地之一,又是崇明岛最大的大米经销场所。古人称经营大米的商店为"行",米行镇由此得名,更是因米而兴盛。

当时的米行镇老街为东南西北走向,街面为南北合观街,米行河从老街中间穿越,一座座跨河桥梁相连,遥相辉映,远眺近观,风韵无限。米行河内船只往来,运送粮食,供米行镇店商经营。河西岸街市繁荣,商业发达,数十家商铺鳞次栉比,热闹非凡，吸引了整个崇明乃至苏南、苏北地区粮食商贩纷纷前来交易，同时也带动了该镇作坊、茶馆、餐饮和旅馆业等商业繁荣发达，老米行镇成为崇明岛东部地区颇具规模的集镇之一。

米行镇的美，浸透了清秀与雅致。据史料称，当年的米行镇老街，东街头有荷花池(注1)，西街头有仙鹤沟(注2)，北街头有摸奶桥(见故事传说一辑中)，留下了许多美丽的传说和故事。还有那一幢幢古宅以建筑之美与民俗风情有机融合的形式，向人们展示着素雅秀美的江南水乡生活画卷。临水而筑的宅第，有着一座座轻盈、灵巧的水码头伸入水中，来来往往的船只穿梭，一派繁忙景象。老米行镇散发着古朴典雅和传统民俗气息的街巷，连接着悠悠的岁月，充盈着浪漫的色彩，更是紧连着当地经济、文化和百姓生活，恰似一幅幅旖旎隽丽和充满江南水乡文化底蕴的风景图画。

米行镇积淀了深厚的文化内涵，构筑了浓郁的江南水乡风情，更是飘逸着厚重的历史气息，孕育了各类人才从这条蜿蜒起伏的古老街巷走出。该镇南有近代著名的施氏家族，以施佑之、施添筹、施允功祖孙三代著称。施允功历任无锡、靖江、江阴、吴县、南汇五县"学台"(指教谕或训导)，系"文六官、时裕后裔""贵州主考"。另有东施家施锡侯，西施家施生祥，为当地较有名气的医生，在家开设私人诊所行医，为民治病，医德高尚，医技精湛，深受人们崇敬。施祖荣，为施生祥之子，大通纱厂工作，20世纪40年代末，在五滧镇东建造了一座中西结合式的三层洋楼，后为登瀛中学办公室，砖木结构，红砖外墙，尖顶，西式门窗，建筑风格独具一格，20世纪90年代拆除。

还有据崇明《龚氏家乘》"南宅五房九州后"的一支，"住老米行镇"。迁崇第20世龚达河，字源昆，号子溁，又号子葵，庠名邦达，邑庠生。该龚氏家族住宅原属五滧八大队，后改属合兴一大队，龚子葵子龚济模，孙龚焕然。另龚氏家族"南宅五房鸠锡后"，迁崇第13世龚国士子龚在明（倩霞，乾隆二十一年丙子科江南乡试第七名，始居米行镇，后迁堡镇西，再迁堡镇。），其孙龚芳桂，曾孙龚念祖，玄孙龚家瑞。另迁崇第13世龚大勋，子龚培，孙龚锜，曾孙龚之龙，玄孙龚锡田。龚锡田曾孙龚家楣等，居住堡镇纱厂东南宅。据崇明《龚氏家乘》记载，有清嘉庆二十三年（1818）施展成撰《南香公传》："吾邑南香业师讳芳桂字屺芳。……太老师倩霞公以丙子魁江南。……先生始居米行镇，家贫四壁萧然，后徙居堡镇西，以砚田为生计，家渐裕，后又徙居堡镇镇。""经魁桥"当以乾隆二十一年（1756）举人龚在明而得名。

该镇倪氏家族与施姓、宋姓齐名。南倪家宅在米行村九队，遗有老房子，人称"明朝屋"，建于明朝崇祯年间，350年之久。该宅建筑的主要特色是四落檐式青砖小瓦的平房建筑。清末倪琮8岁夭折，聘妻沈氏守寡终身，于光绪二十六年（1900）病故，翌年，"光绪廿七年仲春谷旦"获赐"瑶池冰雪"匾额，署"钦命刑部右侍郎、江苏督学部院龙为倪琮之妻沈氏立"。"文革"期间毁灭。后代有倪才郎、倪贵华、倪其祥祖孙三代。北倪家宅在米行村七队，人称"三斗三升芝麻官"倪家宅。东倪家宅在向化镇南江村闸西九队，称"四个头烟囱"倪家宅。西倪家宅位于堡镇王清穆农隐外庐西首。《倪氏家乘》"仁杰公后"一支后代,倪楞,子西音,号严斋,太学生,"墓在老米行镇向西一里余"。子春熙、春晖,玄孙慰祖、宝铭、宝善、宝贤、绳祖、念祖、泰来、纯儒等。

然而,令人愤慨的是,1940年农历六月廿五,日军占领崇明时,因"崇总"抗日游击队奋力反抗,在渡港桥西埋设地雷炸死炸伤多名日军的情况下,日军在米行镇进行"扫荡"报复,杀死无辜居民10余名。是年农历六月廿九,日军又一次将老米行镇由西向东的整个街市实施焚烧,从上午8点一直烧到下午3点,671间商店及周边民房烧毁,209户人家无家可归,一时间,整个街巷被笼罩在枪声、杀声、哭声和腥风血雨之中。从此,老米行镇这座有着数百年历史,人们过着闲适、安逸生活的美丽小镇成为一片废墟,直至20世纪60年代,还残留着不少断墙残壁,荒宅焦木。

春日的一天,来到老米行镇旧址。明媚的春光和暖暖的春风,混合着青草的气息,泥土的芬芳,还有各种花的清香,在清新的空气里扑面而来。整洁的村庄,在高大挺拔的行道树映衬下,并肩毗连的民居群落整齐划一,美观大方,在古老土地的怀抱里沉静地耸立。楼前小院,桃树鼓着淡紫的苞,柿树顶出鹅黄的叶,月季摇曳着风姿绰约的美,玉兰绽放幽雅高洁的花,以及院外田野里那一片片金灿灿的油菜花,还有那乡亲们灿烂的笑容,交相辉映。穿村而过的河道蜿蜒,河面雾气缥缈,河水清风荡漾,望着那一派生态秀美、生机盎然和人们安居乐业的景象,总有一种沧桑之感涌上心头,让人思绪万千……

而今虽然当年闻名遐迩的米行镇及荷花池、仙鹤沟、经魁桥等均已无存,但老米行镇的名字、原汁原味的乡间故事,以及那曾经的繁华和米行镇人民反侵略、反压迫的斗争精神将永远深深地铭刻在人们的心中,留在人们难以忘却的记忆里。

注1:荷花池。位于老米行镇东北,靠渡港的米行村6队,当地人也称荷花田。建于明朝末年。邑人施允功,字铁伦,赐进士出身,册封翰林院编修,贵州主考。当年的施家宅坐北朝南,砖木结构,三进两院,硬山顶小青瓦屋面,四周环绕护宅沟。在住宅范围内以独具匠心的设计和巧妙合理的布局建造了一个荷花池,面积2亩多,长椭圆形,小巧玲珑。池塘四周果树名木,赏心悦目,池内莲类花卉,品种繁多。每当莲花盛开的季节里,荷叶飘香,莲蓬招展,引来蝶飞蜂舞,鱼儿穿梭,妙趣横生。放眼望去,一幅"接天莲叶无穷碧,映日荷花别样红"的图画跃入眼帘。那五彩缤纷的荷花,争相斗妍,香气四溢,给宅院增添了勃勃生机。故荷花池远近闻名,沿袭至今。目前该地早已填没,房屋拆除,旧迹也荡然无存。

注2:仙鹤沟。位于老米行镇西南约1里处。相传,在前清时期,当地一个倪姓大粮户,拥有很多土地和钱后,在周围选一块好地作为祖坟坟址,并开挖成一条长100多米、宽约15米的河沟,形似一只展翅腾飞的仙鹤,同时在河沟四周种植松柏,寓意"松鹤延年",仙鹤沟由此得名,并流传至今。目前该地已填没,仅有鹤头部位20余米还尚存。

寻访圣三堂旧址

圣三堂,坐落在崇明堡镇彷徨村7队,在我老家北约2公里处。记得1960年,我读小学六年级时,曾邀几位班级里的同学结伴来到这里参观游览。记忆中的圣三堂,屋宇高大、宽敞、明亮,雕梁画栋,工艺精湛,惟妙惟肖。堂前那五只尖尖的屋顶高耸挺拔,每只顶尖上都有十字架,雄伟肃穆,古朴庄重,蔚为壮观。堂后那高大的钟楼,镶嵌着的两只大钟,造型华美,典雅别致,那悠扬的钟声,方圆20里之外都能清晰听到,充满宗教的神圣气息。教堂前面有一条东西流向的小河,河水清清,平如镜面,蓝天白云下的圣三堂与河岸边的绿树、芦苇、田园、农舍融为一体,倒映水中,在阳光的照射下,闪烁着粼粼波光,宛如一幅清泓荡漾,诗意盎然,壮美迷人的油画。教堂内绘有圣经故事的青砖浮雕和红、黄、蓝、绿等彩色玻璃门窗,透出和煦的光彩,格外艳丽,光鲜夺目。高高的大堂殿内,精美的马赛克镶嵌壁画在不断变幻的光线照射下千姿百态,扑朔迷离。那通往唱经楼的上下两架螺旋式的木梯,精美别致,引人入胜,拾级而上,令人心醉。堂内还有一座假山,足有二层楼高,气势恢宏。假山中有猴子、松鼠、鸟窝等雕塑,那可爱的形象,鲜活生动,栩栩如生,激情洋溢,吸人眼球。对我们这些没见过世面的农村孩子来说,第一次见到此情景,真是大开眼界,感叹不已。

时隔五十多年,圣三堂的形象仍深深地印在我的脑海中。2016年5月19日,我回老家时,特意去了一趟圣三堂,想看看当年那些建筑还在不在。然而,当来到这里时,原先教堂前的那条小河还在,河水清冽透彻,静静地流淌着。教堂已不见了踪影,见到的只是一排低矮的平瓦房静静伫立。还有一堵围墙和大铁门,大门左侧紧靠围墙的水泥柱子上竖挂着不太醒目的,用手写的"崇明圣三堂"的牌匾,大门两侧的柱子上书写着一副对联:全能全知全善一元妙有,圣父圣子圣神三位同尊。这对联既是教徒们一把做人的尺子,又是作为秤杆上的一粒准星,发人深省。靠西侧的柱子上端竖立着"十字架"标识,因那天大门紧锁,无法见到院内真容,透过门栏望去,显得空荡荡,冷清清。只是我记忆中的圣三堂那一份温馨是永远抹不掉的,那一份眷念是永远无法割舍的。

于是,经查找有关资料及通过寻访现任主持——自小生长在与圣三堂一墙之隔的84岁的徐凤鸣老人后得知,圣三堂原为天主教崇明总铎区62座教堂中最大的中西建筑相结合的教堂,大堂面积有808平方米,能容纳1 000多人,是神甫座堂(常住),系江南教区崇明拜圣母的地方,周围辖13所小堂,分布在当时的五洸、合兴地区(现为堡镇、港沿),分别是:天神堂、母心堂、母佑堂、玛第亚堂、老楞佐堂、上智堂、依纳爵堂、味增爵堂、玛窦堂、往见堂、多明悟堂、依微伯尔堂。圣三堂里经常有蓝眼睛、红鼻子的外国人来这里举行宗教活动,进行中西宗教文化交流,场面热烈,气氛融洽。

在寻访中,徐凤鸣老人谈起当年的情景时记忆犹新,如数家珍,满怀深情地说道,那时的圣山堂堂前有一对石狮,雄踞两侧,森严威仪。有五扇门,正门两侧各有两扇边门,五只尖顶,中间最高的有六层楼高,钟楼有七八层楼高,堂内的门框、大梁等木料都是从国外进口的名贵土檀木。在教堂的内外墙面等部位均有精美的壁画、圣像画和文字等。每年圣母节,教堂内外四个场心挤满了人,热闹非凡。那时教堂里还创办婴德会,专门培训襄助传教的修女,并义务收养那些因当地农民家境贫困养不起的孩子,抚养长大后去留自由。有好多孩子在圣父、修女的关怀照顾和影响下,领悟到了许多道理,以及学文化、学知识,学到了一技之长。同时,修女们还有着较高的学历和丰富的医学知识,经常为当地百姓义务看病治病,深受人们的尊敬和爱戴。如今,仅在原址内保留下来的三间附房,一口水井和堂前的那条小河见证圣三堂的百年沧桑。因此,人们对圣三堂的拆除深感惋惜,更是期盼着能有机会重见天日,恢复她的原来容貌,让人们再睹这一宝贵历史文化遗产的风采。

据史料记载,圣三堂于1861年起建造,1867年扩建,添建附属屋等,共计房屋9间,附属房屋36间,建筑面积为2 423平方米，占地面积8亩。后于1911年，李儒林神甫在左右两侧各拨出一大间，合建成十字形堂。1932年，由加拿大神父戴雨农在堂内西北角造假山一座，曾多次修缮。新中国成立后由政府接管，住在这里的外国人撤离，教堂停止活动，并先后做过部队营房、区政府、乡政府办公室。"文革"时，大教堂及部分附房作为"四旧"而被拆除，主堂建筑荡然无存，仅剩的几间附房改成小学。据当时目击者称，当年在拆除时看到，圣三堂的堂基全是用整根4米多长的长木竖桩铺成的，拆除后挖出的木头堆成小山似的，可见当时设计是何等的精巧，结构是何等的坚固，工程是何等的气派。它不仅是当时崇明岛上最大的教堂，而且是最好的建筑，更是在崇明岛上进行中西宗教文化交流最活跃的场所。

1997年落实政策，归还教堂部分土地及附房，土地面积为4 189平方米，建筑面积为120.44平方米，并在原址上盖了三间简易平房，内设"天主圣三像"。同时，为满足广大教徒的活动需要，每月第一、第三个礼拜由崇明大公所天主堂派神甫前来诵经做弥撒，定期举行宗教活动。

如今，每到这一天，平时空荡荡的三间简易房里挤满了教徒，宁静庄重，其乐融融，让人无不感受到这里的清幽、淡雅、祥和。

广福讲寺巡游记

广福寺又名广福讲寺,坐落于崇明岛东部中兴镇东首,七滧河西侧,人称"长江第一寺"。

从上海长江隧桥崇明出口沿陈海公路继续西行约4公里,到七滧港大桥,便可望见广福寺的大殿屋脊。走进寺院,这里绿树婆娑,古木参天,遮阴蔽日,鸟语花香,景色宜人。放眼望去,黄墙古建筑,正面并列着三扇拱形大门,拱门上的"天王殿""广福讲寺""长江第一寺""咸丰最初香"等大字光鲜夺目,广福讲寺显得雄伟壮观,别具一格。

广福讲寺建于清咸丰年间,前身为"武圣殿",依崇明七滧河西而建。寺院道风纯正,寺僧学始天台,行归净土,持戒精严,寺内终年香氲缭绕,信众和游客不断。1921年更名为广福。1946年南迁中兴镇,位于陈海公路南边,七滧河西侧。1989年,时任中国佛教协会会长赵朴初视察崇明,借此胜缘,广福寺开办了上海佛学院二部。为使学院丛林化,香港吴剑青、山西岳兆礼等大护法概施巨资,1993年起建教学大楼、生活大楼等设施。2005年3月27日,广福寺隆重地举行了钟楼落成暨藏经楼奠基典礼,来自市、县政府部门及佛教协会的领导、海内外诸山长老、各界嘉宾近千人出席了庆典活动。广福讲寺成为崇明岛东部地区的重要佛教活动场所。

广福讲寺自创建以来,高僧云集,文人荟萃,留下了许多动人而神秘的传奇故事。寺内存有不少年代久远的佛像、法器、经幢、字画等历史文物。目前广福讲寺常住僧人、居士有三十多位,寺院主要由天王殿、大雄宝殿、玉佛殿、观音殿、地藏殿、药师殿、三圣殿等建筑所构成,共占地30亩,殿宇恢宏,建构有序,布局合理,环境舒适,以使僧人们安心修行,香客和游人可常年自由自在地来朝拜和游玩。

广福讲寺与白墙民居相映和谐,僧俗为邻,相安共处。进得广福讲寺,清静整洁,飞檐翘角,画栋雕梁,别致精美,辉煌庄重。宝塔状样的香炉,袅袅青烟在其间浮荡缠绕。佛殿雄伟,法相慈悲,佛光熠熠,透着灵气。这里阿弥陀佛佛像高大,四大金刚侍立两旁,观世音菩萨手持柳枝,大慈大悲,福泽人间。佛庙里香客不断,香火旺盛,庙里备有功德簿、功德箱,接受香客布施,充满了清静和谐的气氛。寺内翠绿的树木和艳丽的花卉交相辉映,衬得庄严佛地更为幽雅秀美。寺庙东侧有一条南北流向的七滧河,河水清澈,水缓波平,在阳光的照射下,闪耀着粼粼波光,宛如一幅壮美迷人的油画。站在寺庙的制高点,还可饱览神奇的长江翻滚波浪奔向大海。

佛教从印度传入华夏,就与儒、道文化相得益彰,扎下根来。

文殊表大智，普贤表大行，观音表大悲，地藏表大愿，合称佛教重智慧、实践、慈悲、誓愿四大精神。近年来，广福讲寺以弘扬佛教与传统文化为宗旨，广泛开展形式多样的传统文化活动，推动广福讲寺佛教文化活动的不断创新，信众纷纷前往朝拜，香火旺盛，佛事众多，以使广福之名享誉岛内外，佛光慈悲普照大千。

每逢佛圣诞等重大节日，来寺院敬香礼佛参加法会佛事活动者更是如潮涌至，络绎不绝，云集于此。其时，大批香客涌进广福寺，大大繁荣了当地的香市，寺院外布满了临时摊位，各类商品应有尽有，琳琅满目，寺院内外攘攘拥拥，人头攒动，热闹非凡，满大殿是诵经声和缭绕的香烟。

漫步在梵音回荡的广福讲寺内，在那回旋不息、平缓和谐的诵经声中，使我领悟到了人的生命并未缥缈虚无，古刹以出世入世的两种方式，同时不断地提醒和告诫人们，一个人活着，必须首先认真地思考，到底做怎样一个人，或者说，你应该怎样地活着，才对得住珍贵的生命。

身临其境，让人感到佛无国界，佛乃服务，佛在身边，佛在心中。面对那宝鼎耸立，玲珑雅致，香炉里袅袅香烟，烛亭内闪闪红光，耳闻僧人的诵经声和信众的祈祷声，细细品赏，不由令人心生敬意。这里的僧人或在念经做佛事，或在接待香客，轻声细语。这里的僧俗相见，合十点头，彬彬有礼，佛凡两界，如同一体，闹市不喧，佛地不玄，给人一缕世外桃源的静谧。这里可谓是净土宗风，利乐有情。这里充满着哲理和无私无畏无怨无我的奉献精神。这里寄托着人们祈盼嘉神、安定的美好愿景。

访登瀛书院旧址

登瀛书院旧址，位于崇明东部地区五滧镇中市北侧，系登瀛小学前身。由邑人龚公克宽字涧夫在科举时期的清同治八年(1869)创办，系本区明清时期七所书院之一，迄今已有140余年历史。然而，百年风雨过去了，它仍矗立于当时诞生的地方，似乎时间在它身上已经停止，它以它的方式向后来人默默地讲述着它所经历的风雨岁月。

崇明岛自古民风朴实，崇尚文教。"自有崇明在唐朝"，宋代嘉熙年间，就建崇明学宫，随后，书院、义学、学堂遍及全岛，勤于农作的岛民尽力把子女送去读书，耕读文化扎根于深厚的文化氛围之中。当年，龚涧夫为了改善崇明东部地区童生无学可上的面貌，将祖遗启东县永昌沙土地24万步及海门县小安沙工地3万步单边地的地租，全部归公，作为童生中学习成绩优异者在攻读期间的奖励金，并聘请地方上著名学者为辅导。堡镇、箔沙(今五滧、合兴地区)、丰乐、东久(向化、汲浜、陈镇、裕安)地区的寒穷童生,二三十人,每年两次定期来院会试,讲经论典,吟诗作赋,五滧镇便成为下沙的文化中心。据不完全统计,登瀛书院自清同治八年(1869)至光绪三十一年(1905)就有宋荪庵等8位学生考取秀才和廪生。

清光绪三十一年(1905),随着科举应试制度的废除,书院改为学校(即登瀛小学),原来的院舍不够用,于是在原讲堂后增建朝东屋两大间和朝南屋一穿堂两间以及一些生活用房,还租用街南民房一间也作为教室,登瀛小学的雏形基本形成。首任校长叶鸿猷,当时还有社会名人以及地方绅士宋承家先生等10多人组成校董会,掌管学校重大事宜。

1912年,由于学校声誉威震崇东地区,启东学生相继来校投宿攻读。随着事业发展,校舍继续向北扩建,在两年时间里又增添二埭校舍——四教室、一图书室,并报县批准了从初小扩展为七个学级的完小。1914年崇明东部诞生了第一所完全小学。

1936年,登瀛小学诞生30周年,在时任校长张孟坚组织下,举行盛大庆典,白天开运动会以及学生成绩展示,晚上提灯游行,放焰火,出挑竿,并发行纪念刊等,庄重而热烈,可谓东瀛教育之光。

1938年,崇明沦陷于日军,师生流散,学校停办。1939年,沈玉堂等6名爱国志士重整校园,四个班级复苏上课,翌年,镇西刘敬如三复式完小并入本校,学生增至280多人,至1948年又有一批乡塾并转,学生多达320人。1949年新中国成立,广大翻身的贫苦农民子女涌进学校,至1958年,全校共有13个班,500多名学生，校舍亦作了调整和扩大，其规模为全公社之冠。

遥想当年(1959年9月至1961年7月)我读五年级时，从四汱小学转到登瀛小学读书至小学毕业。在我的印象中，那时的登瀛书院是校务办公室，四厢房的传统民居，坐北朝南，造型别致，翘角重檐，有正埭屋、厢屋10余间，房屋结构为瓦顶砖墙木架，青砖白缝，墙基深阔，木柱立于础石，花岗石阶沿，七路头拔廊，格子门窗，古朴典雅。庭院内砖石铺地，亭台阁榭，假山喷泉，小桥流水，曲径通幽，花木葱茂，错落有致，布局协调，建筑风格明快。每逢中秋佳节，桂花盛开，满园飘香，沁人肺腑。然而，自20世纪六七十年代以来，随着时代的变迁，旧建筑几经改造扩建，已基本拆除，取而代之的是一幢幢式样新颖的现代化校舍。

近日，我来到阔别多年的小镇——五汱镇，并去了一趟登瀛小学。虽然，小时候记忆中的登瀛小学已经没有了，但是有幸看到登瀛书院旧址，坐落在新校园南侧，现存房屋面阔23米，进深9.5米，建筑面积218.5平方米。据附近的老乡介绍，该房屋在新中国成立前由宋承家先生买下，才得以完整地保留至今。虽因年久失修，残墙破壁，饱经沧桑，但硬山顶小青瓦屋面，古式木门窗，里里外外保存完整，原汁原味江南水乡传统建筑风格风韵犹在。这破旧的房屋虽已人去屋空，但仍然可以想象当年的热闹喧嚣，以及曾经有过的辉煌。置身其间，让人不由得思绪万千，顿生历史感慨，同时50多年前在这里读书时的情景仿佛穿过岁月的烟云飘浮在眼前……

走在书院旧址与一路之隔的新校园之间，环境宜人，氛围幽雅，令人着迷。放眼望去，传统与现代，古典与时尚，装点得富有韵味。校园内的几棵松树根如盘龙，高大魁梧，冠如华盖，茁壮挺拔，绿意盎然，繁茂的枝丫透过校舍楼顶，伸向蓝天，呈现一派欣欣向荣的景象。据称，这是当年建书院时种植的。凝视着这饱经风霜、拔地而起的苍松，恍若有时空错乱的感觉，仿佛莘莘学子比肩而坐，在聆听师长宣讲，蓦然间又仿佛化作支支巨笔，挥洒下一曲又一曲千古绝唱。松树，耸立在校园内，守望着风雨春秋，叙述着学校的发展，记载着学子的辉煌，也浓缩了历史的沧桑。从而让我们进一步认识到古建筑保护的意义和价值，更使我们敬畏和珍惜古建筑的历史文化以及给后人提供复古、怀旧、记住乡愁的精彩华章和情境体验。

走出校园，学校门前的那条小河，河水清清，静静地从前方淌来，又默默地流向远方。那执着流淌的小河拨动着河边一片片青青的芦苇和一簇簇争芳斗艳的野草花，在微风中摇曳着，虔诚地欢送着河水前行。沿着河沿漫步，一幢幢造型别致的农家小楼以及那绿树花草河堤倒映水中，在阳光下，水波荡漾，金光耀眼；偶遇白鹭出没，悠闲踱步，水鸟掠过水面，溅起一串透亮的水珠，一切都是那么自然、古朴、纯净。慢慢欣赏两岸美景，闻花香，听鸟鸣，呼吸着清新的空气，体验着静谧，一种古朴纯真的生活情感顿时充满故乡游子的胸中，流淌进我的血液里。在与乡亲们的交谈中，浓浓的家乡口音，顷刻将我带回到了小时候的学校，此时，我怀念我的童年，我格外怀念我学生时代的老师同学，更怀念建立在登瀛书院旧址上的登瀛小学。

附：登瀛书院自清同治八年(1869)至光绪三十一年(1905)的书院史中，崇明东部人才辈出，据不完全统计有下列几名：

宋荪庵	考名承家，考取秀才后继续深造得中副榜举人放官为绍兴县知县		住向化镇河角	当时为丰乐乡	今属向化
吴锡珩	字楚珍	秀才	住四滧镇河东	当时为箔沙乡	今属五滧
龚子昌	法名穆	秀才	住四滧镇河西	当时为箔沙乡	今属五滧
施尔康		秀才	住鲁玙镇南市	当时为箔沙乡	今属合兴
顾贻孙	字也丰	秀才	住五滧镇河西	当时为箔沙乡	今属五滧
郁楚丰		秀才	住永隆镇对南	当时为东久乡	今属裕安
郁禹颇		秀才	住永隆镇对南	当时为东久乡	今属裕安
沈洵高	字铭甘	廪生	住五滧镇东市	当时为箔沙乡	今属五滧

渔乡小村魁星阁

地处长江入海口的崇明岛，得水土肥沃、生态秀美、人杰地灵之利，孕育了厚重的人文文化，涌现了一代又一代的优秀人士，留下了一段又一段有趣的传奇故事和一个又一个美丽的梦想。

据《崇明县志》记载，堡镇南海村，原是渔乡小村，地处偏僻，交通封闭。相传清代中叶，当地有一个名叫施尚珍的德高望重之士，立志改变家乡贫穷落后的面貌，在自家祖宅上开办了一所私塾。有一年，私塾的18名学生赴太仓州参加考试，结果17名学生金榜题名，被录取为秀才，震动了乡里。于是，主考官根据"北斗七星之首为魁，阁乃藏书之处"的含义，赐名施尚珍所办私塾为魁星阁。

又另据《五滧乡志》记载，南海村二、三队范围，该地区原有七个相毗连的住宅，其格局按照银河系的北斗星（俗称七簇星）排列方位，形似烟斗，又像牛犁，故世称该地区的七个住宅为魁星阁，并留下了"天上有七簇星，人间有七魁星"的美誉。

初春的一天,我来到南海村二队,走访了施尚珍的后人,现年92岁高龄的施翠英老大妈。她身板硬朗,耳聪目明,思维清晰,如数家珍地回忆道:"当时的施姓是大家族,我们现在居住的地方一直到南海边,就是魁星阁……"其实,那时的崇明岛南坍北涨并渐渐向东扩展延伸,原先的魁星阁所在地淹没成为沧海,居住在魁星阁地区的人们也被搬迁北移至现在的南海村,魁星阁里的人也渐渐扩散至整个五洨地区乃至崇明东部地区,但在南海村一带一直称为魁星阁。老人还说,过去在通往魁星阁的几个宅院附近还有一条小河,小河上有一座小石桥,称为魁星桥,以后由于年久失修,桥被拆除,小河也被填为平地。

在旧时,我所生活的家乡五洨地区,由于深受魁星阁历史渊源的影响,有着深厚的文化底蕴,当时有登瀛书院等大大小小私塾10多所,培育了如龚子昌、施尔康、沈洵高等一大批的秀才、廪生,催生着文化事业的兴起,形成了村有小学,乡有中学的格局,五洨地区成为当时崇明岛东部地区的文化中心。随之又不断兴建了圣三堂、上智堂、云林寺、东井亭寺、地藏殿等教堂寺庙以及名人故宅20多处,由此奠定了浓浓的文化底蕴。

如今,魁星阁所在地区仍保持着淳朴的民风民俗。居住在这里的人们,长期受到优秀的传统文化教育和潜移默化的历史文化熏陶,涌现出了许多企业家、实业家、教育家,以及乡贤、文人等知名人士。受此影响,魁星阁一带乃至整个五洨地区吹拉弹唱的民间艺人和泥铁木竹等能工巧匠特多,他们凭着日常生活中的耳濡目染,依其赖以谋生的紧迫之感,或祖传,或无师自通地学会和掌握一手技能本领。往往四五个民间艺人组成一个演唱队,就能自编自演出一台戏;能工巧匠们就地取材,利用当地产的竹子编制成箩筐、篮子等生活用品;用本地产的木材做成桌子、凳子、柜子以及水车、手推车和木船等生活用品和生产工具;用芦苇和稻草做出芦芭、芦扉、草盖、草窠等各类精美的生活用品。他们用勤劳的双手传承着"魁星阁"的文化和文明。

魁星阁一带教师特多,几乎每个生产队里都有几名教师担任中小学的教学工作。这一地区每年录取重点学校的高中生和考取名牌院校的大学生的比例也高于其他地区。就这样,"魁星阁"的优秀文化影响和激励着一代又一代有志青年去发扬,去光大。

走进这充满人文气息的水乡小村——魁星阁,千百年沧桑的历史文化浓缩在这片土地上,淡淡的,静静的,耳边仿佛传来琅琅书声,悠扬琴声,和着清澈小河的淙淙流水声,荡漾在人们的心田。

留在心中那座桥

有着1 300多年历史的崇明岛,地处万里长江入海口,岛上水系密布,河网如织,河道上架有许许多多的桥,有的随着时间的流逝而淡忘了,可那座红领巾桥尽管已拆除了多年,依然深深地刻在我的脑海中,难以忘怀。

一个路名,一座桥名,是一个地区历史文化的标识。红领巾桥,位于南堡镇与北堡镇的交界处,横跨在大通河上,建于1958年。如今,虽已拆除20余年,但提起红领巾桥的名字,在崇明岛上,65岁以上的人,可谓是记忆犹新。该桥建造有着一段特殊意义的经历,那是岛上的学生以劳动所得筹集资金而建成的,故命名为"红领巾桥"。

记得当年我读小学三年级,为了筹集资金建桥,我所在的四滧小学号召全校学生捐款捐物,要求人人为建桥出一份力,有钱的捐钱,捐不出钱的拣废铜烂铁及砖屑石子等物,交由学校统一回收,集中捐献。同时,为了能按时保量完成集资任务,学校把数量指标下达到各班级,再由各班级分解到每个同学,并确定完成任务的时间。

接受任务后,同学们积极响应,热情高涨,纷纷利用星期天、节假日,全身心地投入到捐资活动中。那时候,农村生活条件贫困,很少有同学捐钱的,大多数同学都是捐废铜烂铁或砖屑石子之类的物资,于是,大家到房前屋后或路边或江边去捡拾。众人拾柴火焰高,不到一个月时间,就完成了任务。

筹集到了资金和物资,"红领巾桥"很快就建成了,原来那条狭窄的小木桥,转眼间变成了一座宽敞的可载公交车的木结构砖屑碎石铺面的桥,两旁还有护栏,"红领巾桥"四个鲜红大字横挂在中央,放眼望去,大通河犹如一条绿色飘带,轻舞飞扬,桥上车来人往,川流不息,一片繁忙景象。沿河老街、商铺、民宅、绿树、田园,以及在桥旁河道边,有少妇老妪在一座座"水桥"上洗刷衣被之物,影影绰绰,相映成画,一派风光无限。一时间,红领巾桥成了岛上一道靓丽的风景,更是给这座古镇平添了几分妖娆。刚建不久,学校还专门组织学生参观,以后,每次去堡镇,也总要去看看,为之骄傲。

20世纪60年代后期,随着车流量的不断增多,由原来的木桥改建成了水泥桥,碎石铺设的桥面也比以往更宽敞、更坚固。1969年我参军离开家乡,至1993年转业回地方,在部队23年,其间,我记得第一次探亲回家乡路过时看到离别三年后的这座桥,令我兴奋不已,心中充满着无比的愉悦和自豪。

然而,20世纪90年代初,因城镇改造,道路拓宽,这条曾经贯穿崇明岛西至东三江口,东至兴隆镇(现为堡镇瀛南村)的大通河由新开的横引河替代,流淌着数百年江水的大通河断断续续地被填平了,原来的碎石路和河面铺设成为一条车水马龙的柏油大道,倾注着学生们片片深情的红领巾桥也被拆除了。从此,这座有着特殊意义的桥永远从人们的视线中消失了,留下了深深的遗憾。

俗话说:"人过留名,雁过留声。"岁月荏苒,如今20余年过去了,红领巾桥虽已不见了踪影,但这里的名字没有变,人们仍然把这一路段叫红领巾桥。红领巾桥那饱含深情的名字连同这里的水上风景和沿岸风情永远珍藏在了人们的心中。

保存历史,挖掘历史,传承历史,是我们全社会的责任和义务。近日,经由自己回忆及寻访了一些朋友和家住附近的老人,便记录下此文,也算是用文字留住红领巾桥的情,了却一桩心愿吧。

仙鹤沟旧址遐想

仙鹤沟,位于家乡崇明岛五滧镇东北面,米行镇西南约1公里处。这里芦苇泱泱,人影稀少。早在孩提时常听大人们讲那仙鹤沟里有鹤仙、鹤神、鹤精、鹤王等种种神话传说和故事,颇带有神奇色彩。

长大后,我曾多次走过仙鹤沟,或驻足俯视若有所思,或匆匆而过无暇顾及。那时候,我路过仙鹤沟,大都是在赶早集时,凌晨三四点钟,天还没亮,一弯明月挂在天边,如水的月光倾泻而下。天空繁星点点,仙鹤沟在温情脉脉的月色里,总有一种神秘回荡在那里,让人迷醉,让人迷惑,让人柔情百结而生淡淡的忧伤,久久地在我心底萦绕,挥之不去。

近日,读了崇明档案馆徐兵先生编著的《崇明老地名文化》一书和查阅了有关资料后得知,五滧米行镇西南面有仙鹤沟,滧村镇西面,现堡镇东南方向还留有两只仙鹤脚印。

旧时崇明岛的风土习俗,岛上居民在选择宅基地造新屋或选择墓地造墓穴时(乡间称,宅地为阳宅,墓地为阴宅),都要请当地的风水先生测相选址,待选址确定后,再选择良辰吉日开工建造。仙鹤沟和仙鹤脚就是被风水先生相好为人杰地灵的风水宝地。

开挖宅沟、坟沟的另一个用意是,把宅沟或坟沟里挖出的泥土用以筑高宅基墩、墓基墩,加上宅沟或坟沟连接民沟,便于排水,当潮水和雨水侵袭时,对屋里或坟里进水能起到疏通作用。

"入土为安"是中国的传统观念,在崇明岛上,人死后土葬的习俗,一直延续到20世纪70年代末。相传,当时米行镇上一个倪姓大粮户,拥有很多土地和钱,让风水先生选一块好地作为祖坟坟址。造好墓穴,在坟地四周种植松柏,并开挖出一条宽宽窄窄、弯弯曲曲,长100多米,宽约15米,头和尾尖尖的,东西向的坟沟。举目望去,宛如一只身姿矫健、展翅腾飞的仙鹤,鹤头向东,鹤尾朝西,昂首挺立,风姿勃发,两头各靠民沟,成为闭塞寂寞的海岛乡村一道风景。松柏和仙鹤都是吉祥的象征,寓意"松鹤延年""世代平安""增福添寿",仙鹤沟由此得名,并流传至今。

"鹤沟"是鹤的巢,也就是鹤的栖息地。中国古人称:"鹤,阳鸟也,而游于阴,行必依洲者,止不集林木",于是被叫作"仙禽"。据说,它们在160岁时,雄鹤与雌鹤互相对视,雌鹤就怀孕了,再过1000年,就胎生了小鹤,于是鹤也被叫作"胎禽"。也许就是有了鹤的种种传说,鹤在中华文化上有特殊的地位,它是长寿的象征,是高雅的典范。在明清时期的官服中,只有一品文官才有资格在服装中绣仙鹤,使用仙鹤补子。

风水宝地,有如神助。据史料显示,那时候,仙鹤沟和仙鹤脚一带地区,在崇明的历史上声名鹊起,地位骤升,涌现出了许多有名望、有实力的人士,如教师、医生、实业家、企业家,等等。商贾云集,人才荟萃,教育发达,文化兴盛,彰显着这两个地区文化底蕴的深厚和先人的智慧,以及能工巧匠们的辉煌过往,更是催生了该地区经济、社会的发展和进步,"仙鹤"似给一幅幅家乡的美丽画卷增添了灵气。

历史的一草一木,民族的一经一纬,都因那里的传统文化而风姿绰约、仪态万千。多少年来,崇明岛上的宅沟、坟沟刻画的是崇明历史变革的一个烙印,聚焦的是崇明百姓生活习俗的一个缩印,沉淀的是一个不可复制的崇明岛历史的意蕴,承载的是崇明百姓的一片厚爱和深情,向后人昭示的是曾经的芬芳与灵秀,留下的是弥足珍贵的文化遗产。

冬日的一天,迎着飘飘洒洒的雨雪,在米行村书记和主任的陪同下,我来到阔别了半个世纪的仙鹤沟旧址。昔日的那条仙鹤沟早已填为平地,只剩约20米的"鹤头"部位还在,四周花木环植,绿树掩映,沟内一汪碧水,倒影婆娑,芦苇摇曳,银装素裹,一派古朴幽静的生态仙境。虽不见完整的仙鹤沟踪影,坐落在堡镇东的仙鹤脚更是物非人非,但仙鹤的神韵和灵魂仍在。如今仙鹤沟的倪氏后代和仙鹤脚的张氏后代人才辈出,事业有成。仙鹤沟和仙鹤脚地区积淀着深厚的历史文化,保持着良好的道德文明,蕴藏着传统的民风和社会风气,仙鹤的身影和那妖娆的风姿依然驻在人们心间……

离开仙鹤沟旧址时,纷纷扬扬的雨雪越下越大。在这白茫茫的雨雪笼罩里,回首望着远去的那条仙鹤沟,顿生历史感慨,让我浮想联翩。蓦然间,漫天飞雪里的仙鹤沟,犹如无数玉色蝴蝶飘荡的童话世界,眼前仿佛飘来仙鹤翩翩飞舞的身影,耳边隐约传来仙鹤优美动听的鸣叫声……

　　仙鹤沟,静静地泊在时光里,泊在乡野里,感知四时,感知江河,感知风月;仙鹤沟沿着历史的脚步,把昨天与今天,美梦与现实汇成一体,成为崇明生态岛历史文化的一个亮点,永存故里。

劳心共济旗杆宅

千百年来,古老的江海文明,神秘的风雨波涛,浓郁的海岛风情,秀美的田园风光,造就了崇明岛深厚的历史底蕴和独特的自然生态。

旗杆宅,当地人称之为"老旗杆",位于崇明堡镇南海村,砂锅港西。宅前有旗杆一对,因而得名。更令人称道的是宅主张氏家族"劳心共济"的精神境界。

张圣授(1652—1717),字受一,号慎斋,秀才,"高材积学"。构筑"小隐"书斋,亲自教育子女,培养成材。康熙四十八年(1709)岛上遭受潮灾,尽力赈济,苏州知府陈鹏年赠予"劳心共济"匾额。康熙五十五年,知县史弘坦推荐其为乡饮宾,赠予"敦伦睦里"匾额。

张圣授之子张济(1691—1756),字士阶,号介夫。在父亲的教育培养下,年轻时即在黉序中著称,营建别墅于苏州篁村,文章更加老到。雍正十年(1732)中顺天举人。乾隆二年(1737)任内阁中书、协办侍读。大学士史贻直、刑部侍郎励宗万都为他向上推荐。后因病告归,在南堡镇辟新宅,又在南堡镇东"仙鹤脚"(相传,五㳇米行镇西南有仙鹤沟,两只仙鹤脚在南堡镇东)筑"东皋书屋",叠石种树,面势轩豁,浏览往返于三宅(三宅指堡镇南海村老宅,堡镇棉纺厂附近和堡镇纱厂东仙鹤脚两处新宅)之间。县内有事,往往咨询他。乾隆二十年(1755),崇明遭受严重灾荒,他发起了扶贫帮困救灾之举,负责在八㳇设一粥厂,自冬迄春,救济灾民,共渡难关。

张济之子张附凤,字汇翘,号栖岩,崇明堡镇(今堡镇光明桥)人。子承父业,自幼受家庭的熏陶,养成了吃苦耐劳,求实肯干和好学上进的品格。乾隆十七年(1752)中顺天举人,历任内阁中书、起居注协办侍读、代理云南永昌知府。乾隆五十二年(1787)为崇明北堡镇沈伯英宅墙门题书"肯堂肯构",今存。

张济另一子张起凤,字鹍臣,号东皋,清崇明堡镇鹤溪(今堡镇堡港村)人。国学生,当年家乡遭受水灾,危难之时,曾慷慨解囊,捐钱千万,尽力赈济,救活灾民无数。他还擅长书法,喜爱吟诗,著有《品芳斋集》。

张圣教(1666—1714),字定符,号敬斋,张圣授之弟,崇明堡镇五㳇(今堡镇南海村)人。生于康熙五年四月初八(1666年5月11日)。康熙四十一年(1702)中举人,后又考取内阁中书。谱称"三试礼闱,得而复失"。康熙五十三年六月十七日(1714年7月28日)病逝。

张氏后裔张天翼(1896—1955),名体元,乳名孟全,董松岚弟子，名中医张暖村嫡孙，崇明堡镇鹤溪人。性慧强记，性情耿介。师范毕业后，任教震东小学，兼阅医书，大有长进。因诊务日忙，于是弃教就医。中年以后，信誉鹊起，任大通纱厂中医，设门诊于南堡镇张氏新宅，求诊者不远数十里而来，成为家喻户晓的当地名医，号称"张一广"（崇明方言中"广"含意"摸"，指帮人搭脉经其一摸，手到病除）。所著《觉庐医话》，王清穆作序，书未印行。另著《齿龈证治》一书，1932年8月上海国医书局印行，列入"国医小丛书之三十七"。暇则挥毫画兰竹，寥寥几笔，别具风格。1954年，漫游北京，归后不久，病故于家。

当地上了年纪的人还清楚地记得，旧时的旗杆宅，每逢新春佳节，都要进行升旗仪式，并插彩旗，几十根旗杆高耸挺立，几十面彩旗迎风招展，从旗杆宅一直竖立到宅南面的江岸边，以弘扬张氏家族"劳心共济"精神。附近百姓齐聚，场面十分壮观。

近日，走访原居住在旗杆宅的张氏宗人张廷之（第六代）、张国模（第七代）。据他们回忆，旧时的旗杆宅为江南水乡浓郁传统建筑风格的坐北朝南向两个砖木结构，三进二庭院的鸳鸯宅，白色粉墙面，硬山顶小青瓦屋面，木门窗，木立柱，雕梁画栋，古朴典雅。宅院前堂有双墙门（即里外墙门），入内分别有两个院子连接前厅、中厅和后厅，两侧为厢房，中厅正屋为七路头拔廊，厢房为五路头。充分体现了当时崇明岛上一个大户人家几代人的居住和生活情景。此外，旗杆宅的四周环绕护宅沟。曾听长辈们说，旧时宅前的道路两旁种有数十棵法国梧桐树，浓荫匝地，十分高大，官宦富商来宅时，马匹就拴在这树下。宅院外西侧有一口古井,上端所置护井围栏为玉石材料,直到20世纪60年代初被毁。那块"劳心共济"的赠匾也在那个年代流失。几十棵法国梧桐树也早已被全部砍掉。

如今的旗杆宅已物非人非,让人有说不出的失落和伤感。该宅院自20世纪80年代起,几经搬迁和拆除,至90年初已全部拆掉,现被一幢幢别致的农家小楼所替代。在这里,唯有那条在旗杆宅前透着柔柔韵味的迤逦砂锅港依旧清澈神秘,静静流淌着,还有那旗杆宅的地名和"劳心共济"动人的故事依然流芳人间,故事中的传统美德根植在这片土地上,深深地扎根在人们的心中。

秋风送爽,心旷神怡。眼前的旗杆宅故里宁静而安详,端庄而厚重。徜徉在古宅的历史长河里,寻访那旧时光的点点滴滴,让人感慨万千。愿这个充满历史文化积淀的"劳心共济"精神在新时期得到延续和传承,愿一代又一代人在这里感受到精神文化的无比魅力。

访高氏贞节牌坊

高氏贞节牌坊,位于崇明堡镇正大街148号,建于清乾隆年间,迄今已有近300年历史,为临街坐西朝东,四柱三间三层格局,楼阁式,花岗石料。它是一座完全被嵌到房子里面的牌坊,成为房子墙面的一部分。它的主柱也成了房子的支架,具有一种巧妙的建筑风格和独特的稀有装饰。据《崇明县志》卷十七(人物志三·贞节·历代旌表贞节):"高氏,陈平策妻……乾隆三年题旌。"另据嘉庆《大清一统志·太仓直隶州》"黄天一妻沈氏"条目:"陈平策妻高氏……俱乾隆年间旌。"崇明《陈氏宗谱》记载:"四支、舜道分",迁崇第14世"平策,谏章,高氏守节,入志建坊"。陈平策系明代崇明籍书画家陈嘉言(可彰)玄孙。如今的古牌坊,坚硬的花岗岩表面已有些风化,因此更显历史沧桑,并吸引着众多游客前来寻幽怀古。2017年3月,此牌坊被上海市崇明区列为不可移动的文物。

初夏的一天,我沿着堡镇老街来到这里,一眼望去,高氏贞节牌坊高高耸立,坚实挺拔,质朴恢宏,古意沧桑。由于饱经风雨,年久失修,这里除了原先镶在最高处的旌表匾还保留着,坊额刻有"皇庆旌表"和陈平策之妻高氏之坊二匾,能隐约可见,下面两块石坊上的文字模糊不清,难以辨认。但是花纹却十分完整,看得出有双龙抢球,还有狮子玩绣球之类,造型凝练,刀法流畅,线条明快,精巧雅致,形象逼真,惟妙惟肖,充分显示了古代石匠深湛的技艺。牌坊布局严谨,清幽雅静,然而,在底层的墙面上开了一扇窗,木头的窗框和牌坊组合在一起,有种后现代的效果。如把古牌坊和牌坊里发生的故事串联起来,自然有了历史时空的沧桑感。

贞节牌坊,是封建社会遗留下来的历史产物,其中宣传的"男尊女卑"和"夫为妻纲"的思想观念,应批判和摈弃。

走出牌坊,回首望去,牌坊傲然挺立,巍峨壮观,与沿街一片风姿绰约的老街建筑融为一体,不由顿生历史感慨,让人浮想联翩……

忆情航风船往事

过去,崇明人出海岛,唯一的交通工具便是乘航风船(也叫"沙船"),这是一种没有机器动力,完全利用潮流和依靠风帆助力航行的小木船,主要用于运输货物,有几吨的,也有几十吨位的。崇明沙船是江南地区颇具代表性的船型,与福船、广船、乌船同为我国古代四大船型之一。

航风船乃方头、平底船,有一桅一帆(帆,乡间称篷),两桅两帆的,也有多桅多帆的,根据船的大小而设定。每艘船一般连船老大共2—3人,由船老大掌舵定方向,进行海上物资运输。由于此种船型吃水较浅、甲板构筑物较少,因此阻力也小,航行起来比较灵活、平稳。据传郑和下西洋所用之大沙船,以及当年人民解放军百万雄师横渡长江天险,所征用的船只也系此种沙船,真可谓历史悠久,功不可没。

航风船决定了崇明先祖渡海来崇明和崇明人的出海方式,同时也锻炼了崇明人造船的智慧和能力。航风船的造船师傅都是当地土生土长的人，他们的技艺是祖传的，造船所需的材料也都是就地取材。工匠们利用当地的榆树木、槐树木、桑树木做龙骨及横梁，用杉木、松木做船帮，采用传统的铆榫结构将各部连接起来，并用麻丝、桐油和石灰将其捣烂成腻子镶嵌（几乎不用铁钉）在缝隙间，再用桐油将船体内外涂刷透彻，直至周身油光铮亮。一艘刚涂过桐油的船，在阳光下黄澄澄的，非常耀眼。经过这样的处理能保证船舶在航行途中不渗漏进水。

那时候，航风船是岛内外运输的主要交通工具，岛上各港口内，常常可见桅杆林立，蔚为壮观。出海时，张挂船篷，扬帆起航。风平浪静的季节里，江面上船只星罗棋布，穿梭不息，风帆点点，号子声声，响彻云霄，热闹非凡。夜间，江面上沙船的点点灯光，与夜空中的闪闪星光融为一体，幻觉似梦境。尤其到了秋末初冬时节，崇明岛上的大白菜等各类农产品运往城市，城市里的物资和肥料运往海岛，成群结队的船只，白帆高高，满载货物，浩浩荡荡，鼓着秋风，徐徐往来，或南下北上，或西行东出，一派繁忙景象，成为一道靓丽的风景。

航风船不像机动船，发动机声音吵得心烦，它在江海中航行，凭借着风力和船篷的作用，将江海水轻轻划开，一道道涟漪荡漾开来，泛着斑斑点点的光，如梦如幻。一群群海鸥伴随着，或在江海面上空翱翔，或在浪花中追逐，与坦荡的滩涂和两岸旖旎的风光交相辉映，别有一番情趣，令人心旷神怡。

20世纪70年代，航风船加装了柴油机动力装置，于是便被称作"机帆船"。再后来，风帆也取消了，彻底成为机动船。木壳也改成了铁壳,吨位逐渐增大,航速快,航效高,安全有保障,崇明人在驾驭自然力方面终于有了一点自由权。由于崇明岛处于长江入海口,风急浪高,即使是机动船,其抗风能力也有限,仅适宜在长江口及沿海区域内航行,遇上台风等恶劣天气,那也只得停航了。江海上航行,要是碰上顺风顺水时,逍遥自在,轻松自如,要是遇上风浪时,全靠船老大熟练的掌舵技能和巧妙的实践经验,真可谓是"看风使舵,各显神通"了。

到了新世纪,岛上的交通发生了翻天覆地的变化,尤其是长江隧桥通车,水运逐渐被汽车运输所替代,航风船也逐渐淡出了人们生活。如今,陪伴着沿江海民众千百年历史的航风船已成为过去,人们只能从航海博物馆,或者旅游景点中尚能见到这种船舶的风貌。

航风船曾为崇明航海事业做出过贡献,每每想起它的靓影,就会勾起浓浓乡情。

远去的乡间土路

自从20世纪60年代末,我参军离开家乡崇明至90年代初转业回上海分配在市区工作,已整整50载。50年过去,弹指一挥间。然而,每当回家乡时,看到乡村面貌日新月异,乡村道路和交通运输工具发生着翻天覆地的变化,总是让我心潮澎湃,感慨万分。

每一个人的生活都离不开路。然而,崇明岛上的路和交通运输工具,大多数上了年纪的人都会记忆犹新。新中国成立之前,崇明岛上的道路和交通工具十分简陋,那时候岛上没有水泥马路,全是土筑路。这些土路有黄泥路和沙泥路之分。黄泥路湿时黏性大,泥浆多,干了之后坚硬如石块;沙泥土松细,渗水快,少黏性,泥浆少,干了之后易碎。这些土路,都是从田埂上走出来的,路面狭窄,路基不高,坑坑洼洼,走在路上,要是遇上黄泥路,晴天尘土飞扬,雨天泥泞难行。当时岛上仅有两家私人办的汽车客运公司,只有几辆客车组成,并在岛内按东西南北分段运行,价格自然不菲,因此乘坐者为少数富裕人家,岛上百姓的出行十分困难。因此,独轮手推车成为岛上交通运输的主力军。

新中国成立之后开始加宽公路,路面铺设砂石,修建桥梁。到了1956年"公私合营"后,成立县汽车运输公司,配备数十辆公交车。记得20世纪50年代末,上小学三年级时,南北堡镇段要通公共汽车,需拓宽公路和修桥,由于缺乏资金,我们所在的四滧小学号召全体师生捐款捐物,有钱的出钱,没钱的拣废铜烂铁及砖屑石子等,筹集到的钱物将用于架在堡镇大通河上的那座木桥拓宽,便于通公交车。众人拾柴火焰高,全体师生热情高涨,大约经过半年时间发动师生捐助筹集到的款物,在那条原有的木桥上重新建成可载公交车的木结构砖屑碎石铺设路面的桥,桥的两边还有木护栏。该桥建成后,因是学生劳动所得的成果,故将它命名为"红领巾桥"。通车时,倾注着心血和情怀的师生们,心中充满着无比的愉悦和自豪。随后,学校还多次组织全校学生参观,令大家兴奋不已,欢欣鼓舞。

为了解决出行和运输问题,于是一种叫"独轮手推车"的简易运输工具就在岛上应运而生,甚至一度成为岛上交通运输的主力军。一年四季行走在乡间的路上忙个不停。这种独轮手推车,用上等的硬杂木精制而成,平时,人们用它运载杂货、柴草之类的农作物。到了秋收季节,人们则用它运载粮食、棉花和大白菜。也有婚庆人家用它运载嫁妆和新娘,10来部独轮手推车浩浩荡荡排成长队,成了旧时乡村的一道古朴壮观、靓丽惹眼的风景线。当时在乡间,倘若哪个小伙子家里拥有这三大件,即独轮手推车、水车(灌溉农田用的)和织布机,就算得是上等富裕人家了,乡亲们都会刮目相看,提亲的人必定会踏破门槛。直到 20 世纪 60 年代中期开始,这些乡间的独轮手推车交通工具逐步被劳动车,以后又被手扶拖拉机等取而代之。

那时候,更多的岛上人连这样简易的独轮车也舍不得乘坐,他们的出行办事全凭两条腿。在我的青少年时期,岛上人去一次上海市区,比现在出一次国还难,仅从家乡四滧村到堡镇码头就要步行 10 余里路,需要一个半小时才能走到。到上海市区单程要花费半天,来回一天相当紧张,如果遇上恶劣天气,渡轮停航,岛上出行更是艰难无比。

记得在 20 世纪 60 年代初的一个冬天,生产队派农用小木船到县城去运粪。那时候,这种货船没有机器动力,全靠人力拉,我和其他三位伙伴被选派去拉纤,那天从凌晨 4 点出发,顶着寒风沿着河岸拉纤行走 70 多里路,到县城已是中午 12 点多。待一船粪装满后,又急急往回赶,到家里时已是夜深人静的下半夜,来回耗费了 20 多个小时,走得筋疲力尽,全身如散了架一般。

直到 20 世纪 60 年代末,乡村中能买得起自行车的人家极少,我们整个生产队几十户人家也只有几户人家拥有。那时候,出门办事能骑上一部自行车的,算得上是最酷的交通工具了,让人羡慕不已。记得那年我因做竹器小手工业品,经常要到离家较远的集镇赶集,为了出行方便,我省吃俭用了好几年,才好不容易购买了一辆凤凰牌自行车。但由于乡间的路都是泥路,遇到雨雪天气,泥泞难行,时常会车轮陷在烂泥里塞满了车的前后挡泥板,无法骑行,只好用肩扛着自行车走,是十足的车骑人。每次自行车用过后,都蓬头垢面,总是洗了又洗,擦了又擦,将自行车当成贵重物件爱惜。

如今,特别是改革开放以来,人们生活日新月异,家乡的面貌发生了翻天覆地的变化,无论在岛内还是到岛外出行,四通八达的交通给生活带来极大的便捷。以往的土路、砖屑路、碎石路已不见了踪影,崇明岛上不仅有宽敞的柏油马路,连村与村,户与户之间也都铺设了水泥路,路边还增添了太阳能灯,既节能又环保。公共汽车也进了村,出门办事既快捷又方便,一改过去到车站坐公交车不但要走好几里路,而且要间隔一两个小时才能乘上一班的窘况。同时,大路小路整洁干净,平整光滑,就连通往田间的机耕路和田埂小路也铺上水泥路面。于是,不管是晴天,还是雨天,人们出行两脚沾不上一点泥土,过去必备的雨鞋也淡出了生活。在乡间,几乎家家都拥有电动车和小汽车,连面包车、运输车等也已不再是新鲜事。有着千百年历史的独轮手推车已在岛上成为古董,只有在农家乐等旅游景点或博物馆里作为展览物件,还能偶尔见到踪影。

2009年10月,长江隧桥一路通。这条承载着车流、物流、人流的"卧波长龙"建成通车,不仅拉近了上海市区与崇明岛的距离,还解决了"漂过长江奔崇明,船儿颠簸千百年;浓雾锁江断航道,台风肆虐难上岛"那因扰崇明岛上居民祖祖辈辈的过江难题。更令人欣喜的是,该桥隧还与通往江苏启东的崇启大桥连接起来,使上海至启东、海门、南通及连云港、山东等地的通行速度大大加快,从而打通了江海联运的南北交通大动脉,为长三角经济一体化提供有力的通行支持,真是一条通向美好未来的世纪大道和腾飞之路。

进入新时代,崇明正在利用得天独厚的自然、人文、历史资源,挖掘和开拓海岛道路交通新的丰富内涵。四通八达的水泥道路,两边种植富有层次的绿化带,整个崇明岛就像一个美丽的大花园。目前,正在建设崇明大道、环岛大道、生态大道以及轨道交通与市区线路的连接等,开启交通强市的新征程,进一步使这座世界级生态岛成为创新之城、生态之城、文化之城、活力之城、旅游之城、绿色之城,其美誉度和影响力将不断扩大。作为土生土长的岛上人,我怎不为之而感到欣喜和鼓舞呢。

70年来家乡的土路,给我的记忆涂上了四季的色彩。家乡土路的变迁贯穿了我对旧时故乡的怀念。那一条条远去的乡路,一桩桩难忘的往事,如影相随在脑海深处,挥之不去;那一行行逝去的独轮手推车车痕,一件件苦涩的童年印记,时常在眼前浮现,永远铭刻在我的心中……

老宅抒怀

多少次,多少次在梦里依稀见到您,我的故乡老屋。

老屋位于崇明堡镇四滧村,建于19世纪初,是一个拥有三进三场心(即外场心、内场心、后场心)的封闭式朝南宅院,占地面积约1 800平方米,30多间砖墙木架平房,居住着近20户同姓同宗人家、50多人的大宅院。

宅院组成沿袭了古法,讲究伦理,重视功能,整个建筑布局呈传统的日字形,有穿堂、前堂屋、庭院、后堂屋等。宅院的四周有宅沟相围,沟外种有竹子树木,可谓浓荫蔽日,恬静幽雅。我对故乡的老屋总有着一种留恋之情、特殊之情。从童年直至20岁那年参军远离家乡,二十载光阴,都是在故乡老屋度过。20世纪80年代初,几经搬迁拆除,老屋已一去不复返,没了踪影,但这里的一草一木、一砖一瓦勾起了我深深地遐想,仍刻骨铭心地留在我的记忆深处。

那时候,我家住在宅院的二进朝东厢房,是我学习、劳动、生活的一个小天地,舒适、清静、淡泊。宅院里的人们做事透明度特别高,谁家吃什么饭、什么菜都能知晓。谁家剁馅的声音,谁家烧菜的香味,前后左右都能听得到、闻得着。闲暇之余,东家长西家短,拉着拉着,所有的"秘密"就暴露了。常言道,远亲不如近邻。长时间住在这里,邻里间融洽相处,谁家有个大事小情,只要言语一声,倾心相助,尤其是遇上红白事,全宅男女老少都会伸出援助之手,帮忙、干活,不分彼此,忙得不亦乐乎。老屋宅院成了一个大家庭,使简陋的环境充满了生机,洋溢着温情。这份可贵的邻里之情,最原始的快乐和纯真,许是居住在平房宅院里的人们,最能真切地体会到。乡村老屋构成乡村人最常见的生活空间和独特的生活风情。

在我印象中,那时的故乡,"土地平旷,屋舍俨然,有良田美池桑竹之属。阡陌交通,鸡犬相闻"。恍如东晋文人陶渊明文中的桃花源。一年四季都有古朴迷人的风景和妖娆诱惑的风光。春天,万物苏醒,满眼的绿色,满眼的希望;夏天,万物茂盛,满眼的碧翠,满眼的生机;秋天,万物丰收,满眼的金黄,满眼的喜悦;冬天,万物沉寂,满眼的银光,满眼的素裹。那是息息生生,生生息息的生命在流动。

那时的老屋,整个空间自然流畅,动静相宜。家家养鸡、养鸭、养羊和在宅沟里养鱼,树上的鸟儿在叫,地上的猫狗在奔,草丛间的虫子在跳,花儿上的蜂儿酿蜜,水中的鱼儿嬉戏,烟囱中飘出一缕缕炊烟,从房上树间缭绕出来,渐渐升腾,散成了白霭,弥漫在老屋上空,将宅院装点得分外生动。置身其间,仿佛走进素雅而灵动的水墨画中。

那时的老屋,更是孩子们一年四季的乐园。春天,在宅沟边,捞鱼虾,捉蝌蚪;夏天,树上的知了叫个不停,用长长的竹竿绑上铁丝弯成圈,在老屋的墙角里缠满蛛丝沾知了;秋天,常常约几个小伙伴或捉蟋蟀、斗蟋蟀或在场院里玩着"五子"游戏;冬天,在宅院里堆雪人,打雪仗,搞得全身上下湿漉漉,银铃般的笑声在院落中回荡。尤其每当夏天,连接宅院的河沟及其支流两岸,会支起水车,乡亲们两人一组车水或四人一组踏龙骨水车戽水浇地,这河沟成了流域农田庄稼作物的命脉,生生不息。我们这群孩子下水游泳,摸鱼,戏水,亲近这清澈的河沟水,河沟又成了孩子们夏日的天堂。

儿时的美好记忆出自老屋,我时常想起和幼时的玩伴在宅院里尽情嬉戏。最难忘的是在盛夏高温时节的夜晚,躲在宅院的树影下,吹着自然风,自在地纳凉,享受一天中最安静的时光。此时,幽远高深的天幕上一轮皓月挂在当中,周围缀满了宝石般的星星,空气中氤氲着淡淡的清香。萤火虫飞舞着,划出一道道亮光,幽幽莹莹,绰绰约约,就像幼小的繁星闪烁在静谧的田间。蟋蟀从草中跃出,绕膝而来,在身边弹琴。纺织娘在瓜棚里拉开嗓门,唱着优美动听的曲调。长者们天南海北地讲着动人的传奇故事,沧桑的声音透过宅院被风吹远,消失在阵阵蛙鸣中……那份凉爽和惬意,别有一番滋味在心头。

往事如烟。所有的往事,都会随风飘逝,但故乡的老屋在我心里始终占有特别的地位,对那段充满着淳朴的民风和温情的乡村生活始终怀有特殊的情感,那时纯真的笑声依然在耳旁回响,那时苦中作乐的生活场景如今想起来仍历历在目。老屋,是我心中的灵魂,是我心中永远的桃花源。

弯弯回乡路,我常常在梦里回到记忆中的老屋,回到儿时的精神乐土。今夜请再入我梦乡……

宅沟记趣

旧时的家乡崇明岛上,家家宅院四周都有宅沟。

那时候的宅沟,清纯美丽,闪烁波光。宅沟四周长满了芦苇、茭白,宅沟内沿种植果树花木,外围则是竹园和枝杨圈。春日的阳光照耀在宅沟上,温馨和煦,水面在微风吹拂下泛起小小的涟漪,婆娑的花草倒映在水中,宛如少女含情脉脉的眸子。

宅沟虽小得浪不能拍岸,水不能载舟,但它上连大河,下接江海,可谓是通江达海,潮涨潮落,沟水清澈,流淌不息,养育着岛上垦荒耕种的憨厚朴实的村民。俯瞰宅沟,果树花木,芦苇翠竹跌落在沟水里,就像一幅倒挂的画,朦胧中透出清新,淡雅中显得宁静。这里鱼嬉鸟鸣,鹅鸭畅游,一切都是那样的和谐自然。

宅沟边家家户户用条石架设水桥,一直延伸到水中。清晨时分,农家人在水桥上淘米洗菜。夕阳的时候,到水桥上抬水挑水,欢声笑语在沟水间荡漾。每每临沟,啄食寻物的小鱼小虾会戏耍到人们的竹篮、淘米箩里,还会被舀到农家人的水桶;黑压压的蝌蚪自由自在地游荡在宅沟的四周，好似给宅沟系上了一根带子。如今回想起来，这里真是一幅熙熙攘攘，人声鼎沸，充满田园气息的"清明上河图"。

酷热的夏天，宅沟里呈现一派热闹的景象。孩子们光着身子扑向宅沟，宅沟用她宽大的胸怀迎接着充满热情的孩子，天生好动的孩子们毫无顾忌地纵情嬉耍，使劲舞动双腿，溅起一片片晶莹透亮的水花，尽享自然的恩赐，舒心而惬意。口渴的时候，用双手捧上几捧宅沟里的水，"咕噜咕噜"喝上一肚子，清凉凉的，甜透了我们儿时的心头。

傍晚时分，男人们来到宅沟，借着夕阳的余晖，泡在水中，洗去一身的汗臭和一天的疲劳。到了一切景致渐渐被暮色收回，远空幽暗了，呈现出一片灰蓝的颜色。此时，月亮爬上树梢，如水的月光静静地倒映在宅沟里，微风拂皱了水面，月亮在水中抖动着身子；俏皮的萤火虫提着灯笼，流星一样穿过宅沟上空，晃晃悠悠的；宅沟里，蛙声如潮，醉倒月色，那夹着幽幽清香的风徐徐吹来，让人感到柔和清凉。

每逢中秋，天蓝得那样纯净，云白得那样耀眼。那宅沟，在沉醉的西风里，她被装扮得那样的艳丽、窈窕，惹人怜爱。那清澈的宅沟水，水光潋滟，波平如镜。宅沟边俊俏挺拔的芦苇，在阳光下闪着光芒，在秋风中微微晃动。片片芦叶像一根根翠绿的绸带把宅沟水荫得凉凉的、绿绿的，鼻翼间充满了爽朗的清香和泥土的芬芳，沉醉其间，赏心悦目，好一派世外桃源景象。

严寒的冬季，宅沟总是吐着热气，和宅上家家冒烟的烟囱遥相呼应,让整个宅院充满生气。到了宅沟里的水结上一层厚厚的冰时,我和几个小伙伴找来一个破筐或一条板凳,系上一根绳子,一个蹲一个拖,在冰块上欢快地滑行,冬天的宅沟承载着孩子们的快乐。到了冬末初春,农家人一起把宅沟里的水抽干,挨家挨户还能分到好多鱼虾。农家人便清理宅沟,把沟底乌黑的有机泥用铁锹一锹一锹地挖出,又一担一担地挑到农田里作肥料。当一股清水流进宅沟时,宅沟变得洁净而透明,犹如晶莹剔透的翡翠。

　　岁月的变迁,宅沟早已走出了人们的视线,如今的孩儿们已经不知道什么叫挑水了。过速的追求夺去了宅沟的生机,过去那如诗如画般的宅沟场景不复再现——鱼没了,蛙走了,鸟飞了。往事依依,却再也看不到宅沟当年的热闹景象。然而,宅沟的水流淌过祖祖辈辈崇明人的血脉,宅沟的水蕴含着祖祖辈辈崇明人民宅文化的光辉历程,宅沟永远走不出我那刻骨铭心、魂牵梦萦的深深记忆,宅沟带给我童年的那些无穷乐趣的往事总是在心头闪耀,缠绵……

岁月深深草窠情

随着经济的发展和人们生活水平的提高,旧时乡间农人冬天自制的取暖、保暖用品已退出历史舞台,取而代之的是那式样新颖,外观漂亮,功能齐全的空调、保暖锅、保温瓶等现代化的取暖保暖设备,走进了人们新的生活。然而,翻开岁月的黄历,家乡崇明岛旧时过冬的情景依然历历在目。

那时的乡村,乡民可谓是真正的草民。由于生活物资匮乏,取暖的工具少之又少,田野里到处都是的稻草就成了人们取之不尽的取暖物品。一到秋末,乡亲们忙完了农活,便开始忙着用稻草自制成种类繁多的保暖用品,以备过冬之用。

最为常见的是供小孩用的草窠,其系用稻草编扎成一米多高,形似直立的圆桶。为求平稳,这种草窠一般都底座大、收口小,中间横穿一排竹竿或木条,上面垫上稻草或旧棉被、芦花之类的保暖品,这样就可让小孩站立或半躺其中。一只草窠一般可用三四年,我们小时候都坐过,既保暖,又舒适安全。

另一种常用的是烘窠,也是用稻草编扎成能放置烘炉大小的草窠。这样,由于烘炉放在草窠里热量不易散发,可用以烘脚。那时候,晚饭后,一家人围坐一起,一边轮流取暖,一边唠唠家常,议议农事,全家的亲情也随之加温。还可在阴雨天烘干衣物,尤其是给小孩烘尿布,真可谓一举多得,经济实用。

还有一种草窠,用稻草编扎成缸般大小,并配有窠盖,可在寒冷的冬天里用以酿米酒或做甜酒酿时的保暖,即把做好的酒或酒酿连缸一起放进草窠里,盖上窠盖,始终保持适中的温度,达到保温的理想效果。

草窠的用途十分广泛,家家户户几乎都离不开它。如将稻草编扎成饭锅大小,还配有窠盖,将热饭、热汤等连锅放进草窠,四周塞些棉絮之类的捂紧,盖上窠盖,能保温三四个小时,随用随取,既节能环保,又安全有效。

由此可见,那品相土气,经济实用的草窠,功不可没。到了20世纪80年代,草窠已渐渐在乡间消失。那种传统的取暖方式再也看不到了,但它是一定历史条件下的产物,它续写着世代崇明人的辉煌而艰辛的历史篇章。它也犹如一幅美丽的写实画,永远生动地镌刻在我的记忆里,定格在脑海里,时常浮现在梦幻中,难以忘怀在岁月深处。

搓草绳往事

过去崇明岛上的农户,一到秋天稻子收割上来后,他们便赶紧将其中一些结实的稻草收藏起来,这样待到冬闲时,就可以将它们搓成各种各样粗细不同的稻草绳备足所需。

从前,对于庄稼人来说,稻草是个好东西,它既可以当稻柴烧,也可以当建材用。整整一个冬天,人们都在为此而忙碌。那时,崇明岛上家家户户的房檐下都挂满了一串串金黄色的稻草绳,成为冬日乡村中的一道靓丽风景。

在我的印象里,稻草绳最为常见的用途是做围栏。那围栏一般有一米多高。人们先将芦苇或细竹竿等距离地插入泥土之中,然后再缠上两三道稻草绳,这样圈围在庄稼秧苗的四周,就可以防止鸡鸭等小禽类闯入庄稼地去啄食和踩踏秧苗。

另一种稻草绳,崇明当地土话叫"调界绳",人们都用这种绳子作为丈量开排水沟、插秧、播种农作物时的间距行距用。这种绳子的要求是粗细均匀牢固,以使在被拉扯时不易扯断。

还有一种稻草绳叫"攀屋绳",这种绳子是用以固定草屋房顶上覆盖的稻草用的。过去岛上许多人家都盖不起砖瓦房,木料也很少,于是人们便就地取材,用毛竹、芦苇、稻草来搭建草屋。稻草总体上说,分量较轻,因此覆盖上去后,需要用草绳交叉攀成网络罩住整个屋面将它们固定住。当时我们乡间有句谚语称,"东北风起朔蓼蓼,草屋赶快攀绳索",就是说的这种情况。崇明岛地处长江口,正好处在台风的风口上,风势凌厉,因此必须用草绳攀紧屋顶,以防被台风刮走。这种攀屋顶用的草绳子必须粗壮结实,不易折断和腐烂,经得住常年遭日晒雨淋,一般两三年更换一次。可是,结网、盖屋是个技术活,要根据屋面长短、高低程度细致操作,使之完全与屋面合拍,妥帖、牢固地罩住屋面上的稻草。当然,草绳最大的用途是捆扎东西,就像如今的塑料绳。过去乡间许多杂物都离不开捆扎,所有捆扎用的绳子基本上都是草绳,它不需成本,只需劳力,倒也方便实用。

那时候,一到冬天的晚上,一家人围坐在暗淡的煤油灯下,我们小孩子看书学习,母亲纺纱或缝补衣服做针线活,父亲则总是不停地忙着搓草绳,只见左右两股稻草在他手中旋转自如,粗细匀称麻花状的草绳在指间源源不断地滑出,还会闻到一股股香味,那是新稻草沁人肺腑的清香。这是当时岛上农户人家常见的景象。

搓草绳记录了那段流逝的岁月,见证了时代的变迁。如今,每当我看到稻子成熟收割时,就会想起父亲当年搓绳的情景和搓绳时欣慰的笑容,心中就不免涌起阵阵的暖意和温馨……

难忘农活技艺

提起种田干农活,对于现在的人们来说,既没有什么高精的技术含量,又算不上什么重活累活,只要掌握好农时季节,把种子播下,施施肥,浇浇水,除除草,洒洒农药,定会有好的收成。而且连播种和收割也大多是机械化操作,省时又省力。

然而,在旧时的乡村,既没有机械设备,又没有农药和化肥,干活全靠人力,真是费时费力,又苦又累。但是,纵观这些传统的农活,也不完全都是粗活,或全凭力气能做好的,其中有许多农活具有较高的技术含量,需要苦干加巧干才能实现。在我的印象里,那些讲究精致的农活,即使有人种了一辈子的田,也难能完全掌握好这些技艺。

如翻地,乡间称扣地。过去乡间用的是一种叫铁镕的农具,用它翻地时,只要将铁镕往泥里扣下去翻过来就能完成。看似简单,实质有着一定的难度。如遇上地里长着齐腰高的青草,用铁镕翻(扣)过之后,要连一点青草都不露在外面,全部压在泥里,而且又平整,并不容易，需要用力均匀，找准角度，深度适当，协调一致才能完成。

还有做稻田边沿，乡间称垾稻田沿。每当稻田整理完毕准备插秧时，都要将稻田四周高低不平的边沿加固垾平。干这活儿，既要有相当的体力，还要有相当的技艺，做到边垾垒、边拍严、边抹平，动作连贯。这活虽然大多数人都会做，但真正把稻田沿垾得既平整光滑又牢固结实的人不多，这也是他们长期在劳动中不断摸索才能得到的功夫。

再有插秧，乡间称莳稻。过去插秧全凭手工，在插秧时，高手们轻盈如飞，插得既快又齐，插好之后，碧绿的秧苗，无论从哪个角度一眼望去，横竖的间距都是笔直一条线，几乎同现在机械插的没有什么区别。因此，要掌握这一门技艺，非一日之功，既要靠手功，又要靠眼功，只有做到眼快手灵，配合默契，才能插得又快又好。

除此之外，还有如推独轮车、挖排水沟等也都有一定的技术含量。在这些农活技艺里，无不凝聚着劳动人民的聪明才智和对美好生活的无比向往。

那时候，我们的生产队有着近百名的男女社员在一起干活，生产队长在给社员派工时，总会按照每个人的技术特长进行合理选择和分配工种，使之扬长避短，强强组合，发挥优势，调动积极因素，提高劳动效率。

每当看到这些高手各显其能产生佳作时，总会引来人们赞许的目光或喝彩声，也时常会引来过路人驻足观赏，一饱眼福。同时，这些佳作也成为寂寞的乡村一道靓丽的风景，更是给苦涩的乡村生活带来一些鲜活的情趣。

油灯时代

早年,故乡崇明物资贫乏还未通上电,每当夜晚,家家都用煤油灯(乡间称"竹灯盏""洋灯""美孚灯")照明,划根火柴,点燃灯芯,调好火苗,那昏黄的光晕便四处闪开,全家人围坐一起,其乐融融。在我的记忆中,大多家庭的男人都干着搓绳子的活,有草绳、麻绳、棕绳和江草绳等;妇女们则忙着缝补衣服或纺纱织布;孩子们在孜孜读书,屋子里弥漫了煤油气味,淡淡的、浅浅的。

我们这一代人,亲历过"竹灯盏""洋灯""美孚灯"的时代。20世纪50年代,大多人家使用一种毛竹做的土油灯,形若小架橱,用毛竹做成一个支架,分为上下两层,上面一层的支架上放一块竹爿或一只小碗,用以盛放菜油、豆油之类燃料,再以灯草或纱条点燃火苗,支架的顶端用一根长竹子,弯曲成拱形提梁,可拎在手中,也可挂在墙壁上;下面一层是储放备用灯草、纱条、火柴等物。这种在乡间被称为"毛竹灯盏头"的灯没有防风功能,只能用于室内。那时候,故乡有很多的茅屋,都是用芦苇作笆墙,用稻草当房顶,四面透风。人们为了省油,总是把火苗捻到最小,闪烁的火像豆粒那么大,尤其是冬天,北风从笆墙间穿过来,油灯随时都会熄灭。

还有一种是"洋灯"(大概煤油是进口的,所以称之为"洋灯"或"洋油盏"),灯盏是用四块玻璃围着四根铁皮柱子,其中有一块玻璃是活动的,似一扇小门,方便添煤油和点燃或熄灭灯火之用;上面有个带尖顶的铁皮帽,帽子顶端有个小洞,作为出气口,底座是一只旧墨水瓶,用来装煤油的。瓶盖上方放一块圆铁片,再打个眼子,连插一根空心管子,再往管子里穿根棉线灯芯,作为灯头,灯盏的顶端用铁皮弯曲成拱形作提梁。这种煤油灯,亮光只有黄豆粒那么大。但此种"洋油盏"能防风,既可挂在墙壁上或放在桌子上在室内使用,也可提到野外作业照明用。记得小时候,到了夜间,经常提着这昏黄摇晃的小油灯和小伙伴们一起潜行在民沟沿、稻田边的小埂岸上去捉蛸蜞。

到了50年代末,岛上人家普遍以"美孚灯"替代"竹灯盏"和"洋油盏"。据说这种灯具是美商美孚公司在上海制造的,那种"美孚灯"有个玻璃底座,底座中间有玻璃柱,柱端有个空心的玻璃球用于盛煤油,那球的上端开口处有铁皮包裹着,中间有螺纹,安灯头用。灯头也是铁制的,端点是螺旋形的,可以旋在灯座上,圆形的铁皮上有数个小孔,是穿灯纱带用的。管状物边有根连杆,连杆上有个小齿轮,可调节亮度。灯罩是玻璃的,点灯后它要比灯盏头、洋油盏明亮、安全、美观,因此美孚灯延续到60年代初期岛上电灯普及之前。

如今，崇明岛人早已过上了"楼上楼下，电灯电话"的生活，在乡村再也找不到油灯的踪影。但我依然忘不了旧时的夜晚，那微弱的火光把夜色摇来摇去，发出的毕剥声，似父亲沉重的叹息；忘不了在昏暗的油灯下，母亲那双满是皱纹的手在寒衣上飞针走线的单薄身影。

烘炉

作为古人冬日取暖的工具——烘炉（俗称"烘缸"），自魏晋、唐宋以来就有文献记载，明清尤盛，其后逐渐淡出人们的生活视线。而在我的家乡崇明，结束烘炉的历史却延续至20世纪70年代末、80年代初。

烘炉，小巧玲珑，质地精良，有铜质的、铁质的、铝质的、陶瓷的。烘炉由炉襻、炉盖、炉身、炉耳等部分组成，用黄铜浇铸而成。烘炉其种类甚多，有手炉、脚炉、怀炉等，用途各异。在炉膛内放进烧红的条炭，炉火便经久不息，发出朦胧的红光，一闪一闪，化灰烬为热力，扩张四壁，手摸上去暖暖乎乎，人通体贯热，乃是冬天驱寒取暖之佳品。如遇雨天，亦可用来烘干衣物；如遇食需，亦可用来烤热食物，方便自如，随需随用。

烘炉，造型精美，底平肚圆，炉盖有美观吉祥、极其细巧的镂空纹饰，有龙凤的、双喜的、福寿的。炉柄与炉身合拢得天衣无缝，可谓一炉在手，优哉游哉，乐不可支。

烘炉,功不可没。没有它,每逢冬季降临,特别是数九寒天,冰冷的被窝里难以入眠;没有它,寒风瑟瑟,不知会有多少乡下的大人小孩被冻得手脚溃烂、无处容身;没有它,每逢雨雪天,小孩的尿布、袜子、鞋垫儿和老也干不了的衣物将难以烘干;没有它,稻壳或麦穰的资源将白白地浪费;没有它,少年时的生活将贫瘠得更加苍白。烘炉不仅给了我们诸多无与伦比的温暖,也给了我们无限的情趣和欢乐,更是在乡间姑娘出嫁时,称作图吉利的"旺盆",是必不可少的陪嫁物。

如今,烘炉早已成为作古之物,偶有收藏家视为珍玩,取而代之的是空调、电暖器、电热毯等现代的取暖器具。子在川上曰:"逝者如斯夫,不舍昼夜!"旧的悠悠退去,新的悠悠上来,一个跟一个,不慌不忙,这是历史演化的常规。然而,烘炉在我的记忆深处始终难以忘怀,那一团暖暖的炉火依然在我的心里燃烧,炉壁上残留着时光的体温,传承着我们祖祖辈辈一种生生不息的信念,让我们在心灵上感受到一种时空的启示和希望的闪光……

石磨声声

我家宅院的石磨房,坐落在前堂屋的东北角,是祖祖辈辈的传世之物。

石磨是青灰色的,斑斑驳驳,表面有一层暗光,古朴敦实,大有古董之质感。它的上下有一个大小相同的圆形磨盘(又名磨扇),上盘比下盘稍厚。上下两盘叠在一起,下盘的中心嵌着一截铁的轴心,叫磨脐。上盘的中心则有一个镶铁的圆孔,正好可以套入磨脐。下盘固定在磨床上,上盘可转动,上下两个磨盘相合,可谓"天衣无缝"。上盘的圆心近处,有两个打通盘身的圆洞,叫磨眼,是待磨五谷杂粮进口处。下盘的磨面(术语也叫工作面)有磨沟,磨碾后的五谷杂粮从这里慢慢出来。上盘的一端钻有两个小孔,可以穿麻绳或铁丝,用来固定一根长木棍。木棍连接着磨杠——用三根优质木料制成的三角形架子,由两根绳子的一头拴在房梁上,另一头拴在磨杠上。工作时,须三个人同时使力推磨,其中两人相互配合,一来一回共同推拉磨杠,另一人往磨眼中添加进料。石磨不停地咕隆隆转动着,一会儿,推磨人便汗流浃背,汗水顺着推磨人的脊梁沟往下淌,随着时间推移,汗水越淌越多,盘沟的出料也越来越多……

我在家乡曾与石磨朝夕相处,几乎每天都能听到石磨声,磨啊,磨啊,上盘是圆的,下盘是圆的,一个个的圆,一个个的圈,没有起点,没有终点,如同农人们日出而作,日落而息。在静穆的空气中,从黎明到黄昏,磨声传达了不懈的劳动精神和坚韧的生命力量。

咕隆隆,咕隆隆,石磨声声,时而高,时而低,似男低音在歌唱,深沉、厚重;而磨声更丰富,内涵粗犷、坚硬,带有压倒一切的力度。磨房被震得颤颤巍巍,声波强劲地蹦出磨房播向四方。

磨声是有情的。一盘普通的石磨连接着家家户户的食口,连接着家家户户的灶台,石磨里出啥,庄户人家的锅里就有啥。多少年来,它一直是庄稼人生息的伴侣,甘苦的知音。

磨声是有灵的。家乡有这么一句谚语:"冻断麦根,牵断磨杠绳。"意思是遇上当年的冬季特别寒冷,那么来年必将迎来好年景。石磨逢到那样的年光,一定会转得更起劲,更快捷,磨声似乎在向庄稼人传递喜讯:"丰年处处人家好,随意飘然得往还。"

如今,这祖祖辈辈务本力穑、赖以生养的传世见证,早已完成了它的使命,退出了历史舞台。但是,每当回忆起那个年代,在村巷深处传来平和、深厚、带有节奏感的石磨声,心中总会涌起温馨感。

土布忆

土布,是过去年代农村最大众化、最实用的衣料。农家人自纺、自织,代代相传,在崇明是乡亲们祖祖辈辈的传家宝之一。

据记载,崇明土布起始于元末明初,至明朝中叶时已十分兴盛,每年都有数十万匹土布外运。到清光绪年间时,崇明土布的生产数量急剧增加,每年运至外地销售的布匹达二百五十万匹之多,成为继松江、江阴后的土布生产第三大县。

小时候,我们这一代人都是穿着土布衣衫长大的,直到20世纪80年代开始,社会工业经济发展,土布才逐渐淘汰,被工厂纺织品所替代。不过,我们虽然已穿纺织衣装,但不少上年岁的乡人还是一身土布衣着。因此,过去土布一直是区别城乡人的外表标志。计划经济时期,纺织布料供不应求,只能发布票凭证限量配给。这时,农民倒不愁,因为自家的土布能自给自足;苦的是城里人,尤其人口多的家庭,有限的布票很难解决一家大小的衣着。于是,不需布票的土布成了城里人的抢手货。如果农家人给城里亲朋好友送上一段土布,属非常珍贵的礼物。

土布,是以棉花为原料,用土织机制成。它看似粗糙,实则着色鲜明、放达,以青、蓝、黑、白为主;布纹品种生动多样,有双线、方格、回纹、鱼鳞、雁行、蚂蚁和芦席纹等,既充满浓郁的乡土气息,又有生鲜的视觉效应。最主要的是,土布质地结实耐用,具有冬天保暖、夏天吸汗的特点,穿着舒适,按现代时髦的说法,是绿色的、健康的,因而受农家人喜爱。

土布,也是当年农村妇女们的拿手好戏、看家本领,个个都会做。女孩从十三四岁起,就会跟着大人们学纺纱、织布,一直到二十多岁,都能织上十几个,乃至几十个布段。姑娘出嫁时,谁织的布段多、布纹花式多,就能表明谁家富足,谁家姑娘心灵、手巧、勤快,土布嫁妆成为新嫁娘贤能和身价的象征。成年的农村妇女更是一年四季,从不停息。男人们忙农田活,女人们就在家里忙纺纱,这是织土布的头道工序。真是干不完的活,纺不完的纱,直到冬季来临。棉花全被收摘以后,妇女们更是手脚不停,整天待在土布机跟前忙上忙下,专心织布。此时,满宅满院响起"咔嚓、咔嚓"的布机声,悠长而高亢,如一架架钢琴在演奏动人的奏鸣曲。

夜深人静,油灯下,月光里,富有节奏的布机声在农家小院的上空波荡,是肃穆的,是深远的,有点古朴、有点雄壮,让人想起坚韧的生命力量和坚实的劳动底气,也让我在心田里永远留存乡思的空间。

露天电影

崇明岛是我根生土长之地。在我的童年,崇明乃是上海的"穷乡僻壤",不用说没有电影院,任何娱乐场所都没有,轮到放电影、演戏都得露天观看。

那时候较长一段时间,看露天电影是收费的,我家宅院便成了放映露天电影的好场所。当时这个宅院是个完整的四合院,只要把墙门和边门关掉,便是一个封闭式的院子,尽管跟邻居鸡犬之声相闻,但可以老死不相往来。

每当要放电影时,村里就像过节一样,男女老少笑逐颜开,奔走相告,大家从下午三点起就早早带了小椅小凳,来到院里摆放位子,整个院内排得满满的,竹椅、木椅、布椅、藤椅,方凳、圆凳、长凳、矮凳,琳琅满目,简直可以开个"桌椅板凳博览会",煞是好看。

一到天黑,工作人员要清场、卖票,大人们便一个个到院外买票。有些家里小孩比较多,尽管每张票只要一角钱,如果家中有四五个小孩,也要花上四五角钱,相当于当时的两天工分钱。不少人家为了省钱逃票,有的从中午就将小孩往我们宅上熟识的人家送,让小孩躲到电影放映再出来;有的干脆冒称是宅院人家的"亲戚"混进来。

三番四复,不久这"公开的秘密"自然被放电影的工作人员发现了,于是对我们宅院人家也不"手下留情"了,实行"管制"。每次放电影时,对宅院人家有严格的限票规定,除宅里家人可以不买票,外来亲戚只能带2至3人,超员者也得买票。我记得有几次,为了让邻居家的几个孩子能看上免票的电影,我的父母亲把自己的名额让出,自己躲在家里隔着窗户看电影。但这倒是符合孟子所倡导的善举:"幼吾幼,以及人之幼",尽管看电影的乐趣少了些,与人为善的乐趣却大大增加。

凭票在宅院里看露天电影的日子一直延续到"文革"初期,以后逐步转为免费放映,大家可随意进出宅院观看。随着电视的普及,生产队仓库和晒场都成了放电影、看电视的场所,我家宅院的露天电影终于退出了历史舞台。

岁月流逝,弹指一挥间。如今几十年过去了,露天电影这个带有原始气息、乡土乐趣的文化产物,始终深深地印在我的脑海中,真是"往事并不如烟"。

舂米的记忆

舂米,对于现在的人来说,恐怕太陌生了。因为,只要想吃大米,随时都可到米店或超市去称斤论两,而且品牌众多,任意挑选。

然而,早年在我的家乡崇明岛,农人们所吃的每一粒米,都是自己从插秧种稻开始,到收成稻谷,再将稻谷晒干磨成糙米,之后又用舂臼进行舂,才能有好吃的白米。

对于舂臼在何时发明,有多少种类,无从考证,但我所见到的舂臼有石臼和木臼两种。操作的方式也有两种,一种是用手握臼槌(乡间称"舂米榔头")捣;另一种用脚踩。那时候,乡村没有电力,舂米的活,相当辛苦。农人们将收成的稻谷,先用木磨把稻壳磨掉之后成为糙米,再把糙米和混在一起的壳皮,用手摇鼓风机或找一个通风好的风口处,在风中将壳皮和粗糠扬吹走,然后把糙米摆进舂臼里,再用舂槌捣,这就叫作舂米。舂米是为了将附在糙米上的一层糠皮捣去,过程相当烦琐,从糙米到完全成白米,不知要捣多少遍。有时为了不损伤米粒,每捣一遍后都要挑选一遍,将糙米挑出来单独捣,就这样细挑慢捣,使米粒完损无缺。这种挑糙米的活,我们在孩童时也曾经干过,那时候,大人们忙不过来,便经常把我们几个小孩叫过来一起挑选,一挑就是大半天。

这样,经过舂米后捣出来的一层皮就是米糠。然后,米糠可以用来当作饲料,拌在切碎的菜里喂养家禽,营养十分丰富,鸡、鸭、鹅、猪吃了米糠后,特别能长,而且肉质细腻,味道鲜美。

那时候,岛上人做米酒的原料,直接用糙米发酵,即稻谷用木磨把壳磨掉之后的糙米,据说用这糙米做的米酒,由于只去掉壳皮,而未损伤米粒和表层的米油,酿出的米酒,形成口感香醇、回味绵长的特色,喝了特别提神。

这种原始的舂米方式,一直沿用到60年代初期,家乡随着电力的发展,脱谷、碾米都机械化了,人力手捣的舂米也被取而代之了。

当年乡亲们舂米的情景,映衬着今日家乡的变化。

独轮手推车

20世纪60年代初之前,在我的家乡崇明岛,交通十分落后,全岛唯一的一条公路是用石子铺成的,而在乡间全是土路。因此,一旦遇上刮风天气,尘土飞扬,下雨天气,泥泞难行。那时候,岛上的交通工具也十分匮乏,运货拉物全靠独轮手推车。

在乡间,独轮手推车(俗称"小车子")是传统的运输农具,用上等的硬杂木制成。主要结构有车轮、车把、车座、车棚、车脚、车耳等;附件有车蓝、肩带、车钩、车绳、车被等。推车时,两手握住车的把手,并用一根肩带套在肩膀上,肩带的两端套在车子把手的车耳上,这样推起来,得心应手。于是,大街小巷、羊肠小道、独木窄桥都畅通无阻,轻便灵活。这种独轮车,一年四季忙个不停。光绪版《崇明县志》称之为:"凡物皆有陆运小车,间关之声,朝暮不绝。"平时,用独轮手推车运载粮食、柴草之类的农作物;要是遇上谁家结婚办喜事,用它运载嫁妆和新娘,独轮手推车排成长队,倒也是旧时乡村的一道古朴传统的风景线。

在乡间,推这种独轮车的人,一是凭气力,二是凭技巧。一个力气大的人,一车推四五百斤重的货物不成问题。推这种独轮车时,要是遇上载重物,还可以在车头上拴一根绳子,这样可以一个人在后边推车,一个或两个人在前面拉,那么,即使有千斤重的货物,也会运转自如。但是推这种车,如果不掌握平衡的技巧,就会费时费力,还有一定的危险性。

在乡间,农人们对这种独轮手推车情有独钟,倍加爱护,因为它是运货的唯一工具,谁家都少不了它。因此,每年农闲时,农人们都要将车子精心涂上桐油进行一次全面的保养,以保护木料不干裂。同时,为了让车轮不受损坏,在车轮上绑上铁皮或橡皮,以延长车轮的使用寿命。

在乡间,当时如哪个小伙子家里拥有三大件,即一部独轮手推车、一部水车(即灌溉用的农具,也称龙骨水车)和一部织布机,就算是上等人家了,乡亲们都会刮目相看,提亲的人必定会踏破门槛。可以说,独轮手推车是一家人的重要部分,它承载着一家人的幸福。

以后,随着家乡的经济条件富裕了,到了60年代后期开始逐步被劳动车,以后又被手扶拖拉机以及现在的各类汽车、货车所取而代之。

如今,在乡间,独轮车早已没了踪影,但那曾被乡亲们爱过、痛过、伤过的独轮车,仍留存在我们记忆中。

水车遐思

往昔,家乡崇明的电力生产匮乏,引流灌溉农田全靠人力,并借用水车。当时,在乡间,人力水车有手摇和脚踏两种。

手摇水车,也称龙骨水车,由车身、斗板、鹤膝(即车链)、摇柄组成,车身长3米左右,摇柄装在车拨两边。

引流灌溉农田时,将水车的尾部伸向浜沟或小河的水中,车头左右各站一人,手持车柄,摇动戽水,水即从车身的水槽内引出,流向田间。

手摇水车时,完全靠体力,十分辛苦和劳累,用力越大,水车转的速度越快,出水也就越快。同时,还要相互配合,特别是遇到对旱地的灌溉时,因取水点低,旱地高,手摇水车时除要特别用劲外,还需要两人同时用力,一刻不停,一鼓作气,才能使那清清的沟河水源源不断流向旱地。就这样,一天的活干下来,全身像散了架似的疲惫不堪。

以后,乡亲们逐渐在手摇水车的基础上,改制成脚踏水车,这种水车要比手摇水车宽大,车身有五六米长,除了车身、斗板、鹤膝外,在车头部位安装一根长轴,长轴上固定数个踏脚板,长轴上方用木杆或竹竿支起一个支架,脚踏水车的人数由原来手摇的2人,增加到3人、4人、6人不等。踩水时,人的胳膊肘搭在支架上,可以省不少力,然而脚踩踏脚板,便轻松地将水引流灌溉到田间,这种脚踏水车要比手摇水车提高成倍的效率。

除此之外,岛上部分地区还利用风力水车灌溉,这种风力水车结构以脚踏水车为基础,增加纵轴,建造一个直径约5米左右的风轮,用毛竹或木杆做支架,安装6至9片布帆。这种方式,主要借助风力,虽然能省去人力,但风力不能自控,所以利用率不高,故没有得到广泛利用。

进入20世纪50年代末至60年代初,随着电力生产的发展,使得这种原始的人力灌溉方式得到了彻底的改变,乡乡兴办电力排灌站,村村建立灌溉渠道泵站,农田灌溉既方便又省力。

如今,水车只有在农家乐的旅游景点作为体验农家生活才能见到。然而,乡亲们在手摇或脚踏水车时那种同心协力,挥汗如雨,唱着山歌,又说又笑,苦中有乐的情景,时常浮现在我的眼前。

民风礼俗

忌语趣味

家乡崇明岛,与其他地方色彩的方言一样,也有自己独特的禁忌风俗、忌讳语言和行为禁忌。在日常生活中,人们往往将犯忌的话,用一些委婉和吉利的话来代替。

倘若小孩子讲了一些"不作兴"即不吉利的话,大人们便会用草纸揩嘴巴。过去在民间遇到有人说了特别"不作兴"的话,甚至动粗用粪便去涂嘴巴。

崇明人特别忌讳"死"字,在实际生活中死了人则说成"人喜了"或"人老了""人过了",若是哪家小孩夭折就说成"跑脱了",把办丧事用的豆腐说成是"白马肉"。

崇明人把"十""舌"都读成"蚀"。"蚀"为做生意亏本,赚不了钱,因而做生意人忌讳说"猪舌头"之类的话,要把"舌头"说成是"赚头"。再如男女结婚时,女方进男方宅,有"传红袋"(意为代代相传)的习惯,此时若不小心将红袋掉在地上拾起时,忌讳说"拾袋"[崇明方言中的"拾袋(代)"即是"绝代"的意思],而要说成"接袋"(传宗接代的意思)。由此延伸,凡是带"十"的数都说成"一〇",把"十三"说成"一三",连"海蜇头"(崇明人称"海贼头")也说成"赚头"或是"响菜"。

还有因"四"与"死"谐音,所以崇明人把"四"说成"两双"或"两对"。还譬如,崇明人特别避讳"霉"字,所以遇到物品生霉叫作"出兴旺"。再譬如,人们对吃醋两字是忌讳的,所以,崇明人将吃醋干脆说成"忌讳"。

除了言语禁忌外,过去崇明还有不少行为禁忌。如农历初一、十五忌浇粪,以防臭气得罪老天,肥料不壮。在行船人面前忌讳说带"翻"字如"翻身""翻过来"之类的话,还忌说"东西沉",只能说"东西重",否则会与"翻船""沉船"联系起来。小孩子忌吃鱼籽,以为吃了不识字,女孩子也不宜吃鱼籽,怕会多生孩子。

新年新岁,忌言讳语就更多。为防孩子在新年里口无遮拦"乌嚼乌话"(即粗话脏话),大人们在年三十夜用草纸给孩子擦嘴巴,名曰"揩屁股",以提醒打预防针。大年初一,小孩子做错了什么事或口出秽语,大人们也不打不骂,并忙不迭地说是"小倌拆屁,百无禁忌";要是哪家孩子不小心摔了碗盏,大人们便自我解嘲地笑道:好!好!岁(碎)岁平安!岁岁平安!

大年初一,不能随便汲水、泼水,不动刀剪,不开后门,不洗衣物,更不能扫地,因为"扫"与"少"同音,会带来不吉利。做饭时在灶膛里烧的柴用芝麻秸、黄豆秸,噼啪作响、步步登高,取其大吉大利。在餐桌上的鱼也不能吃完,因为"鱼"与"余"同音,以示年年有余(鱼)。

禁忌孕育了语言的灵物崇拜,并催生了禁忌语。当然,在这些禁忌语中也含有一些迷信色彩,但禁忌语更多的是社会高雅文明的镜像,是社会禁忌的折射。崇明岛的忌讳语,反映了崇明岛人民对美好生活的热爱和向往,蕴含着丰富的传统文化。

诞生礼俗

崇明人对妇女生、养孩子很注重,妇女怀孕、分娩、满月、周岁等,都有各种不同的禁忌、习俗和礼仪。

妇女在怀孕期间,生理上会产生头晕、呕吐、偏食、乏力等不适症状(俗称"鐾小囡")。旧时,乡间重男轻女习俗很重,家人则对其将来生男生女充满了关注,人们普遍希望生育男孩以达到有人养老送终和传宗接代的目的。因此,在妇女怀孕时有许多"规矩"和禁忌:在日常起居中不可随意走动,避免冲走"胎神"。不可上有婚丧红白之事人家,避免"犯冲"。怀孕妇女相互之间不能同坐一凳,同睡一床,防止"换胎"。此外,怀孕妇女禁止接触神事,说是孕妇身体不洁,会亵渎神灵。

当怀孕妇女进入临产期,家人备好老母鸡、枣子、蛋、红糖、苦草(即益母草)等,婴儿的外婆送来衣服(俗称脱毛衫)、"催生饭"。民间流传,产妇分娩好比一只脚踏在棺材里。过去由于医疗条件差,时有发生危险,因此在旧时,妇女生产,由丈夫抱住妻子的腰助产,给予安慰,减轻痛苦。乡间有句俗语称"养囡人勿急,急勒抱腰人",比喻当事人不着急,旁边人干着急。产房内除了接生婆(乡间称"老娘婆")外,任何外人都不得入内。为防止外人闯入和邪气入侵,门窗也要关闭。然而,由于旧产婆缺乏医学技术和医疗设施,不讲卫生,产后大出血、产褥热、新生儿破伤风等事故屡见不鲜。

孩子生下来一两天,用小棉条浸在红糖茶内让婴儿吮吸,第三天开始"开奶"。所谓"开奶"就是用一只碗,碗内放一些葱头(与"聪"谐音,含聪明之意),选母体健康、生异性婴儿的哺乳期妇女,挤几滴乳汁在碗内拿回家给婴儿吃,还有的将其蘸一些在产妇的乳头上,然后让婴儿吮母乳。

妇女产后,第一个不知情的人到产妇家,俗称"踏生人"。据说,孩子长大后,性情脾气如同"踏生人"。也有的家人选择一个品性淳厚的人去踏生,目的是希望孩子长大以后,脾气性情都像此人。

孩子出生后,亲朋好友则纷纷上门来送产礼,诸如鸡、肉、鱼、蛋、红糖等营养品(称为"舍姆羹");孩子出生十二天,称为"十二朝",产妇家人就要向送过"舍姆羹"的亲友分发红蛋、圆子、板糕;孩子满月后,要祭告祖宗,并设酒宴,答谢亲朋好友,谓之喝"满月酒",也有分面条而不设宴的。长辈还要为新生儿取乳名。取乳名时,有的人家为了使孩子能好养,诸如毛(猫)、苟(狗)、郎(狼)等贱名,根据传统,女孩名字加"郎",儿子名字加"苟",就代表是父母的宝贝。崇明人一直把"贱名"和福气相联系,旨在希望自己的孩子能像狗狼一样,健康成长。满月时还要为婴儿剃"胎发",称"满月头",并将剃下的胎发包在布包内,用红线串挂在床前,据说这样可"压邪",以保小孩平安。产妇未满月不得到别人家里去串门,满月后方可回娘家。大约6—7个月的孩子开始断奶时,大人用筷子蘸点鱼、肉等荤菜,放进小孩嘴里,俗称"开荤"或"开腥",以示小孩从此开始吃饭菜。

小孩一周岁时,俗称"期过",又要设宴请客,叫作"吃期过圆子",并给邻居家送面条、寿桃等。来客一般以外祖父母、舅舅、姑姨妈为主,长辈给婴儿送"压岁钿",有的还赠送鞋帽衣物等。外婆家送衣服,富者还打制银质百家锁、银质项圈,锁片上刻有"长命百岁"字样,挂在小儿胸前。清贫人家的孩子,只是在衣服的口袋上或围裙上用红线绣上"富贵荣华""五代荣华"等字样。有的人家还在孩子周岁时,备书、笔、算盘等物品,让孩子随意抓取,根据抓到的物品,预测这孩子未来的志向、爱好。

此外,过去在乡间,父母生下孩子后怕不好养,为了解除孩子的关煞,免其蒙难夭折,按照习俗,不能和八字相冲,要请算命先生进行卜算,如有相冲的,将其"过房"或"寄名"给生肖相合的人家,称"过房亲""寄拜亲",孩子改姓换名(叫作寄名出姓)后,送往寄父母家祭祖拜灶,事后,仍由生父母抚养,意在图个平平安安、顺顺利利。这样,孩子会得到两家人的双份福气,从而身体结实、逢凶化吉、好运当头。如今,这一习俗在乡间已很少见闻。

旧社会重男轻女,有的女婴一出生,即被家人溺死或丢弃。也有家长因多子女,无力抚养而将女婴扼毙的。解放后,严禁溺婴,陋习根除。

随着社会的发展和人们生活水平的提高,以及独生子女的增多,生养习俗中的许多旧式育儿习惯在不断废除,反映乡土文化风情的传统养生习俗仍在不断延续。

婚俗礼仪

崇明岛上的婚俗礼仪，既蕴涵着华夏民族的传统文化气息，又彰显着乡土民俗的地方特色和个性，因此，至今印象深刻。其婚俗礼仪一般有做媒人、访人家、相亲、排八字、送定鉴、迎娶、待招、接蜜月等环节，无不散发着浓浓的民俗风情。

做媒人，是崇明岛婚俗中的一条老规矩。媒人，一般都是男女双方的至亲或熟人。在乡间，曾有媒婆，她全靠能说会道，在男女双方之间穿针引线，成功与否全凭专说好话的一张嘴。这多少有些歪曲了媒人成人之美的初衷，实质是"瞒人"，做隐瞒真相的事。做媒人这一习俗，即使在时兴自由恋爱的时代，也仍按照老传统，在成婚之前要设法找一个双方共同认可的人出面做"现成媒人"。在热闹的婚礼前一夜，男方还要摆"待媒人酒"，婚礼上让媒人坐首席，在其脸上画红胡须取乐，尊称为"大红爷"。

访人家，即男女青年到了谈婚论嫁的年龄时就会有人上门来说媒提亲，那媒人会带领几个至亲好友来男方家里"访人家"。在旧时，"访人家"是婚姻中的重要环节，其中的关键是看人品、看家境、看持家、看地区、看村况以及了解住房等情况。经过一番"明察暗访"考量之后，如中意，双方就会通过媒人传递"有意思"的信息。若不中意，则传递"不中意"的信息。

排八字，也称"并八字"，就是有了初步意向的男女双方，要交换生日年月时辰的"庚贴"。这生日年月时辰，也称"八字"。然后媒人将男女双方的"庚贴"合在一起，请算命先生"排八字"。如生肖无冲克，就能称心合"八字"，便请媒人拜见；若生肖相克，则为"八字"不合，就将"庚贴"退回，以示意向中止。

送定鉴（即为定亲礼或彩礼），当男女双方都觉得这桩婚事合意，可以敲定之际，男方就要择"吉日"，将定鉴通过媒人送给女方以示定亲，定鉴聘礼的厚薄、多少按家庭条件而定。此时，男女双方置办筵席邀请媒人和至亲好友喝酒，俗称"吃小喜酒"。一旦给了"定鉴"和喝了"小喜酒"，婚事就不能随意反悔，否则，如有一方毁约，即要退还聘礼及赔偿对方办酒席等损失。然而，自"定亲"到正式结婚，快者数月，慢的要等上两三年，这主要取决于双方的年龄和经济条件等情况而定。

过去，在乡间，选定了结婚的日子，由男方通知女方，并再送一次彩礼，叫作"通风送日"。结婚那天，迎娶新娘时，条件好、有讲究的人家，新郎坐官轿，新娘坐花轿，条件差的则坐独轮手推车，并请喜乐班子，一路吹吹打打，前往女方家。此时，按照乡间的传统习俗，新娘总要等待两三个小时，才肯离开娘家上路，称为

"涨娘家"。然而，此时的新娘在出门时，按照乡间约定的习俗，都要和父母抱头痛哭一场，哭诉的内容都是母亲嘱咐女儿要好好做人妻、孝敬公婆，女儿感谢父母养育之恩，要父母多加保重等，更是增加了喜庆的感人场面。随后，良辰吉时一刻，鞭炮一封又一封接连不断地响。"三打三催"下，在人们的深切期盼下，"千呼万唤始出来"的新娘在一美丽少妇搀扶下款款而来；红红的伞下映着红红的脸，满是喜悦与激动。后面有提箱的，扛着棉被的，推着小车的，是一行送亲队伍。这时男方迎亲队伍马上在门口迎接，追亲花轿同嫁妆车队一路浩浩荡荡把新娘接到男方家，喜宴便正式开始。

按照乡间的传统礼仪，当张灯结彩，婚宴开始时，新娘进男方家宅，要点"三灯旺火""踏火盆""传红袋"（意为传宗接代）。还要进行"迎亲"、"拜堂""吃花烛""送房""暖床""吵亲"（即讲笑取乐、闹洞房，意思是新人来男方家，要把他们的房间吵热闹，寓意婚后平平安安，没有病痛灾难)、"待招""接蜜月""祭祖"等诸多环节（其中"待招"即为新郎新娘结婚的第二天，再次招待新郎的长辈，并摆上香烛、供品，焚化元宝，祭拜老祖宗，栽种万年青。"接蜜月"即为新郎新娘结婚后的第三天，新郎新娘一起回女方家，也叫"回门"，再次招待新娘的长辈和祭拜祖宗）。婚宴期间，男女双方各办酒席，宴开几十至上百席，整个场面，喜气洋洋，热热闹闹，其乐融融，充满着和谐美好的气氛。

此外，旧时还有"指腹为婚""从小攀亲"（俗称"娃娃亲"）、"表亲联姻""养媳妇"（即童养媳)、"攀阴亲""奔丧成婚"（俗称"望门寡",即男女双方自小订婚,一旦男方亡故,女方必须奔丧男家,手捧男方牌位,在族人主持安排下,"拜堂"成婚,以后独居夫室,终身不得改嫁)等陋习,随着社会进步,这些落后的婚俗已逐渐被摒弃和废除。

"花轿"、酒席也有一番变迁。在 60 年代"花轿"被当作"四旧"禁了,取而代之的是 70 年代时,接新娘改坐自行车,80 年代用摩托车,现在已是轿车接新人了。酒席上的酒菜也从五六十年代的四盆六碗,七八十年代的六盆六碗,发展到现在的十几盆十几盘,菜的花样也不断翻新,从过去鸡鸭鱼肉等土特产到现在的山珍海味样样都有。

寿庆习俗

寿为五福之先。《尚书·洪范》一书将"福"归纳为五个方面，简称"五福"：一曰寿，长寿为福；二曰富，财多为福；三曰康宁，平安为福；四曰修好德，德美为福；五曰考终命，善终为福。由此可见，无寿则无以为享到其他四福，故人生最大的期盼在于长寿。寿庆习俗，是人们对"五福"的一种善良的向往。

崇明岛上的寿庆习俗也颇有独特韵味。按当地习俗，每年的诞辰（在乡间，以农历确定生辰时间）称为"小生日"。所谓寿庆，旧俗认为年满50称"寿"，孔子有"五十而知天命"的说法，50岁被称为"知天命之年"，因而50岁开始过生日时做"大生日"，子女为之庆贺，称"做寿"。旧时，富裕人家设寿堂，挂寿幛，张灯结彩，备寿酒，宴亲友，晚辈向寿翁媪拜寿，亲友则赠寿礼。一般人家做寿桃、圆子、吃面条、馄饨。

旧时乡间，50岁以后每逢十年一次的"大寿"最为隆重。但"做大寿"并非真正在逢十这年的诞辰举行，而是提前一年做，所谓"做九不做十",一般在49岁、59岁、69岁、79岁、89岁时做,寓长长久久之意。百岁老人祝寿,习惯上"贺九不贺十",即提前一年在99岁时祝寿。人满百岁,像回到1岁开始时一样,做一只儿童"涎兜",意为返老还童。

旧时,崇明岛人特别重视60岁生日。古时称60岁为"元命",又称"甲子年""开七",意思是年龄已满60甲子了,开始向70岁迈进了。因此,60岁称为"六十"大寿,因为60岁正好一甲子。

旧时,崇明岛上的人上了年纪,一般到了60岁(也有70岁或80岁)就要开始准备置办寿器。寿器的种类分寿材、寿衣、寿鞋、寿帽等。置寿衣日,要吃寿面,儿子媳妇、丫头女婿、亲戚都来祝寿,有的还请和尚念经。吃寿面前后放鞭炮,做好的寿衣给老人过目,让老人赏心悦目。

寿礼开始时,寿翁寿婆由晚辈引出,端坐在案桌两边,由小辈向他们拜寿行寿礼,亲友馈赠寿礼。富贵人家还请戏班吹打"十番锣鼓"和几位和尚念经,进行庆寿。在举行寿宴时,台上除了一般宴请的菜肴外,寿桃、圆子、面条是必备之物。那"寿桃"用糯米粉捏成桃子状,涂上一抹红点,以示日子红红火火。亲友客人回家时,主家以寿桃答谢。

过去在乡间,有人生中逢三、六、九的年龄是关口之说,因此,到了66岁生日时,嫁出的女儿要亲手切66块肉(大小与花生粒相仿)做给父母吃,寓意六六大顺,健康长寿。

20世纪80年代以后,随着物质生活水平的提高,不论老人、年轻人、儿童都时尚过生日,吃生日蛋糕,喝生日酒,唱生日歌,开生日舞会,或到宾馆酒楼宴请宾客。除此之外,如今,有的在寿庆日子里,子女以为寿星认养一棵"常青树"的形式,祝愿老人健康长寿,身子骨和"常青树"一样苍劲、挺拔。但在崇明乡间做寿桃、圆子、吃面条、馄饨的习俗一直延续至今,寿庆的习俗则已不复存在,它只是存活在老人的记忆里……

丧葬礼俗

丧葬礼仪是人生仪礼的最后一环。有关崇明的丧事风俗流行于何时，无法考证。但在我的记忆中，过去在崇明岛上，人死后，丧家要竖幡竿、搭丧棚（俗称"搭敞"），向死者亲属报丧，并为死者揩身、整容、更衣。次日，请僧道立牌位、诵经、送西方，扎课，做冥品，烧床柴，晚辈穿孝服、陪夜守灵。第三天僧道继续诵经做道场，亲友吊唁送丧礼，入殓（乡间称"热麻"）、化课。之后则"烧七数"（即在死者入殓那天起，每间隔7天为死者烧一次"羹饭"，共烧7次，为49天）。这些丧事风俗给我留下了深刻的印象。

人死后，丧家请和尚道士和吹鼓手，吹吹打打，念念有词，超度死者亡灵。届时，四邻八舍都来相帮。丧场上的饭食，叫作"素饭"。如今素饭不素，鸡鸭鱼肉，应有尽有，然而，在20世纪60年代以前，素饭就是真正的素饭，饭只一饭，或是货真价实的老麦饭，或是实打实的玉米粞饭；菜只一菜，腌齑烧豆腐。

旧时崇明实行土葬，葬礼繁缛。死者一般都要困棺材；棺材质量视丧家的经济条件而异，官商或大户人家是黑漆厚棺（有的在60大寿时就准备好了"寿材"和"寿衣"）。厚棺盛殓后，一般要在家中搁置三年，并在棺前设一张供桌，桌上放有牌位，位前摆设香炉、蜡扦，以供祭拜之用。三年之后，再行入土。选墓地，须请阴阳先生看"风水"。墓有土坟、白云葬（棺材入土后墓坑上下四周围以熟石灰以求干燥），并有砖坑、石坑之分。贫苦人家只得用薄板做一口简单的棺材，有的甚至连这个也做不起，只得用芦席裹尸，掘地成坑入土，然后在地面堆起土堆，筑成坟头。土葬多年后，选择"冬至"或"大寒"时节，再由家人掘土破棺，捡出尸骨，装入甏内，易地重葬，叫作拾骨，也叫积骨。

在这众多的丧俗礼仪中，最为感人的是那声嘶力竭的"哭丧歌"。《礼记》规定，亲人死后男人需呜咽而哭，女的则边哭边唱。在送葬的每一个仪式之间都要由女儿或儿媳哭唱一段歌谣，人称"哭丧歌"。哭丧歌在上海郊区等近海地区均有流传，但崇明的哭丧歌最为讲究和完整。从死者临终的《断气经》一直到棺材入土后的《化课经》，一场丧事要哭七七四十九场。"哭丧歌"由套头、经体、散哭三部分组成。"套头"是仪式开头时的哭唱；"经体"的哭唱是在丧葬过程的各个环节之间，口耳相传，内容丰富而固定。为死者换衣服时有《着衣经》，梳头有《梳头经》，擦洗身体有《汰浴经》，入殓时有《入殓经》，盖棺时有《盖棺经》，化课时有《化课经》等，其中以《九千七、二万四经》最为著名；"散哭"是指家属在为死者守灵时，或遇亲戚前来吊唁时哭唱的歌谣，如哭父母、哭丈夫、哭子女等。由于这类歌谣无规定套路，她们围坐在死者周围哭唱，内容都是生者对死者的情感，现哭现编现唱，随意发挥，哀号而出，充满了生者对死者的真情实感。在哭唱过程中，哭丧者会大量使用比喻、排比、暗喻、夸张等修辞手法，极富文采，那些散哭的农妇无一不是语言的天才，哭唱的高手，因此也最能打动人心。这"哭丧歌"里流淌着爱的故事、爱的记忆、爱的温暖、爱的勇气和爱的自信。因此，在丧俗礼仪上，常见一人哭唱，众多围观者跟着落泪的感人场面。此刻，那种披麻戴孝，跪在灵棚里的场面令人心酸，真正体味到"树欲静而风不止，子欲养而亲不待"的古训。然而，也有借哭唱亲人的机会诉说自己生活中所受的苦难和委屈或过失的弥补，以及利用哭唱的时机指责和自己有嫌隙的人（俗称"借沟头放水"），含影射之功力。可见，哭丧者的哭丧词极富语言表现力。

过去，在崇明岛上，按照乡间的风俗，评价一个女人算不算聪明能干的标准，一是看会不会做针线活；二是看会不会哭丧。由此可见，崇明岛上流传千百年语言精妙、极富文采的哭丧歌，不仅充满着骨肉之情、乡邻之情的倾诉，而且体现着农人的才情和智慧，是一笔既有乡土意义又有本土宗教意义的非物质文化。

崇明岛上的丧事风俗植根于民族地域文化之中，源远流长，世代相沿，形式多样，过程复杂；尽管有些含有迷信色彩，但更多的是具有宗教文化的元素，它介于佛教与道教两者之间，有着广泛的民众礼数意义。20世纪60年代中期，崇明提倡火化，加上"文革"，丧事风俗一度作为"四旧"被废除；在乡间，念经焚纸十分隐蔽,需得悄悄进行。

　　自20世纪80年代起,请吹鼓手、做道场、扎课等丧事风俗开始恢复,并改掉许多陈规陋习,加入了不少现代元素,显得文明、气派和庄重。

附1:《哭七七》
　　头七到来哭断肠,
　　小卿卿丈夫停在板门上。
　　风吹灵堂悲惨惨,
　　吾小奴奴年轻轻丧夫苦命偿。
　　二七到来姐思量,
　　思前想后哭一场。
　　黑夜暗星孤零零,
　　世间春梦做一场。
　　三七到来做道场,
　　亲戚朋友全到场。
　　二十四个和尚念经拜忏团团转,
　　小奴奴重孝缠身跪灵堂。
　　四七到来姐梳妆,
　　梳妆台上好风光。
　　梳妆台有面青铜镜,
　　只照奴奴勿照郎。
　　五七到来合家哀,

老少哭七悲戚戚。
纸钱马子烧脱多多少,
小卿卿丈夫阴世把福造。
六七到来道门小,
小敲小打勿热闹。
奴奴对得起丈夫一片心,
哭七哭来无真心。
七七到来思红绫,
白布短衫白腰裙。
有女人戴你三年孝,
无女人七里就换裙。
脱脱白裙换红裙,
啥人帮吾做媒人。
小卿卿丈夫寻一个,
对比前夫胜三分。

附2:《九千七、二万四经》(此经流传于崇、启、海一带)

姆妈呀,亲娘呀,
今朝头困勒大前头屋里,
着仔一身新衣裳,
摇摇曳曳去见阎王,
阎罗王路上要用铜钿,
我俚亲男女为了报娘恩,

拨了九千七、二万四呀,亲娘呀!(注1)
姆妈呀,亲娘呀!
我俚亲娘要听好仔来记好仔呀,
要伊啥用场,
要伊吃不通来用不完呀,
苦命丫头送的"九千七",在黄泉路上一路用呀。
儿孙拨的"二万四",用于阴间买田买地造新宅呀,亲娘呀!
我俚亲娘,
听好仔来记好呀,"九千七",
亲娘呀!
随身带仔逐日花来逐日用呀,
逢着马路买路走,
买路要买官方大道走,
热闹县城在路边,
市镇街道也整齐,
一路上(浪)吃住都便利,
勿贪便宜抄近路,
买仔私浜小路不平来难行走,
山高人少树林多,
小路上(浪)相还有恶狗拦挡路,(注2)
高山树林浜里还有坏人出来抢东西,
我俚亲娘胆小吓不起呀,亲娘呀!
姆妈呀,亲娘呀!

我俚亲娘要听好仔来记好仔呀,
"九千七"要伊逢着茶馆买茶吃,
勿买粗梗茶叶泡的浓茶吃,
亲娘要买龙井茶叶、橄榄茶,
吃了清凉又香又解渴呀。
抬轿差人另一桌,
让伊勒解渴歇一歇,
吃好仔茶末付清勒茶钿勒跑呀,亲娘呀!
我俚姆妈呀,亲娘唉!
要听好仔来记好仔,
逢着酒店要买酒饭吃。
我俚亲娘本来勿吃酒,
要想吃一点,
买了蜜淋汁状元红酒吃,
又香又甜又好吃呀,
勿要买淡水白酒吃呀,
吃仔淡水白酒头晕肚胀难行走呀,亲娘呀!
姆妈呀,亲娘呀!
我俚亲娘点菜要点四荤四素四拼盆菜两点心,
还添一只三鲜四素什锦汤;
买饭勿买精梗黄籼米饭吃呀,
要买御林白米饭吃呀。
一般差人也要另外开一桌,

让伊勒酒足饭饱赶路程,
吃好仔饭末饭钱要算清呀,
值堂差使来服侍,
我俚亲娘也要付勒小账费跑呀,亲娘呀!
姆妈呀,亲娘呀!
听好仔来记好仔呀,
逢着庙宇要烧香点烛拜菩萨。
我俚亲娘在阳间一世好心肠,
救人要救贫苦人呀,
烧香要烧枯庙里,
枯庙里菩萨没人敬香钱。
我俚亲娘要买仔檀香绛香,金元宝来去进香呀,
诚心拜佛保安康,
拜了佛祖派了神将护轿送西方呀。
还要赠送厚金给庙主,
修理庙宇,菩萨身上要饰金,
拜罢佛祖放了香钱勒跑呀,
姆妈呀,亲娘呀!
逢着客栈住宿店,
我俚亲娘要寻有名气的大客栈住。
亲娘要住单人间,
差役人也要安排好住宿房间,
让伊勒早休息,

天明起早赶路程呀。
我俚亲娘勿住偏僻小客栈，
防止坏人欺黑店呀，亲娘呀！
姆妈呀，亲娘呀！
你要听好仔来记好仔呀，
"九千七"该得用来应得用呀，
轿杠上（浪）相多挂几吊零碎钱唉，
逢着桥要敬桥神呀，
逢着沟头要敬水仙呀，
逢着路口要敬土地神呀，
高山、树木也有当方土地当方神，
我俚亲娘都要敬呀。
在一路上（浪）相穷神恶鬼向我俚亲娘要一点，
也要拨一点烟酒钱呀，亲娘呀！
姆妈呀，亲娘呀！
听好仔来记好仔唉，
八百里长的黄泉路上，
要经过一条三九廿七尺宽，
九九八十一尺长的奈河桥，
是金块桥、银桥脚、铜栏杆唉，
我俚亲娘逢桥出轿门，
要赠送金元宝、银元宝来敬桥神呀。
我俚亲娘手扶栏杆，

观看孟河渔船张网捉鲜鱼唉,
大大小小船只满载鱼、船拉篷出港门呀,
还有未成行舟船靠在孟河边末,(注3)
我俚亲娘慢步走过桥呀,亲娘呀!
姆妈呀,亲娘呀!
桥头上孟婆神出来留吃茶末,
我俚亲娘双手回婆不吃茶呀,
吃仔孟婆茶头昏肚胀浑肠落肚,阎罗王要来审问你,
我俚亲娘记勿得呀忘干净,亲娘呀!
姆妈呀,亲娘呀!
我俚亲娘听好仔来记好仔,
孟婆问你为啥勿吃茶,
我俚亲娘回答孟婆,不喝茶呀要赶路程呀,
阎罗王问罪我吃勿消来勿吃茶呀。
我俚亲娘拿出一串银元宝,
送给孟婆作为见面钱,
谢好孟婆赶路就动身呀,亲娘呀!
亲娘呀!
姆妈呀,亲娘呀!
"九千七"一路使用,
走完了黄泉路,
到勒阎王府来出轿呀,
我俚亲娘要付清了神将差使护送钱勒跑呀,亲娘呀!

亲娘呀!
姆妈呀,亲娘呀!
亲娘呀!
你要听好仔来记好仔呀,
阎王府有牛头马面将军看大门,(注4)
拦门难走进呀,
我俚亲娘也要拿出几吊钱,
送给牛马将军买点酒吃呀。
进勒阎王府,
还有鬼头鬼将,
我俚亲娘都要送点烟酒钱呀,亲娘呀!
亲娘呀!
姆妈呀,亲娘唉,
你要听好仔来记好仔呀,
阎罗大王审问你在阳间做勒多少好事和坏事呀,
我俚亲娘从实告诉伊呀,
一世在阳间勤劳做呀,
生男育女管家门,
一生做好事,
没有做过坏事情呀。
讨饭求乞上门总要拨一点,
贫苦人家来借不回绝呀,
烧香念佛拜观音,

一生修行做善事，
没有做过坏事情呀，亲娘呀！
姆妈呀，亲娘呀！
阎罗王问你带仔多少钱来呀，
我俚亲娘回答带来丫头拨的一万缺三百，
是"九千七"勒来，
一路上使用剩下一笔钱，存入冥国银行里，
又有利息又放心。
亲儿孙拨的"二万四"要伊啥用场，
我俚亲娘回答"九千七、二万四"都是吃勿通来用不完呀，
"二万四"用于买田买地造新宅。
我俚亲娘不要贪便宜呀，
不要高低不平低洼田来茅柴田，
我俚亲娘愿出足田地价，
新宅造在正中心，
又有出路有发展来有场心呀，亲娘呀！
姆妈呀，亲娘呀！
我俚亲娘，建宅要造三进二场心三道墙门四座槛，
内厅堂来外厅堂，
一堂彩来一堂灯堂堂挂吉彩，
一对珠鱼灯来放光彩，
鲤鱼灯戏水跳龙门呀，
姆妈呀，亲娘呀！

外墙门口两只狮子两边分,
两扇大墙门上刻着门将军呀,
宅前三面种树树成林,
后宅沟外种竹成园一串株杨呀,
姆妈呀,亲娘呀!
我俚亲娘,宅沟里养仔青鱼、白鱼、鲤鱼有鱼跳,
竹园里养仔成群白鹅有鹅叫,
还有五更鸡啼报天晓呀,
早晨有着一对喜鹊登门叫,
燕子串梁衔泥来做巢呀,
晚上有着凤凰来宿夜呀,亲娘呀!
姆妈呀,亲娘呀!
阴间应该省力点呀,
用一个老实总管来管家业,
贴身使女灶上丫头买两个,
安居乐业在阴间呀,亲娘呀!
姆妈呀,亲娘呀!
你要听好仔来记好仔唉,
阎罗大王还要问你"九千七、二万四"哪里来呀,
我俚亲娘回答,
"九千七、二万四"不是偷得来勒拾得来,
阎罗大王赦我亲娘勿受苦呀,
亲娘呀!

> 我俚亲娘在阴间，
>
> 也要做好事来修好事呀，
>
> 转世投胎回阳间再做人呀，
>
> 亲娘呀！

注1："九千七"就是九千七百纸锭，"二万四"即二万纸锭加四百。纸锭，黄泉路上、阴曹地府通用的纸币。这个哭丧歌的排序在替死者换衣服之后烧床柴之前。女儿跪在死者所躺门板的右边哭唱《九千七、二万四经》，儿子跪在死者脚跟头慢慢地焚化纸锭。

注2：黄泉路上有一个恶狗村，专咬新亡之人，如果阳间哭唱《狗义经》，这七只狗便"蹲在黄泉路上勿起身"了。

注3：黄泉路上必过一条河，叫孟河，过河时孟婆会留亡者饮茶，亡者喝完茶便开始糊涂，到了阎王殿面对阎罗王连自己姓什么叫什么都说不清了，这是死者儿女最为担心的，于是便哭唱《孟河经》叮咛。

注4：依着现实生活中的经验，女儿还嘱咐死去的亲属，到了阎罗府就得行贿撒铜钱，否则见不到阎罗王。

过年习俗

春节,俗称"过年",是农历的岁首,也是我国古老的传统节日。

过去,在乡间,一踏进腊月的门槛,作为中华民族最隆重的传统团圆节日的年味便溢满乡村的每一个角落。虽然那时的物质生活条件与现时无法相比,但过年气氛甚浓,到处充满欢乐。

那时,从腊月二十三开始就忙开了,相传此日为灶君公公上天之日,民间有送灶君的习俗,崇明称为"二十四夜"。这天晚上,家家户户都吃"二十四夜晚",煮赤豆米饭、卷银包(也叫百叶包)、糖果(也称二十四糖)作祭食,点香烛,祭供灶君,并备纸钱,扎彩桥,磕头礼拜,然后鸣放鞭炮,将灶君像与花帘(俗称"喜串")一并烧化,名为送灶神。旧时民家的灶头墙壁上有"九天东厨司令灶君神位",两旁有联"上天奏好事,下界保平安",或"上天言好事,回宫降吉祥"等。晚清诗人罗昭隐这样描述:"一盏清茶一缕烟,灶神老爷上青天。玉皇若问人间事,为道文章不值钱。"送灶神一般是在黄昏举行,恭恭敬敬地送灶王爷上天向玉帝奏善事,多言好事,祈望玉帝保佑人间来年四季平安、丰衣足食。到除夕夜,还要举行迎灶君公公下界回灶的仪式,将灶王爷接回来。

自腊月二十三至除夕这几天里,全家人一齐动手,忙个不停。清扫房屋(俗称"掸檐尘",因"尘"与"陈"谐音,扫尘有"除陈布新"的含义,用意是把一切穷运、晦气统统扫出门。这一习俗寄托着人们破旧立新的愿望和辞旧迎新的祈求),然后,蒸糕、炒花生、炒蚕豆、杀鸡、杀鸭、杀猪、杀羊、贴春联和年画等,直到腊月的最后一夜除夕,俗称大年夜或年三十夜。此日晚上,家家户户阖家欢聚,吃年夜饭,叙旧话新,说说笑笑,吃吃喝喝,那便是浓浓的年味。那时候没有电,晚饭后,伴着红红的蜡烛守岁欢度良宵,寓接灶君回家之意。长辈给年幼子孙压岁钱。平时生活俭朴,吃食、穿着只是将就得过去,但过年就不一样了,平日里舍不得吃的东西,全都要在春节这几天闪亮登场。即使最穷的人家,也要蒸几笼糕,做几样荤腥好菜,孩子们都能穿上新衣、新袜、新鞋,怀里揣上几角压岁钱,袋里装着瓜子、花生、蚕豆、糖果,还能与左邻右舍的小朋友欢蹦乱跳地燃放鞭炮,尽情地嬉耍,直玩到筋疲力尽,才缓缓进入甜美的梦乡。

过年是一种文化现象,可称年文化。过年那几天,大人们的脸色特别随和,不骂不打,犯点小错也不计较,每顿饭桌上都有鸡鸭鱼肉,想吃什么就吃什么。更有趣的是,跟着大人走亲戚或去街头巷尾看戏。走亲戚时,大都有花生、糖果吃,也有塞上一二角压岁钱的。大人们忙碌了一年难得休闲,都要去看戏,孩子们也跟着,看的大都是家乡木偶戏、说唱之类的,热闹的锣鼓声,高亢的唱腔,好人治坏人的情节,孩子们虽然似懂非懂,但令人亢奋。

然而,新年里的规矩也是最多的。大年初一,早饭所食的是白米饭,放些糕、红枣、圆子等;菜以素为主,大青菜头烧豆腐百叶("糕"与"高"、"枣"与"早"、"菜"与"彩"、"百叶"与"百益"谐音)。吃素菜,意在新年开始要尊重生灵,注意节俭,善良为先。此时,桌上的鱼肉荤腥之物,其中鱼是特意不吃的,寓"年年有余"。烧柴常用芝麻秸秆之类,有祝愿新岁步步高的寓意,因其燃烧时噼啪作声,又有取吉利之意。

从年三十晚上起家里样样东西都降了神灵,像笤帚、铁铲、扁担之类是万万动不得的。不能洗衣晒被,小孩子不许乱说话,要说就说好话。新年早饭烧煮,米隔夜预先淘净,这一天不向外泼水,忌动刀剪,禁开后门,禁出秽语,不扫地,脏水不外泼,囤于缸中,以示"囤财"。扫地忌讳扫掉财,开后门忌讳漏掉财,倒水忌讳倒掉财,都不吉利。

大年初一,除了吃喝就是尽兴玩耍,大人孩子都一个样,穿新衣,露笑脸,满耳都是恭喜发财的吉利话。晚上要早睡,称"盘稻囤"。初二俗称"拜年日",人们相互走亲会友,相互拜年,既宁静又温馨。初三为"撒草娘娘"生日,人们凌晨即起,生火煮饭,天将亮,鞭炮齐鸣。初五是财神生日,家家户户吃年早饭,在一片鞭炮声中,提前开门迎接财神。

整个过年从初一延续到正月十五,充满浓郁的传统文化气息,让人陶醉在喜庆气氛之中。

岁时节俗

回想起崇明岛上度过的年少时光,乡间的岁时节俗具有本土独特的礼仪,充满着浓浓的乡风民俗。

春节。俗称"过年"。顾名思义就是春天的节日,是我国最盛大、最热闹的一个古老传统节日。初一早晨,老人衣着一新,鸣鞭炮,吃酒酿、年糕,早餐菜肴丰富。烧草常用芝麻秸豆秸之类,燃烧时噼啪作响,寓意大吉大利、新岁步步高。客至,以炒花生、炒蚕豆及烟茶敬奉。路上遇人,互相作揖贺喜。晚上要早睡,称"盘稻囤"。这一天要烧香烛,祭拜天地祖宗,不扫地,不汲水,不洗衣衫,不向外泼水,忌动刀剪,禁开后门,禁出秽语。初三为"撒草娘娘"生日,人们清晨即起,生火煮饭,鞭炮齐鸣,甚至有男子光着身子狂奔,意为吓跑"撒草娘娘",让田间少生杂草,以使五谷丰登。初五是财神生日,家家户户一大早就要放鞭炮,以迎财神。

元宵节。也叫上元节,俗称正月半,正月十五至二十为元宵灯期。节前,户户打粉做茧团(用糯米或高粱粉制成,形状两头大、中间小)、圆子。正月半中午包馄饨,名为"兜财";下午"斋田头",用筷子插上茧团,放置田头,祈求丰收;夜间,立高竿,挂红灯。儿童提着状如车、船、龙、马、兔、鸟、虾、蟹等各种式样的灯笼,穿街走村,玩耍嬉闹。成人攒火球,照田财,放烟火或"调狮""舞龙",杂以丝竹锣鼓,统称为闹元宵。民谣说:"吃了两头大(指茧团),各人寻头路。"意在正月半一过,春节已结束,农人开始春耕春种,回乡的人要外出干活,一切又恢复如常。

龙头节,农历二月二,民间有龙抬头之说,中国民间认为龙是吉祥之物,主管云雨,而农历二月二这天是龙欲升天的日子。龙在中国人的心目中有着极高的地位,不仅是祥瑞之物,更是和风化雨的主宰。因此,便存了"二月二,龙抬头"之说。这一天,男子要理发,女子要剪发,立春过后农村进入春耕阶段,农活繁杂,重新蒸煮春节留下的年糕,或做些糕带到田头食用,这样就能撑起腰板干活,因此称之为撑腰糕,以迎接春耕的到来。

清明节。清明,农历二十四个节气之一,既是民间的节气时令,又是中国的传统节日。古往今来的清明节祭祀活动包含两层意思:其一,清明,"万物生长此时,皆清洁而明静故谓之清明"。其二,清明又是充满忧思的,人们由衷地追思怀念先人,长眠地下的亲人因此得到安宁。在崇明岛上,这天,多数人家插幡化纸,祭扫祖坟,名为"上坟"。富户多操办酒席,鸣放鞭炮。一般人家则添土修坟,置农家供品行祭,祭毕,将供品分施看热闹的孩童。70年代后,火葬逐渐推广,此俗不再盛行。

立夏节。崇明历来有立夏吃"七青"的习惯。七青即:草头烧饼、青壳鸭蛋、青麦仁、青蚕豆、青梅、甜菜、海蛳。吃了七青可免"疰夏"。

端午节。以其特定的时间常被称为"健康节"或"卫生节",有"过五关、驱五毒,体验五种民俗(点雄黄、长命缕、戴香囊、斗百草、称可两)"的端午民俗活动。农历五月初五这天,家家裹粽子,门口悬挂菖蒲、艾叶、大蒜头。妇女头上夹艾叶。孩童额涂雄黄酒,胸挂内装雄黄的五色丝线荷包。堂中张贴"端阳符"或钟馗画像,据说可以驱邪捉鬼。中午,饮雄黄烧酒,并以酒喷洒,煨白芷、苍术,烟熏室内,来祛毒虫,散瘟湿。在儿时,端午那天,大人用红色的绒线编织袋,里面放上一只白煮的鸡蛋或鸭蛋,挂在脖子上。我们大一点的孩子带着去上学校。

六月六。农历六月初六,崇明有"六月六,买点肉笃笃"("笃",方言"煮"之意)的说法。乡间盛行裹馄饨、摊面饼。相传那天皇帝晒龙袍,百姓纷纷效之,相沿成习。旧俗,女儿出嫁后第一个六月六要回娘家。

乞巧节。农历的七月初七是我国民间的乞巧节。相传为牛郎织女鹊桥相会之日,俗称"七夕"。这一天晚上,妇女将凤仙花捣烂后取汁染手指甲,并藏蜘蛛于盒中,次日启视,如蜘蛛丝条理清楚,则为"得巧",再摊一白纸于地,据说可得天上织女散落的脂粉,涂之便得智慧,此举谓之"乞巧"。这天,人们以面粉加糖水揉合成团,然后擀成薄皮,切成长方形小片,入油煎而成"烤",名为"吃烤"(方言中"吃烤"与"乞巧"谐音)。"吃烤"一习,至今尚存。

中秋节。俗称"八月半"。是日,家家吃月饼、芋艿、山芋、花生(俗称"长生果")、毛豆荚、南瓜等应时食品。旧时也有用番瓜山芋做的烧饼。入夜赏月。

重阳节。民间习俗登高和吃夹馅糖糕。这种糕俗名"重阳糕",上插五色三角小纸旗。

腊八节。农历十二月初八这天,要吃"腊八粥"。腊八粥以大米、糯米、黄豆、赤豆、绿豆、青菜、芋艿、花生仁、豆腐干、油豆腐煮成,有的还加肉丝、火腿。对于"腊八粥"的来历和传说很多,各地说法不一。其中流传最广的是有关纪念释迦牟尼成佛的故事。佛教创始者释迦牟尼经六年苦行于腊月八日,在菩提树下悟道成佛。后人不忘他所受苦难,于腊月初八吃粥以做纪念。"腊八"就成了佛教始祖释迦牟尼成道纪念日,寺庙以各种香谷、果实煮粥祭供,称为"腊八粥"。后来,这一习俗从寺院扩展到了民间。民间有风俗称,吃了腊八粥,过水又过沟。意思就是指吃了腊八粥,身体健康,蹚水下沟都不怕。

二十四夜。农历十二月二十三或二十四之夜,崇明统称"二十四夜"。相传此日为灶君公公上天之日,民间有送灶君的习俗。用百叶卷青菜做成卷银包,和二十四糖、赤豆饭一起作祭食,点香烛,祭供灶君,并备纸钱,扎彩桥,磕头礼拜,将灶君像与花帘(俗称"喜串")一并烧化,名为送灶。

除夕。百姓在屋檐插冬青、柏枝,忙蒸糕,搓圆子,炒花生,炒蚕豆,备酒菜,剪纸花,贴春联,打扫环境,挂祖宗像。晚上,合家团聚,吃年夜饭,也有吃馄饨的。饭后守岁至深夜,寓接灶君回家之意。长辈给年幼孩子压岁钱,并将压岁钱放于枕头底下,寓意岁岁(睡睡)平安。除夕守岁夜,守的是一种幸福的感觉,守的是一段难忘的记忆,守的更是一份心中的期盼。

除此之外,还有:农历正月十五至二月前一天为敬"桥神""宅神"日,家家户户点香烛,置供品,化纸钱行祀。农历二月十二庆贺百花生日,民间俗称"花神节""花神生日",意在寂寞了一冬之后的鲜花将要开放。花朝节在唐朝武则天时代就已流行,春天赏红、种花、扑蝶会、祭花神、挑菜节、寒食节等都囊括其中。中国自古以来就有"花王掌管人间生育"之说,因此,花节又暗含着生殖崇拜的意味。到了南宋,花朝节定为农历二月十五,成为民间的盛大节日,如杭州等地的百姓还要为自家庭院中的花木披红挂绿,以示庆贺。此俗沿至清代时,有的地方还建花神庙。在崇明,定为每年农历二月十二(据有关资料记载,老上海一直以此日为花朝节)为百花生日。农历三月初三上巳节,妇女踏青、进香。清明前一天为寒食节,禁烟火,食糕团。农历四月初四稻熟日,吃青麦仁。农历四月初八浴佛节,种棉花。农历六月二十四雷祖生日,祀灶,持斋,食面。农历七月十一瓜斋节,吃瓜。农历七月十五中元节俗称七月半,因这个节日主要是祭拜祖先,乡间也称"鬼节",祀祖先,设开盂兰盆会。农历七月三十地藏菩萨生日,吃芦穄,点地灯,晚上家家户户在门外地上点蜡烛以作纪念。农历八月十八潮生日,观潮。农历十月初一下元节,祭扫墓。冬至日祀祖。大寒至立春前一天称作"交神",诸凡挖树、整枝、搭羊棚、砌猪圈以及迁坟、拾骨等活动,均可在此期间进行,不必选日选时。

这些祖祖辈辈传下来的乡风民俗,融入我们的生活,具有深厚的文化底蕴,代表一种传统文化和人情关系,反映了人们期盼丰衣足食的美好愿望和对未来的憧憬,更是给人们带来精神的愉悦。

称谓俗情

称谓,反映人与人之间的特定关系,也从一个侧面展示了地域风俗人情。

仔细探究,崇明的人际称谓,远比其他地方丰富、有趣。譬如,上海市区里的人一般把父亲辈叫作"爷叔"、母亲辈叫作"娘姨",崇明岛上的称谓就复杂了,父亲称爹爹、阿爹;父亲的兄弟称大伯(老伯)、二伯、三伯、小伯;父亲辈叫作伯伯或名字后带伯(即某某伯),等等,不一而足。

崇明岛人母亲辈统称谓"妈妈""婶妈""好妈",母亲称"姆妈"。除了母亲的姐妹称娘姨外,还有哥嫂弟媳之母、姐夫妹夫之母叫"娘姨",这些娘姨的姐妹也称娘姨,连伯父叔父之亲家母亦称娘姨。

在称谓中,还有名目繁多的"寄爷""寄娘"。其中,最为亲近的是"娘舅寄爷""姑娘寄爷""姑夫寄爷""娘姨夫寄爷"。舅妈、姑妈称寄娘或寄妈妈。最难得的是"认生肖寄爷",还有跟着别人叫的"邻居寄爷",自然,相应的"寄娘"或"寄妈妈"也就不少。

人们通常把未成年的女子叫"姑娘",然而,在崇明岛"姑娘"就是"姑母"。崇明人把父亲的姐妹通称"姑娘",并按年龄次序依次称"大姑娘""二姑娘""小姑娘",等等。过去,还有男性化的叫法,把"姑娘"叫作"伯伯"的,也有叫"寄爷"的。老辈里也有把姑母叫"姑姑"或"娘娘"的。

在崇明岛,人们还习惯把自己的祖父称为"公公",祖母称为"婆阿"或"阿婆",并把同祖父、祖母年龄相仿的老人,也称呼"公公""阿婆"或"好公""好婆"。

崇明岛的女子把丈夫的父亲称为"公",把丈夫的母亲称为"婆"。但"公婆"之称呼,做媳妇的当面是不可以叫的,只能"旁称",当着"公婆"的面则按丈夫对父母的称谓同样称呼。

人们习惯上把有身份人的妻子称为"太太"。但崇明人却别具一格,把自己曾祖一辈的人称为"太太",再长一辈的人则称为"太里太",尊称"老太太"。那"老太太"还有男女之分,有"男老太太""女老太太"的叫法。

在旧时,夫妻间称呼,一般用孩子乳名代称对方,如某某爷、某某娘。男女婚后未生孩子,则用"你(唔)"——哎——"呆"呼应对方。之后又演变为之称"伊勒爷""伊勒娘"。长辈称小辈的媳妇为其丈夫的名字后加"特",即:某某"特"。夫妻之间俗称"夫妻道里"。至于称妻子为"屋里人",称丈夫为"当家人",这多少带有重男轻女,男主外(当家)女主内的时代特征。

如今,随着社会进步,夫妻之间互称"老公""老婆",更多的则是直接称呼对方的名字。具有江岛特色的称谓文化趋于浪漫、文明。

乳名浓情

中国幅员辽阔,各个地方因不同的文化和风俗习惯,乳名也各有千秋。过去在我的家乡崇明,孩子出生后,长辈要为新生儿起乳名(乡间方言称"奶名")。起乳名时,有的人家为防止孩子的名字太过喜庆会折福减寿而难以养活,就取贱名,诸如毛(猫)、苟(狗)、郎(狼)等。根据传统习惯,女孩名字加"郎",男孩名字加"苟",也有将"苟"和"郎"合在一起起名的,如"苟郎""虎郎"。还有更贱的称"野猫""野狗""野狼"等,这样的乳名其实表示是父母的宝贝。在乡间,也有些人家在给孩子起乳名时,要请算命先生为其看相、排生辰八字,然后再根据命中盈亏起名,如有的孩子命里缺水或缺火,就会起诸如"水清""火根"等带水、火字的名字。乡里人一直把"贱名"和福气相联系,旨在希望自己的孩子能有像狼狗一样强健的体魄,像柳树一样茁壮成长。

然而,待孩子上学时,就要重新起学名。起学名时,大凡是按照家谱的辈分起名,也有的按照同一辈的中间一个字或最后一个字相同起名,还有的乳名和学名是不分的,都为同一个名。

记得那年,有位老乡和我同时入伍,他姓朱,名字叫毛(猫)苟(狗),这个名可以说是已经贱到家了。所以,每次部队集合点名时,只要一喊到他的名字,就引得大家哄堂大笑,并时常遭到一些战士拿他的乳名取乐,此后不长时间这位老乡就改了名。

尽管这听起来有些不雅的乳名有时会招来人们的取乐,但在长辈们的眼里总是那样富有亲情。正如有位诗人说过,乡村乳名是从生命里扯出的一段亲情与恩泽,连着骨头,连着经脉,盛着海的深情,堆着山的慈爱。

如今,乡间很少用乳名,也不按家谱起名。过去那些熟悉的乳名在人们的生活中渐渐地陌生了,长辈们那种最质朴最珍贵的温馨、慈爱、快乐和幸福流失了。

乳名,承载着浓浓的爱心与情意,浸满了岁月的厚重回忆,贯穿着每一个人的成长轨迹。人生的时光是回不去的,那些难忘的事情也是难以复制的,但总有一些情愫是割舍不了的,尤其那纯真质朴的乳名将永远定格在彼此人生的历史与美好的记忆中。

远离故乡的游子,每一次听到长辈们或乡亲们亲切地呼喊着自己的乳名,都会触及心中最柔软、最真实的部分。我多么想听到长辈们或乡亲们那一声声熟悉的、浸透了乡土文化气息的乳名。

过房姻亲

崇明人向来重情重义,在民间除了家属亲、联姻亲以外,还有一种特殊之亲,叫作"过房亲",也叫"寄拜亲"。

所谓"过房亲"大致有三种情况:其一,父母生下孩子后,由于旧时的医疗卫生条件差,加之生活贫困,不少孩子没有成年就夭折,因此,担心身单势薄不好养,为了解除孩子的关煞,将其过房给富裕兴旺之家,有一个依靠照应,免其蒙难夭折;其二,我国自古有养儿防老传统观念,因此,旧时乡间,有无子嗣认为是人生中极为重要的一件大事,一些无子女的人家或只有女儿没有儿子的人家,总要千方百计从多子的哥哥弟弟处或姐姐妹妹处领养一个孩子,作为自己的儿子,并举行过房仪式,再立过继文书;其三,按照习俗,孩子与父母的八字不能相冲,要请算命先生进行卜算,如有和父母相克,犯冲家长而难以养大,将其"过房"或"寄名"给生肖相合的人家,孩子亦跟过房父母的姓氏和子女的辈分起名(乡间也称寄名出姓),随后送往寄父母家祭祖拜灶,并送一只碗和一只调羹,意在祈求平安和表示已成为过房父母家中的人。事后,过房父母并不负担抚养责任,仍由生父母抚养,过房儿子、女儿也不继承过房父母的财产,旨在图个幸福吉祥。这样,孩子会得到两家人双份关爱的福气,预示着将来身体结实,逢凶化吉,好运当头,健康成长。

从此以后,过房儿子和过房女儿都称过房父母为"寄爹""寄娘"。同时,双方要互送礼物作为过房的形式。过去人们的物质生活不很丰富,经济也不发达,所以随礼很简单,没有太多的挑剔,只是一种真正意义上的寄托和情意,诸如过房父母给过房儿子或过房女儿做一套新衣服;过房儿子或过房女儿长大后,逢年过节带烟酒糕点水果等礼品看望寄爹、寄娘。中国乃礼仪之邦,礼尚往来体现了乡间的传统礼仪,是表达美好祝愿的一种方式。

如今在乡间,那种传统的寄亲已没有了。但是,另有一种寄亲却在乡间常见,就是相互间进行寄亲,即由于双方父母之间关系较好,双方的子女互相之间交换着寄亲。这种寄亲,没有任何仪式,既不按寄姓改姓,又不按寄名起名,只是双方的子女互称双方的父母为寄爹、寄娘。

寄亲虽没有血缘关系和姻亲关系,但彼此往来,亲亲热热。那是一种缘、一种情、一种爱,人世间多少真情洋溢其中。

洞房"吵亲"

过去,新人结婚时的"闹洞房",乡间俗称"吵亲"。

良辰吉时一到,鞭炮一封又一封接连不断的响起。"三打三催"下,在人们的深切企盼下,"千呼万唤始出来"的新娘在一美丽少妇的搀扶下款款而来,红红的伞下映着红红的脸,满是喜悦与激动。后面有提着箱、扛着被、抬着柜等嫁妆的,是一行送亲队伍。这时,男方迎亲的队伍马上在门口迎接,迎接花轿同嫁妆车队一路浩浩荡荡把新娘接到男方家,喜宴便正式开始了。

按照乡间的传统礼仪,当张灯结彩、婚宴开始,新娘进男方家宅院时,要点"三灯旺火""踏火盆""传红袋",还要进行"迎亲""拜堂""吃花烛""送房""暖床"等仪式。当然,"吵亲"更是必不可少的,也是把婚礼演绎得最热闹的场面。意思新人来男家,要把他们的房间吵热闹,"吵发吵发,越吵越发",寓意婚后平平安安,没有病痛灾难。因此,"吵亲"时,吵得越热闹,意味着往后的日子就越美满、事业就越发达。

俗话说"吵亲呒老小"。在吵亲的场合，没有老少和长辈之分，东邻西舍以及喝喜酒的人一起涌入新房"吵闹"，其乐融融。于是，人们来到洞房的时候，一位年老的妇女（一般是生男孩多的）把床上的被铺好，一边铺被，一边说着早生贵子之类的话，另外有人把大把大把的糖果、花生抛在床上，任小孩子哄抢。在吵亲的过程中形式多样，有给新娘出难题、做游戏、说笑话，插科打诨逗乐，语言或幽默或粗俗，大家也不去计较。实际上，"吵亲"是为了增加新娘对夫家人的了解，使新娘婚后与他们和睦相处的一种婚庆礼俗。至于那些不很文明的吵法，甚至有些不很文雅的恶作剧等，随着时代的进步已经绝迹。

吵亲的主力当然是男人，与之相对的是女人们翻箱倒柜"看嫁妆"。女人们最关心的是新娘几床被褥的土布花纹，几只箱子内的鞋子双数，以及衣柜里土布、衣服的式样，做工的针脚等等。面对这花花绿绿的土布土衣，从她们的脸上无不透露出那种惊喜、兴奋、陶醉的神情，像天真烂漫的小姑娘。那忘情的笑容、啧啧的赞美声和心领神会的比画，让乡间女人借助"看嫁妆"的机会以达到相互学习交流女红的目的。

"吵房"的节目完成后，新人站在门口，手端盛香烟喜糖之茶盘，恭送亲友回家。婚礼，终于落下了帷幕。于是，喧闹了一天的乡村又恢复了往日的平静。喜庆的气氛在这粗犷的乡土文化里挥洒得淋漓尽致。

如今城里的迎亲花样早就传到了乡村，从前的迎亲队伍已经不再有了，新娘和伴娘们都在小轿车里，嫁妆也不再公开，年轻人更不知道从前有这样淳朴而浪漫的"吵亲"习俗。

"吵亲"不仅仅是乡间一项传统的婚庆礼俗,更是散发着浓浓的民俗文化风情的一段美丽记忆。

立夏称人

岁月悠悠,有多少往事已然淡忘,但立夏的记忆却让我铭心刻骨。

立夏是我国的传统习俗,乡间历来有立夏吃"七青"(指草头烧饼、青壳鸭蛋、青麦仁、青蚕豆、青梅、甜菜、海蛳)的习惯,据说可免"疰夏"。这天,人们不坐门槛、不睡午觉。小女孩可以在这一天穿耳环洞。此外,还有"称人""钻麦园""看海"等风俗,其中最有趣的是"称人"。

称人,一般以家庭或宅院为单位举行,家中男女老少尤其是小孩都要一一轮流过秤。以前乡间没有磅秤,称人用的都是传统的大扛秤,在使用时要用扁担穿过秤纽绳,由两人抬起来称重量。为了省力,有的还将一条粗麻绳挂在门楣、横梁或村旁大树等处,再把秤纽系上。被称者用双手抓住秤钩,身子弯曲悬空,待看秤花的喊出重量才双脚着地。小孩子则由大人抱进大篮或灰箕里过秤。此时,整个场院欢声笑语、热闹非凡。

据说称人也是为了"勿疰夏"。范寅《越谚》风俗部记载："称人,立夏日秤之,可免疰夏。"顾铁卿《清嘉录》云："俗以入夏眠食不服曰注夏。"《博雅》："疰,音主。"疰,病也。"疰夏"又作"注夏"。到了现代的乡间把"勿疰夏"作为度过炎热夏季的一种保健期盼,希望在夏天不生毛病。立夏称人也只不过称一下体重而已,看一看一年来体重轻了还是重了,并记住重量,到明年立夏再作比较。

　　乡间立夏,还有一种风俗是吃鸡蛋、鸭蛋。俗话说："立夏吃了蛋,热天不疰夏。"立夏那天,家家户户都要煮好一大盆囫囵蛋,分给全家老少吃。大人还将用冷水浸过的鸡蛋或鸭蛋,放入早已编织好的小网袋,挂于孩子颈上。挂着"蛋袋"的孩子们则三五成群地凑在一起,玩起了斗蛋的游戏,相互追逐打闹,乐得孩子们一个个合不拢嘴,心里巴望着天天过立夏。

　　另外,过去乡间还有新婚的女子第一个立夏须在娘家度过的习俗。

　　如今,在乡间立夏,不少习俗活动已弱化或消失,唯有吃蛋和吃甜菜的习俗,还在民间流传。

卜算求仙

记得儿时的乡间,曾流传着算命、求仙、捉鬼、做解法等习俗。算命先生,身着长衫、眼戴墨镜、手持竹棒(乡间称"赶狗棒"),嘴里喊着"算命——排八字",经常在乡间游走,为人算命。

乡间算命包括排八字和推命运两部分,一般孩子只排八字,成人既排八字,又算命运。排八字是推算命运的基础。算命先生,大多是"算命瞎子",而且都是真瞎子,他们很能揣摩人的心理,再加上似是而非的说法,很让人信以为真。

过去,孩子出生后,父母要请算命先生排一个八字。算命先生按照《渊海子平》四柱法推演,即年柱、月柱、日柱、时柱,以及孩子的出生时辰,看看五行(即:金、木、水、火、土)缺啥,然后根据命中盈亏和缺啥补啥的原则为孩子取名字。如有的孩子命里缺水或缺火,就会起诸如"水清""火根"等带水、火字的名字,这样,孩子就五行齐全了。

中国以前的婚姻史就是一部"父母之命,媒妁之言"的历史。

旧时，男女之间没有求爱的过程，婚姻成败的命运还掌握在算命先生手中，连结婚的日期也是算命先生来决定的。订婚时要"排八字"，也就是有了初步意向的男女双方，要交换生日年月时辰的"庚贴"，这生日年月时辰，也称"八字"。然后媒人将男女双方的"庚贴"合在一起，请算命先生"排八字"。如生肖无冲克，就能称心合"八字"，便请媒人拜见；若生肖相克，则为"八字"不合，就将"庚贴"返回，以示意向中止。

于是，算命先生根据哪家生了孩子、哪家有人生病、哪家的儿子要结婚，以及哪家死了人等，选择"算命"的对象和时机。再加上算命先生"见"多识广，阅历丰富，略懂得点心理学，他们摸准了这些人的心事，而且能说会道，就用模棱两可、十分圆滑的话让你去猜测。如有人家庭贫困，常有算命先生说苦瓜结在苦藤上之类的话。如有人家里死了人，让算命先生给死者的子女算命，当问及这位子女的命里是父亲先死，还是母亲先死时，算命先生则说，父在母先死，或母在父先死，让你听了之后云里雾里，摸不着头脑。

久而久之，由于算命的结果都有些规律和类同，一般都能掌握"算命先生"在算命过程中所算出的结果，因此，乡间有"瞎子算命后来好"的说法。意思是，算命先生在算命过程中，抓住人们的心理，一般都会说年轻时这个不顺、那个不利；到了中年时，会遇到这个不幸、那个不测；然后到了老年时所有灾难便过去了，日子也会渐渐好起来。类似这样的话听多了、听熟了，人们便总结出了"瞎子算命后来好"的俗语。

至于乡间的"大仙"或"师娘",都是自封的,说是某人死后灵魂在阴间成为"大仙","大仙"之魂托附在他身上,他便成为"仙人"了,专为人家治病。

捉鬼,指的是有人因病久治不好,便认为有鬼作祟,于是请"仙人"来家捉鬼。那"仙人"家里供奉赵公明以及关帝、孔明等近十位文臣武将,奉赵公明是主神。相传赵公明神异多能,变化无穷,能驱雷役电,唤雨呼风,降瘟剪疟,保命解灾。"仙人"自认是主神晚生童子,故自称刘小童。捉鬼时,便手持腰刀和赵公明肖像的挂轴,带着副手秦山伟,来到病家,在供桌前挂起赵公明像,把腰刀放上供桌,点燃香烛。然后手持一叠黄纸条,一张接一张轻燃,并一遍一遍在供桌前来回走动,口中念念有词:"刘氏小童,符鬼差将,捉尽妖魔鬼怪⋯⋯"约半个小时后,"仙人"突然倒地,手持降魔印,全身发抖。他的副手便口念:"文来三声开道,武来三声开道,三吆三喝开道过来⋯⋯过⋯⋯来!"意思是:哪位武将文臣附在你刘小童身上?答:"我是赵公明元帅派来的关圣大帝,前来降魔捉鬼。"然后跃然而起,从供桌上拿起腰刀,在厅堂舞起一阵刀花。接着来到病者的卧房,掀起蚊帐,又舞起一阵刀花。然后在预先准备好的瓦缶上方,把腰刀渐渐按下,按在瓦缶上。副手秦山伟立即用黄纸把瓦缶封住,说是把魔鬼捉住了。

做解法,乡间有两种:一是做礼斗(俗名解星相),为患病、行运不通的人做的。即做法事者到某家,在其厅堂挂上八仙之一的吕纯阳肖像,点燃香烛,口念道经,还将其全家姓名和简历写在红纸上,并写上某某的祈愿;又把其上下三辈亡者名字写在黄纸上,到了傍晚，连同冥纸一齐烧化。家人三跪九叩，祈求家道平安顺利。二是镇宅，为住房有鬼祟而做的。两者共同点是念道经，都挂上道家吕纯阳或观音（兼佛兼道）像。不同点：做礼斗不贴符，镇宅门上贴符。

如今，随着时代的进步和科学的发展，算命等习俗受到人们的摒弃。尤其是问仙、捉鬼、做解法等那些信神不信医的人越来越少了，即使一些上了年纪的人，也采取"外修内补"的形式，求仙求医两者兼顾，迷信的东西正在渐渐淡化。

吉祥寿材

"寿材"就是老人们的棺材。

旧时,崇明岛上的人上了年纪,一般到了60岁(也有70岁或80岁)就要置办寿器。寿器的种类分为寿材、寿衣、寿鞋、寿帽、头枕、脚枕等,其中最主要的是"寿材"。

寿材的购置分为两种:一种是集市上购买。过去乡村许多集镇上都有棺材店,可以定制或任意选购;另一种是自己家请木匠师傅做,木质也是按经济条件而定,但大都是松木材料做的。

寿材做工精细。一具寿材做好后,用黑油漆漆好,讲究一点的,还会在寿材上画上一些精致的图案或雕花,内容大多是福禄祷之类的。同时,还注意防潮吸腐处理。

按照乡俗,人们视"寿材"为吉祥物,各家各户为老人定制好的"寿材",正身贴一张大红纸,统一放置在堂屋里,并特别呵护。乡间有这样一种说法,如果哪一家的"寿材"不幸破损,其后人定会倍感晦气,认为是件非常不吉利的事。因此,"寿材"放置地方保持经常通风,并不碰不压,保持干燥整洁。

其实,能预先为自己,或者家人买和做好寿材的,大多是些有钱人家,就像现在到公墓里去买寿穴一样。倘若连吃饭也成问题的人,哪有闲钱去买什么寿材和寿穴呢?有些人家买了或做了寿材一时还用不上,就每年为寿材上一层油漆。因此,有些寿材通体水亮,漆层很厚,也因此有人讨口彩说这是"有财有势"。

如今,随着火葬的普及,棺材店当然也早就寿终正寝了,"寿材"更是没了踪迹。不过也有人喜欢棺材,有的人把私人印章盒制作成棺材状;也有的将金条故意制成"金棺材"当作礼品送人,意为吉祥之物。

过年时祭祖习俗

除夕,也称"大年夜",是一年的最后一个夜晚。因此,这一天晚上,外出的人要尽量回家团聚,与家人一起吃"年夜饭"。

旧时,按照家乡崇明过年习俗,在年三十晚上吃年夜饭之前,先要敬过世的祖宗亡灵,乡间称"拜老祖宗"。

此时,宅上最年长者(称为宅长)牵头,在宅院堂屋里摆上八仙桌,桌上摆满糕点水果,各家将原挂在自家屋里的亡故长辈的遗像集中摆放在堂屋一墙面,桌子朝门外的那边摆放香炉和烛台。

紧接着,由宅长虔诚地点燃香烛,等候阴间祖宗享受。众人都恭敬地肃立一旁,不许出声。据称,这是让老祖宗静心享受,不能扰乱他们。大约过了半个钟头,香烛将尽,全宅的老幼依辈分跪拜磕头,磕完头后点燃用锡箔、草纸或稻草折叠的元宝、长锭(据称,稻草呈金黄色,用稻草做的元宝和长锭,如黄金一样珍贵)。

拜灵仪式结束后,将桌上的糕点水果等供品分发给孩子们享用。此时，孩子们喜出望外，欢声笑语，蹦蹦跳跳。随后，一家人其乐融融地开始吃年夜饭。晚饭过后，小伙伴们不约而同地纷纷走出家门，挤满了宅院。此时，宅院内外爆竹声声，此起彼伏，花开满天，热闹非凡。闪闪火光中，映着的是一张张溢满幸福的、通红的小脸。

祭奠是我们中华民族由来已久的传统习俗，早在殷商时代就已问世，那时除了祭日月星辰、风云雷雨、山川土地之外，还要祭祖先，这是对祖先、对师长、对自然生命的一种敬重和感恩，这一习俗一直沿袭至今。在家乡崇明岛上，过年时的祭祖习俗，意在请先辈亡灵回到阳间与家人团聚，吃上子孙为他们准备的年夜饭，并祈祷亡灵保佑全家来年安康吉祥。

如今，随着时代的变迁，这一过年时祭祖习俗也在悄然发生变化，并渐渐地在人们的视线中淡忘消失。现在，这一习俗即使在乡间也只有在少数上了年纪的人群中还能延续举行，对于70后、80后，甚至更年长的一些人也没有更深的印象了。但现在没有了过去那十几户一个姓氏系统人家那邻里和睦、亲友融洽的大宅院，显得冷冷清清，各家各户的仪式，少了那左邻右舍相聚一起、浓浓亲情的热闹气氛。每当春节来临之际，总是让我想起旧时年三十夜"拜老祖宗"的习俗往事，更是让我对当时宅上的长辈和孩子们热闹、团聚和幸福的情景在心里升腾起一种温暖、温馨和温情……

但愿那过年祭祖的传统年俗文化成为亲情传递的纽带，代代相传；那一代代积淀的纯朴民风就像一坛甘醇的米酒，芳香四溢，历久弥新……

插红根香记情怀

儿时家乡崇明岛，每逢农历七月三十那天地藏菩萨生日时，家家户户都有插红根香的习俗。

当夜幕降临时，各家各户房前檐下走道，都插红根香。这种香是乡间土法特制的，将竹子劈成细杆，上半部是香，下半部染红当作棒头插入泥土。于是，点燃后的红根香满宅院香烟袅袅，星光闪闪，形成一条条跳跃游动的火龙，光彩夺目，场面壮观。

农历七月三十为地藏菩萨诞辰。相传，地藏，是梵文"乞叉底蘖婆"的意译，即地狱的主宰和亡灵的引导神，为佛教大乘菩萨之一。佛经上说，他是释迦灭后至弥勒出现之间，现身六道，救度天上以至地狱一切众生的菩萨，认为他像大地一样，含藏无量善根种子，故名。平时地藏王闭目不开，此夕人间插地藏香才开眼，乡间也叫"地藏开眼"。据称，地藏菩萨曾许重誓："众生度尽，方证菩提，地狱未空，誓不成佛。"充满着哲理和无私、无畏、无怨、无我的奉献精神，深得民心，广受民众的爱戴和信赖。

那时候崇明农家把地藏菩萨生日当作重要节日对待,尤其是那天晚上崇明乡间还有吃甜芦粟的习俗。据说在地藏菩萨生日的晚上吃甜芦粟,不但可以避邪恶,而且能强身健体少得病。其实甜芦粟本身就含有碳水化合物、脂肪、蛋白质、铁、钙、磷等多种营养成分,又有性凉降火,清肺润肠,祛疾疗病之功效。民间称小孩在夏令日食3支甜芦粟,就能不生或少生"热疖"。因此,那晚对于孩子们来说吃甜芦粟是最快乐的事。傍晚时分,大人们将平时舍不得吃的甜芦粟从田间一支支地砍下,扯去一片片枝叶,放进宅院。待吃过晚饭后,先是由大人领着孩子们开始点燃红根香,并将它一根根小心翼翼整齐地排列插入门前屋檐下。接着,全宅院的人围坐一起吃甜芦粟,大家一边欣赏着红根香美景,一边听大人们讲述地藏菩萨故事,互相还不分彼此地交换着品尝各家不同品种的甜芦粟,直到吃得舌疼牙酸,香火熄灭,眼皮打架,一切沉浸在夜色中,才回屋休息,进入甜甜梦乡。按民间习俗,此夜不可在地上倒水,不可跨红根香行走。次晨清早天刚亮,孩子们便早早起床,拔出已熄灭香火的红根香棒杆,作一种叫"挑棒棒"的深受大家喜爱的游戏玩具,东奔西跑,玩之不倦,其乐融融。

那时候对于小孩来说,为啥地藏菩萨生日要插红根香的事全然不知,只知好奇好玩。长大后,我读了有关资料才知道,地藏菩萨其实是新罗国(朝鲜半岛历史上的国家)王子,本名金乔觉,唐开元七年(719),时年24岁的他渡海来中国,落脚九华山,苦修成道75载,于公元794年(寿99岁)圆寂,佛徒们以他生前苦行,坐化后形迹与经典所载的地藏菩萨相若,尊之为地藏菩萨化身,普度众生，功德无量，辟九华山为地藏菩萨应化。从此，九华山成为闻名海内外的地藏菩萨道场，远近焚香者，日以千计。九华信奉释迦大乘教，大乘的要旨是利生济众，由四大菩萨实施。文殊表大智、普贤表大行、观音表大悲、地藏表大愿，合称佛教重智慧、实践、慈悲、尊愿四大精神。九华地藏菩萨"我不入地狱，谁入地狱"的精神是大乘教精髓之所在。人们常说，到五台山求学问，到峨眉山求事业，到普陀山求子嗣，到九华山求运气。由此可见，农历七月三十，崇明乡间插红根香的习俗，是期待岁月静好，天地安详。期盼风调雨顺，五谷丰登，百业待兴。祝愿人皆安宁，时皆如意。更是祈求佛祖地藏菩萨护佑百姓好运相伴、平安相随。

如今，地藏节这一习俗已在民间消失了。但对我们这一代人来说，回忆曾经经历过的这一独特的带有海岛泥土气息与浓郁地方色彩的地藏菩萨生日时岛上人家插红根香的习俗，可回味千年历史的古老传统民俗文化，借以表达对理想的期盼，寄寓对未来生活的憧憬。

民间文化

想起当年喊火烛

每到夜晚入睡前,就会听到小区里传来一阵阵"门要关好""窗要关牢""煤气要关紧"的告示声,便让我想起当年在家乡崇明岛乡间的"喊火烛"。

20世纪60年代之前,崇明岛上农家还未通上电,到了晚上,老百姓照明靠煤油灯,取暖用烘缸。那时,每当春节来临之际,村上一两位年长的热心人,他们自发地、不计任何报酬的担当起"喊火烛"的义务,从吃腊八粥的晚上开始,一直到正月十五,每晚到了人们入睡前后的夜深人静时,他们便不顾寒冷,顶风冒雪,行走在乡间的小路上,手敲竹筒,边走边喊:"火烛小心,夜夜当心!"笃、笃、笃、笃、笃、笃!"灶口头要弄清爽!""热灰勿要倒勒羊棚里!""灯盏勿要挂勒芦壁上!""烘缸勿要放勒被窠里!"……这清脆、洪亮的敲竹筒声和叫喊声划破宁静的夜空,传遍乡村的四面八方。

那时候,"喊火烛"的内容,主要是为了防止火灾的发生。因为当时岛上人家住房大多是草屋,而且四周堆的又都是稻草之类的柴禾,"煤油灯""热灰""烘缸"等都是易燃的物品,再加上冬天气候干燥,尤其是到了过年期间,家家户户都忙着蒸糕等,容易引发火灾。除此之外,"喊火烛"的人,还会因地制宜地自编一些其他内容,如他们经过有小孩哭声的人家,便会喊些"小孩勿要捂勒奶头荡"之类的内容,以提醒大人看护好小孩。即使是如此这般的提醒和提防,但火灾的事,在岛上却时有发生。在放学的路上,时常看到火灾的场景,几里外火光冲天,这必定是草屋失火了。每当这时,路上的行人总是驻足焦急的遥望,真是胆战心惊。

当时在民间还流传着这样一个传说,"喊火烛"是为了防范火神。因为火神爷闻到了腊八粥的香味,却没有吃上,心里非常窝火,要放火烧老百姓的房子,让大家过不好年。当然,这是一种传说而已。其实,当时的岛上百姓最怕是潮没和火灾。俗话说:"潮没精光,火烧半光。"由此可见,火灾在百姓心中是极为严重的险情。但在我看来,不管是如今的"门窗要关好"的告示声是为了防盗防偷,还是旧时的"喊火烛"提醒人们防止火灾的发生,都是一种值得倡导的有意义的民风民俗。

家乡的雕花木床

过去在家乡崇明岛,老百姓睡的床,都是老式木制床,正面雕花镂空饰有许多祥瑞饰纹,有各种各样的人物、花卉和动物图案,人物大都以戏曲人物为主,有戏金蟾的刘海、普度众生的观音、长命百岁的寿星等。花卉动物则有龙凤呈祥、松鼠吃葡萄、喜鹊登枝及梅、兰、竹、菊之类的透雕、浮雕。这些精致的图案,精巧的制作,线条流畅,形神兼备,姿态各异,栩栩如生,给人以视觉的享受。

一架雕花床,要占大半个房间,床上三面围栏,床内一年四季挂蚊帐,床前有踏板,踏板两侧用来放置马桶、鞋柜、衣柜等物件。

雕花床的用料视家庭条件而定,在农村一般人家都是用松木、杂木之类的做原料,结构也较简单。但是条件较好人家的雕花床,不但用料都是上等的榆木、红木之类的名贵材料,而且床的结构也十分讲究。除了床比一般宽大些,连床前踏板都有围棚,形成一张床外套棚,围棚上面同样有雕花,而且还有用彩色的,显得豪华气派，精美绝伦，这样的一张雕花床可以让几代人享用。

过去在乡间，哪家青年结婚，总要请木匠、雕花匠（崇明人称鏊花匠）、油漆匠忙上几个月。首先要让木匠把床的框架做好，花板配齐；然后请雕花匠将花板上的花雕刻好；最后一道工序是由油漆匠进行油漆。这三道工序全部完毕，一张崭新的雕花床就算大功告成。

那时的雕花匠技艺都是祖传的。由于雕花技艺复杂，设计、绘画、打样、雕刻等工序繁多，能成为一名师傅，少说也得花上七八年时间才能完全掌握。因此，凡是能出来揽活的他们个个都是能工巧匠，技艺精湛、做工精细、工艺精美，而且无论木料贵贱，雕出的花却都是一样的，以使那笨拙无神的木料仿佛被注入了生命，木雕人像动作神态栩栩如生。在雕花匠们的心里，每一件雕花都当作一件精致的工艺品进行精雕细琢，步步到位，马虎不得，这也是海岛乡村艺人普遍遵循精益求精作品声誉的传统观念和基本准则，只有这样，才能使这一门传统工艺得以扎根生存和传承。可见，雕花匠，需拥有文史功底，精通设计绘画，熟练掌握浮雕、镂空雕、立体雕、人物雕等各种雕刻技艺，并形成独特的艺术风格。一张雕花床，从中反映了我国劳动人民的高超工艺和民间的木雕文化，可见传统文明之一斑。

那时的雕花床图案内容，应时代的发展变化而变换内容，不断进行翻新，顺应时代潮流。在20世纪六七十年代，受"文革"影响，将床上的龙凤吉祥、花草虫鱼、梅兰菊竹等图案作为"四旧"之物，进行清理，有的被拆除掉，有的用油漆盖掉，有的干脆换成白板，取而代之的是用红纸写上"大海航行靠舵手，万物生长靠太阳"之类的内容贴在白板上。

20世纪七八十年代，物资比较缺乏，农家几乎没有做家具的材料，年轻人结婚用床，要凭票供应，得事先到供销社登记订购，但经常会遇到因货源不足订购不到床而拖延或影响婚期。因此，那时候，有不少青年为结婚买不到床而发愁烦恼。

进入20世纪90年代后，随着经济的发展，物质条件的提高，人们思想观念也发生了改变，市场上各种家具琳琅满目，丰富多彩，种类繁多，任你选购，年轻人结婚再也不用雕花床，老式的雕花床退出了历史舞台，不断被流行的家具替代。雕花匠也已改行转向其他行业，这一老祖宗留下来的传统手艺面临失传局面。但在我看来，尽管那些家具式样新颖，可都是千篇一律用机制直接拼装成的，少了些智慧和趣味。旧时雕花床的那一份温馨记忆是永远抹不去的，那一份眷念情结深深地扎根在我们这一代人的心中。

做"会"谊情

20世纪六七十年代,家乡崇明岛,社员在生产队干一天活,男劳力挣10个工分,老年人及女劳力只能挣七八个工分,折合人民币二三毛钱。天天出工,一个月也只能挣八九元钱,而且到年底才能分红。此外,靠自留地的农副产品换些微薄的零钱。遇上结婚、建房、生病等一些大事难事急事,借贷又无门,人们就设法做"会"。这是当时人们告贷筹资的一种形式。

做会,又叫"圈会",即由民间发起人(称"会头")与亲友、邻居商量,或邀请相互信任的若干人参加。通常一个小会由8注或10注(即8人或10人)组成,一注相当于一股。一般大家约定在年尾岁末生产队分红的时候会一次,并商定每月一次各缴一定数量的会款,轮流交由一人使用,称之"得会",借以互助。并以抓阄的方式决定得会收款的次序,直到轮完。

参加做"会"的一般都是经济有困难的人,会款数额不大,一般每人每月交纳5元至10元左右,这样,一年内一次得会可拿到几十元到上百元，也不付利息，这在当时是不小的款额。

　　做"会"的发起人，通常由有一定威望的长者担任。做"会"时，发起人事先同各位承会者协商好会款的金额和做"会"的时限（通常是一年、二年或三年）。做"会"那天，各承会者都能自觉地守会规、讲诚信，按事先约定好的时间、钱款足额交清，发起人也不计任何报酬，义务为大家服务。同时，也一改旧时立字据、喝会酒、搞抽头等做法。每次做"会"都是气氛融洽，和睦相处，谈笑风生，以使互相间的友情不断加深，从未闹过纠纷。

　　崇明人向来讲义气重情谊。做"会"的实质是互济互助的一种形式，更是精打细算、勤俭持家的具体体现。

　　时过境迁，20世纪80年代以后，随着时代的发展，农村经济条件的逐步改善和物质生活水平的不断提高，这种民间做"会"早已淡出了人们的生活中，但那蕴含着传统民俗文化和浓浓乡情的做"会"情景却依旧深深地印在我的脑海中。

地名雅趣

地名是具有范围、方位的地理实体的专用名称,是人们交往和活动的地域标识,不仅代表命名对象的空间位置,指明其类型,而且反映了当地自然地理与人文历史信息的变化。每个地名的产生和消失,都与不同历史阶段的政治、经济、文化、历史、社会背景相关联,具有鲜明的时代特征。地名是一个地方最深厚的文化积淀,隐藏着不同时期的民间文化传说,从而形成了地名文化。其产生、演变与生态环境、人们的生活有着不可或缺的关系。崇明地处滨江临海,地形地貌的形成、地理特点有其特殊性,许多地名、镇名充分显示其独特的区域文化和融汇着丰富的乡土文化。

崇明,先不说她的美丽和富饶,光是"崇明"这个地名,就足以令人神往了。公元705年(唐朝神龙元年),朝廷在西沙设镇,取名为崇明,"崇"为高,"明"为海阔天空,"崇明"意为高出水面平坦宽阔的明净平地。"崇明"便是这样的意味隽永。

以"沙"命名的地名。崇明是长江入海口泥沙沉积形成的一个沙岛。有史料记载,唐朝武德年间,即公元618年至626年,长江口积涨两沙,名为东沙和西沙的小沙洲,便是崇明历史的起点。随后经过1 000多年的风潮海坍,淹没沙洲数以百计。到明末清初,露出水面的沙洲终于成了世人印象中的崇明岛疆域雏形。随后,一代一代崇明人开沙垦荒、繁衍生息,崇明岛日长夜大。至公元1924年,它有众沙60处,如:长沙、响沙、吴家沙、新灶沙、日兴沙、日旺沙、永丰沙、永隆沙、永福沙等。新中国成立后,围垦的地名仍以"沙"命名,如:聚兴沙、开沙、东平沙、合隆沙、新安沙、百万沙、大新沙、老鼠沙、东旺沙、团结沙、黄瓜沙等。

以"港""洪""河"命名的地名。崇明在成陆过程中有许多入江入海之口,伴随着潮汐涨落进出,因此凡可停泊船的港汊,称为"港""洪"(为天然港汊),如:南门港、堡镇港、青鱼港、白港等,老洪、四洪、六洪、七洪、八洪等。由平地开掘而成作为界址和用来引水、排水的则叫作河,如:小竖河、小横河、天仙河、蟠龙河、大通河、新开河、杨家河、施翘河等。

以"洪"命名的地名。两沙之间日久渐狭的流水,因势利导成渠后就成"洪",于是,就出现了以"洪"命名的地名,如:白米沙洪、老洪头、盘船洪、三沙洪、塞沙洪、涨水洪等。

以"桥"命名的地名。桥是水的眼睛,桥是水的灵魂,桥更是地区的经脉和宝贵财富。桥又是崇明岛的风韵,它是镶嵌在海岛上的一道别样景致。它是风雅的,如同老照片隐隐泛着黄晕,稳重、沧桑,有着岁月冲洗的从容。崇明港汊河汊数以百计,必须筑桥通过,如城桥、新开河桥、大通河桥、米新桥、小洋桥、八洪桥、向化桥、渡港桥、油车桥等,就是以桥命名的地名,而且有着各个时间的鲜明风格和特征。

之外,崇明岛上的许多地名、镇名还以口头语、土话、经营的物品、历史人物以及民间传说等命名,这也反映了人们对美好生活的追求和完美人生的向往,更是体现了草根文化的特征。

如富有禅意雅韵的地名有:万安镇、平安镇、保安镇、三星镇、富民镇、兴隆镇等。

如以集市作坊或经营的物品来命名的有:牛棚镇、草棚镇、榔头镇(即排衙镇)、喇叭镇、油车湾等。

如以民间传说故事来命名的有:堡镇瀛南村的巴掌镇、堡镇五滧地区米行镇西南角的仙鹤沟、前进农场附近的眼馋镇、庙镇的鹦鹄港(原名叫"恶姑港")、城桥镇的推虾港等。

如以历史事件和历史人物命名的地名有:竖河镇的三烈中学、堡镇的红领巾桥、东平港的三贞桥以及唐家湾、猛将庙等。

如以岛上常见的动物来命名的有:黄狼镇、蛸蜞镇、蚌壳镇、老鼠沙、鲈鱼镇、黄猫猊镇等。

如以创建者的姓氏或合伙者来命名的有:陈家镇、侯家镇、沈家镇、谢家镇、向化镇、合兴镇等。

在崇明岛上,由于明太祖题赐"东海瀛洲",从明朝初年起,以"瀛洲"命名的书院学堂、诗集文丛、茶楼酒肆相继问世。经清、明直至现在,冠以"瀛洲"或以"瀛"为名的依然多不胜数,诸如瀛洲书院、瀛洲公园、瀛洲诗抄、瀛洲竹枝词、登瀛中学、瀛东、瀛西、瀛南、瀛北的名称也有不少。

在乡间还有用居民的姓氏来称道的沟沿和"墚"。由于岛成陆后,居民筑堤围垦,开挖河沟,以使岛上河沟纵横交错,土地成条成块,人们称之为沟和墚,加之当时来岛开荒者都是从各地迁移过来的,而且大多以同姓同族人聚集一起,并将开垦的地以姓氏划分界址,便出现了以姓氏称道的沟沿和墚名,如倪家民沟沿、龚家民沟沿、顾家民沟沿,以及张家墚、姚家墚、黄家墚等。

另外,在旧时,由于所围垦的海滩新成陆后,必须筑圩防潮,沙地人叫"套圩",那围垦成的地方叫"圩",因而崇明岛上有圩角、大圩、小圩、脚盆圩等特殊地名。少儿时,我常听父辈们讲述着住在"脚盆圩"的经历。那时的脚盆圩位于现在的四漵港西南的岸堤外约1里处,迄今已有近100年历史,现早已海坍淹没成为长江航道。前辈们在那里围田筑堤,开荒种地,所种的庄稼收成好坏全靠"老天帮忙",时常因受江水泛滥(崇明方言称"潮没")冲毁堤坝而导致颗粒无收。

地名是历史的一面镜子。崇明岛上的地名深深地植根于独特的江海地域和地理风貌;崇明的地名韵味淳厚,风雅有趣,犹如大珠小珠落玉盘,颗颗晶莹透亮;崇明的地名里具有江南水乡风貌特征,富有浓厚的农耕文化内涵,它真实地记录了这片土地繁衍发展的历史轨迹,蕴含着浓郁的平民气息,反映出多彩的百姓风情,折射出崇明区域文化发展变化的轨迹,散发着海岛居民草根文化的阵阵清香和耀眼光芒。

乘凉夜语

在家乡崇明生活的 20 年里,我眷恋着夏夜的乘凉。

当火辣辣的太阳劳累了,躲进西方天际之后,便是一个叫人感到浑身轻松惬意的夏夜。

忙了一天的乡里人,早就盼望太阳能歇脚下来,别那么起劲放"暖气"。孩子们放学,大人们收工,首先要做的事情,就是在自家的院子里,提上几桶水,把地面浇湿,给苦晒了一天的地面降降温。然后,铺上一块块大大小小的门板,搭起简易的床铺。一旦"定位",粗看横七竖八,零零落落,无序无章法,细瞧却错落有致,疏密得当,间有通道,此外,各家门口都有自己约定俗成的方位。在这充满浓郁乡土味的大院里,大家彼此不会相扰,又能相互叫应,这"门板方阵"实在是乡村人家最本色、最纯朴的图景。

乘凉的"基础"工作做好以后,大家就到自家的园囤里摘上几个西瓜、香瓜,把它们放进吊桶,下井浸入水中。晚饭过后,满院子的男男女女,老老少少,像是生产队里开大会似的聚在一起,人声鼎沸,热闹非凡。这时男女老少自由组合,三三两两,谈笑风生,成了一道中国乡村最典型、最淳厚的民俗风景线:男人们说着奇闻趣事,总是轻松愉快,又说又笑;女人们离不了街谈巷议,总是家长里短,窃窃私语;小孩们一忽儿做着老师布置的回家作业,一忽儿说着学校里发生的一些新鲜事,也有他们"小人国"的谈笑打趣,充满童真的情致。

小孩们作业做完,便急着提醒大人们,放在井里的瓜果该凉了吧,唯恐大人们忘了。不久,家家门板通道的小桌上摆满了从井里拿出来的瓜果,咬一口,冰凉香甜,直甜心窝,这味道远胜于现在冰箱里的瓜果。此时,乡亲们一边咬着瓜儿,一边摇着扇儿,甜甜的瓜香,飘溢满院,温馨宜人。

夏夜乘凉,没有灯光、电扇,但借着月光、星光和天然的夏风,可以享受到空调间里享受不到的大自然给予人们最珍贵的生命律动的况味。

一阵阵欢声笑语之后,夜深了,院子里的喧闹声像音阶似的,渐渐地由高而低,最后平静如初。大家都回各自家门口搭的门板床上睡觉。此时,只有远处偶尔传来几声犬吠,近处人们蒲扇轻摇的习习声。天晴着,湛蓝湛蓝的天穹上镶满了无数闪闪烁烁的小星斗。它尽着自己的力量,把点点滴滴的光芒交织在一起,虽不像阳光那么绚丽,也没有月光那样清澈,却有珠光宝气:蓝的、紫的、银白的、金黄的、法兰红的……眨呀眨的,直眨得你眼皮儿酸滋滋,磕磕碰碰闭上了,送你进入美好的梦乡。

佛教文化

有道是"天下名山僧占多"。我的家乡崇明岛风光秀丽,水洁风清,四季宜人,是一块美丽富饶的宝地,又是一处波涛重锁、远离红尘喧嚣,最宜于佛家清静修行的人间乐土、绝尘静域,吸引着佛教僧侣的瞩目。因此,崇明佛教的历史悠长,可追溯到1 200年前,在崇明岛上有人居住还不到百年的时光,佛教就开始传入。

据《崇明县志》上说:本县从唐代和尚道成建奉圣寺于东沙城角,和尚妙巩建兴教寺于张成港北,宋代和尚模俦建富安寺(今为寿安寺)于东仁乡金鳌山,于是本县始有佛教。

崇明岛佛教初始于唐代,到了宋代则有了较大的发展,寺庙增建,信众日多,香火渐旺,佛事颇盛。据旧《崇明县志》等有据可查的主要寺庵,除唐宋时代的四大丛林——奉圣寺、兴教寺、慈济寺、寿安寺之外,还有寒山寺、安乐院、镇海寺、报恩寺等寺庙遍及乡镇,至1927年,先后建寺庙118座。寺庙规模都很小,这与地方的经济薄弱有关,但从佛教思想和治国安民、民间信仰以及风俗习惯融合在一起的佛教文化中,可以看出岛上的老百姓对佛教信仰的热忱和精神寄托。同时,崇明佛教文化,更是体现崇明老百姓信奉自己的神灵,传承自己的一种精神体系和文化谱系。

在我的记忆中,20世纪60年代初期,仅我的家乡所在的五滧地区就有:始建于清代初期顺治年间(1644—1661),位于五滧登瀛村的云林寺;建于清代时期,位于五滧七大队的地藏殿;建于1859—1869年间,位于五滧一大队的永宁寺(五滧地区唯一的女众道场);建于1925年,位于五滧五大队的贞孝坛(又称普善堂),还有位于五滧九大队的普安堂,位于五滧镇西的茅家庙,位于米行镇东市的平福庵,位于南四滧镇西市的东井亭庙等8座寺庙。另据资料称,有的寺庙,如五滧一大队的龙皇庙建于1935年,时隔三年被海潮淹没。建于雍正年间(1723—1735),位于原五滧镇后边的三观堂,早已成为航道。当时,坐落在与我们读书的四滧小学一墙之隔的东井亭庙,相传建于清代道光年间,同治年间改名为天后宫。供奉大小菩萨数十个,香火十分旺盛,后因时局不稳,香火渐衰,成为历代土匪、自卫队的落脚点,无主持和尚。解放后,在庙内办起了四滧小学,把菩萨迁至西市梢一间茅屋内。此屋虽四面透风、窟洞通天、破烂不堪,但佛事照常,香火不断,时不时传来南无阿弥陀佛的诵经声,清脆的木鱼声,悠扬的击磬声,美妙动听。我们也经常在课余时间去庙里玩,与僧人们和睦相处。这座寺庙曾遭受过太多的不幸,由于年久失修、解放前一次火灾、解放后学校扩建以及"文革"期间佛像被打碎埋掉,寺庙被毁弃拆除。时有明晦,月有圆缺,法有兴废。其他的寺庙屡经沧桑,仅剩普安堂有当地信众入寺进香、乐助、供佛、斋僧外,均已被占用、拆除和"文革"毁坏,现在已经是只存其名,失去了踪影。

自 1983 年以来,在落实党的宗教信仰自由政策过程中,崇明先后开放了寿安寺、广福寺等寺庙 10 多所,并进行重新修复和新建。目前,五滧地区在原址上进行重新修建的是云林寺,这座有着 360 多年历史的古寺共有寺房 24 间,建筑面积 866 平方米,占地面积 2 539 平方米,规模虽不是很大,设施却很齐全,是崇明东部地区有一定影响的古刹,在崇明岛上颇有声望。传说清代乾隆皇帝之师崇明沈文镐[字绍歧,雍正十年(1732)中进士,殿试一甲第三名探花及第,崇明人一般都称之为沈探花],回乡恰逢云林寺翻建,他回京后请乾隆皇帝御笔写了一个"福"字赐给了云林寺。该匾额悬挂在祖师佛像上边梁上,在合作化时期被毁。1950 年,云林寺被学校占用。1958 年因开四滧港兴修水利,云林寺被拆除一大半寺房,两棵有 300 多年历史的古银杏树也被挖掉。到 1966 年开始的"文革"中,寺遭全毁。

1988 年 4 月,崇明县政府宗教主管部门同意云林寺作为佛教活动点。自 2000 年起进行重新修建,现在的云林寺已颇具规模,全寺目前占地面积 6 亩,建筑布局合理,规划井然有秩,庙貌焕然一新,山门朝北,紧挨着公路,两边是碧波荡漾、河面开阔的四滧港大河,交通方便,环境幽美秀丽。整个寺院清静整洁,飞檐翘角,画栋雕梁,工艺精湛,辉煌庄重。佛殿雄伟,法相慈悲,佛光熠熠,似在祈祷祖国繁荣昌盛,护佑社会经济发达,保佑百姓安居乐业。寺内翠绿的树木和艳丽的花卉交相辉映,衬得庄严佛地更为幽丽秀美。每逢诸佛圣诞等重大节日,来寺院敬香礼佛参加法会佛事活动者络绎不绝,云集于此,香火旺盛,秩序井然。云林寺成为崇明东部地区的一处较有规模的佛教活动场所。

自2007年以来,我每年清明节都要到云林寺祭拜已故亲人(我父母的骨灰盒存放在这里),面对寺院内宝鼎耸立,玲珑雅致,香炉里袅袅香烟,烛亭内闪闪红光,不由得令人心生敬意,这里真是净土宗风,利乐有情。

儒、道、佛是中华文明的内核。儒家强调关注现世,主张入世进取,实用地教给人做事的方法和准则。道家尚"'无为',法'自然',人法地,地法天,天法道,道法自然"。佛家的诞生源于释迦牟尼对人生苦痛的关切,回答的是人类许多终极问题,目的要众生消灭烦恼苦痛,达到快乐彼岸。

由此可见,佛教文化之所以源远流长,代代相传,因为切合中华民族传统的道德观和价值观,它是文化遗产,是优秀的文化资源。愿海岛特色的崇明佛教文化发扬光大,永葆青春。

劳动号子

在田间劳动时,打着号子,于现在许多人听起来是非常遥远的声音了,但在以往机械化作业远不及现在的肩挑牛耕时代是常见事。那时候,田间劳动活儿很多,身心特别的累,所以人们往往在田间干活时以打号子的方式提神解乏,在打号中添乐,在打号中鼓劲,于是劳动号子便成为农人必备的歌谣。在那片广袤、肥沃、淳朴,有着悠久历史文化底蕴的我的家乡崇明岛上就流传着不少各式各样的劳动号子,其曲调之优美、动听,含情脉脉,让人不教自会,也给寂寞乏味的乡村带来了无尽的活力和情趣。

那时在乡间,最常听到的是喊担号子。人们挑着装满货物的沉重担子,步履沉着坚定,一步一个脚印,一步一路汗水,那"嗳呀嗬哉呀!嗳呀!"的号子声高亢雄浑,刚烈豪放,铿锵有力。若是几个人或十几个人排成队结伴挑担子,大家边走边喊,形成一种"合力"与"和声",群情激昂,雄风尽展,异彩纷呈,动人心弦,可谓是号子震天地,脚步快如飞,充满着生机和活力。其次是赶牛调、喊牛调。到了春耕夏播时节,在田间到处可以听到"呷呷喂咯喂来唷咯",那清脆响亮的赶牛号子,犹如清晨响鞭的声音,委婉悠扬,沁人心肺,充满着激情,耕牛好似也受着赶牛号子这乡土文化的"熏陶",顿时打起了精神,拉起犁来特别爽快。再次是纤夫号子。运河的纤夫,只要纤绳一背,他们的号子便响起"哎喉,哎喉"或是"哎嗨哟喉,哎嗨哟喉",深沉而坚定的号子响彻运河两岸。这时的纤夫们背着纤绳,身体努力前倾,纤绳在肩上勒出深深的印痕。还有那渔民号子,它是渔民们在江海上捕鱼时常唱的劳动号子,有"车起锚呀,喂喂子喂呀,用力拉呀,喂喂喂子喂呀""用力拉呀,哎呀啰喔!"等起锚号子曲调,唱出了渔民们与大自然抗争,与风浪搏斗的那种排山倒海之势的豪情。除此之外,还有撑篙号子、摆船号子、点水号子、帐篷号子和七星车号子等,唱起来如起伏的波浪,清亮甜润,绵长悠远,令人精神陡增。

虽然,这些号子歌曲听起来既不是现在流行的"美声唱法",又不像"通俗唱法",显得有些单调,但这些淳朴清新,透着哲理,鲜活有趣,听来顺口且带有淳厚地方情的曲调自有它的作用。干活时唱着这号子曲调,就像夏日里喝上一杯清凉的冰水,让人觉得全身通透,轻松自在,顿时涌起一股力量,把人们引入一个舒畅、兴奋的境界,劳累消失了,浑身添了劲,心情也变得昂扬。

海岛的云、海岛的风、海岛的雨,大自然广袤的空间孕育了海岛人嘹亮的歌喉,也孕育了优美动听的劳动号子。这些质朴的劳动号子,都是农人们在生活中创造出来的,它充满着浓郁的乡土气息,它唱出了海岛人的浑厚、悠扬、鲜亮,唱出了农耕生活的艰辛和贫寒，更是唱出了田园里的喜气洋洋。这些号子歌曲，在乡村唱不完唱不尽，越唱越有味，越唱越觉得有情趣。

情发自肺腑，气出自丹田。辛劳的家乡人用勤劳的汗水和沸腾的热血耕耘着这古老而年轻的土地。只有面对生活中的喜悦、艰难、困顿，才能喊出豪迈而动听的劳动号子。细听这土生土长的劳动号子，你能感觉到灵魂的洗礼，通畅舒服。因为这劳动号子是来自土地的深处，没有任何粉饰，它展现的是人们火热的劳动场景，是劳动者拼搏的风采，是在这块土地上生存的人们的至真情怀。

如今田间干活早已被机械化所代替了，那肩挑牛耕的时代也不复存在了，但过去那些劳动号子声里有我的事业和憧憬，有我的亲情和旧梦。那雄浑有力的阳刚抒发，曾经是我们生活中的一抹亮色；那如歌般的号子召唤着我走向新的征程。

木人头戏

　　家乡崇明岛,特有的江海水土孕育了多姿多彩的文化艺术和"草根文化",田夫野老在七彩的民间"草根舞台"上尽情施展才华。据《崇明县志》记载,崇明民间舞蹈有 22 种之多,龙灯舞、龙舞、蚌舞、彩船、莲湘、挑花篮、跑马灯和摇钱树等热情奔放,憨态可掬。广泛流传于岛内的山歌,贴近乡间生活,曲调质朴开朗,旋律优美动听,节奏自由流畅,有四句头山歌、夹心板调、采茶调、东沙调、香梨调、青纱帐子调、五更调、鹦歌调、倚栏杆调、哈哈调、送郎调、新春调、数牌调、月下游调和长江浪调等,形象地描述了乡间男耕女织、山歌传唱、生产生活的生动场景和细腻多彩的情感世界。还有深受人们喜爱的《瀛洲古调》和《牡丹亭》等,声名远播乃至海外。

　　少儿时,在这些众多的乡土戏曲中,最吸引孩子们眼球的要数"扁担"木偶戏。"扁担戏",乡间也叫布袋木偶戏或"木人头戏",因其"一根扁担一台戏,一人演戏众人看"而得名。

俗话说:"喝酒解乏,看戏解闷。"那时候,乡间生活单调和枯燥,农人们一年到头在那块土地上有着干不完的农活。他们起早摸黑,日出而作,日落而息,整日辛勤耕作,身心疲惫,更谈不上丰富文化生活,到了逢年过节时,才有几天空闲。那些乡间艺人便抓住时机走乡串村施展才华,扁担戏便成了乡间最流行的一个戏种。民间小戏虽然朴素,但却有着顽强的生命力和亲和力,徜徉其间,其乐无穷。

此时,艺人常常早早来到乡间,以天为棚,以地为台,在场头宅角路边摆下阵势,扎起摊子。演出前,艺人用扁担的一头撑起舞台,另一头插入木凳下横档的榫眼里,以固定舞台。舞台正面四根小柱上有两副对联:"有口无口口代口,似人非人人舞人""增知千古事,能见几朝人"。演出时,艺人钻入幕中,打起简板、拉起琴弦、响起锣鼓,口唱、手动(以手指控制木偶的头、手、脚的活动),脚踩锣、钹(左脚踩京锣,右脚踏细锣与钹),扯动木偶,配以声声锣钹,加上艺人口中发出的口技、哨声,操纵着木偶嘴巴的开合、眼睛的张闭、脑袋的晃动以及表现角色的喜怒哀乐等利索的动作,演绎得惟妙惟肖,淋漓尽致,真是"一根扁担挑起一个剧场,一套锣钹代表一支乐队,一位演员胜似一个剧团"。这些用木头制成的人物剪影在艺人们的手中仿佛真的被赋予了生命,一招一式如行云流水般,博得大家的阵阵喝彩,那曾经的空地,一下子成了欢乐的海洋。然而,木头人戏演出收入微薄,全靠演完后人们掷几个零钱而已。可艺人们并不计较这些,照样把一场场戏演得令人荡气回肠,把多种精彩故事,演绎得生动逼真、活灵活现。

随着一阵阵的锣钹声,乡亲们从四面八方赶来,放眼望去,大路上小道旁,挤满了人,在当时的乡间,可算得上是热闹壮观的场面了。在众人的喝彩声中,艺人便拿出看家本领亮才献艺,精神抖擞,演了一场又一场。

在演艺场上,除了看"扁担"木偶戏外,一些小商贩们也纷纷借机过来摆起了小摊做起生意。他们挑着担子,有卖糖果的、有卖糕点小吃的、有卖日用杂货的……此情此景,恍若是一幅浓郁的乡村民俗图景。

据传,"扁担"木偶戏在崇明岛上已有150多年的历史。当时,有位姓李的苏州人来本县新氵㶕镇演木偶戏,当地人顾再之拜李为师。以后顾又传艺于朱少云等10余人,"扁担"木偶戏便在岛上流传开来。演唱的曲调有崇明山歌小调,有《薛仁贵大破摩天岭》《武松大战蜈蚣岭》《白娘娘水没金山寺》《孙悟空三打白骨精》《罗通扫北》《唐僧取经》等传统剧目,以及由崇明流行的民间故事改编的节目等。那乡音亲切、风光迷人的"扁担"木偶戏,来自乡土,植根乡土,像一朵带着独有乡土芬芳的鲜花,深深地根植在家乡的泥土中,也深深地根植在我的心中。

目前,这原生态的崇明"扁担"木偶戏经过加工整理和创新发展,已登上大雅之堂,被誉为世界三大木偶戏之一,并进入上海市首批非物质文化遗产名录,这一民间艺术瑰宝重放绮丽光彩。

山歌情怀

各地都有许多广为传唱的民歌。每当听到这些民歌的时候,我心潮激起层层涟漪,因为我的家乡——祖国第三大岛的崇明山歌同样风靡岛内外。

崇明无山,何来山歌?崇明地处海岛,最早的居民都是从大江南北迁徙而来,有渔夫、农民、商贩,还有流放到此的人犯,五方杂处,南腔北调,民歌的种类繁多,曲调丰富,久唱不衰。

朴实无华的崇明山歌历史悠久。据明万历《崇明县志》记载:有"号子""渔歌""小山歌""小调""民俗歌"等;清初又有了《笑桃郎》等故事较完整的叙事山歌流传。特殊的环境,造就了这一绝无仅有的民歌。

水土养人,风情养人。崇明以水为命,水使崇明人灵动、机敏、坚韧,更使声音也变得高亢、洪亮,刚强中带有温柔,加之从四面八方迁居到此的他乡人,将各种风俗、文化融合于岛内,形成了热情奔放,旋律优美,节奏自由欢快流畅并带着沙的印记的崇明岛独特的艺术。怪不得,崇明岛人能唱出如此情深意切、灼热烫人的美妙歌声。

电影《刘三姐》中,有句歌词:"山歌好比春江水,不怕滩险弯又多。"崇明人身处偏隅之地,交通不便,长期受江海阻隔,使那嘹亮本色的土嗓音,香糯的吴语方言的崇明山歌,充满了乡野泥土味,江风海韵味,让人恍惚身之所在,构成了原生态文化。在乡间最流行的是四句头山歌,分男调与女调。男调:"山歌好唱口难开,樱桃好吃树难栽,白米饭好吃田难种啊,鲜鱼汤好喝网难抬(咯)。"女调:"蚕豆花开(末)乌里乌,开出花来(末)两根须,小姐妮缝衣(末)翘脚坐啊,种田郎辛苦勒浪唱山歌。"

山歌的创作要有感情的投入,要有对生活素材的提炼,更要有丰富的想象。崇明山歌是岛上民众所传、所作,实质是见物见状、信手拈来、现编现唱的田间小调,其唱词通俗易懂口语化,并受崇明风土人情、风俗习惯的熏陶,不断发展,具有语言鲜明生动的地方特色。其内容涵盖面广,有儿歌、情歌,有劳动歌、时政歌、生活歌、历史故事歌,连婚丧嫁娶也有歌唱。海岛人民抒发情感,追求个性,向往自由以及劳动、生活的艰辛和喜悦情趣表现得淋漓尽致,无不闪耀着丰富的时代火花,透露出独特的崇明山歌韵味。如流传于民国时期的《纺纱谣》:"小小锭子两头尖,纺纱纺了几十年。起早摸黑不停歇,称称只有斤把棉。细是细来头号纱,可惜只赚二百钱(20个铜板)。粮食可买一升半,薄粥呷呷熬一天。"还有如《荡滩歌》:"初三潮,十八水,眼睛一眨没到嘴,花地白种泪汪汪,来年只好吃草籽。"

崇明山歌广泛流传于民间。新中国成立后，县政府大力弘扬，组织有关部门人员深入乡村，发掘和整理出近300首崇明山歌，编印成《崇明民歌曲调集》，并多次举办汇演，拓展了崇明山歌的发展空间和思想内涵，使其焕发新的生命力。

儿时的乡村，没有通电，更是没有电视，乡间文化生活贫乏，人们便利用劳动间隙，在田间地头，挽着裤腿，手持农具，哼一段山歌小调，或是挑着担子一路走一路子唱，解闷解乏，沁人心脾，通体舒服，其乐融融。尤其是炎炎夏日里，暮色降临之后，劳作了一天的人们，借着月光，结伴来到村头场院，摇着蒲扇，唱一曲崇明山歌，田间飘来悠悠的稻香，崇明山歌的唱腔总是徐徐的，悠扬清婉。没有灯光，没有伴奏，只有幽幽闪烁的萤火虫儿混杂着田野里浅浅的蛙鸣，交织成为一道和谐的交响乐曲。

"和尚出名靠片锣，农民出名唱山歌。"如今，在崇明山歌基础上创新而成的崇明山歌剧，是崇明岛传统民间文艺的一朵奇葩，其曲调有四句头山歌(男、女调)、夹心板调、采茶调、东沙调、香梨调、青纱帐子调、五更调、鹦哥调、依栏杆调、哈哈调、送郎调、新春调、渔歌号子调、月下游调和长江浪调等60多种。它们以四句头山歌(男、女调)为基本曲调，运用浓郁丰富的乡土方言，形象地描述了乡间男耕女织、生产生活的生动场景和细腻多彩的情感世界，深受人们的欢迎和好评，2009年被列入上海市非物质文化遗产保护名录。如流传于20世纪80年代的《分田乐》："五十年代闹分田，朝不困来夜不眠。消灭压迫与剥削，从此耕者有其田。三十年后再分田，责任分明干劲添，砸了'大锅'，请老'包'，日脚越过越美满。"

　　山歌源于生产劳动,深深扎根于人民群众中,在发展过程中,形成了自己独特的唱腔。崇明山歌充溢着水乡的灵韵,自然清新,细腻轻盈的韵调,它发自肺腑,生动感人,就像乡村里自家酿制的米酒一样,弥漫着泥土的清香。如流传于20世纪70年代的《开河歌》:"开大河,快动工,开好引河港港通。旱涝无忧庄稼好,年年丰收乐无穷。大引河,开成功,好似平地出神龙。天旱少雨龙吐水,雨水过多龙抽空。开好引河保丰收,为国为民立大功。大家努力加油干,一月辛苦万年红。"

　　尽管崇明山歌是一个不登大雅之堂的乡间小调,流传的范围也只局限在崇、启(启东)、海(海门)一带,但是,崇明山歌以一种独特的方式融入崇明岛人民的血液,是海岛农耕文化的源泉;反映了广大农民的心声,生活气息浓郁,乡土气味纯厚;曲调日益完善优美,表演日臻成熟,已频频出现于岛内外的各种演出场合,促进农村文化建设,丰富农民的精神生活,愉悦放松了人们的身心,无形中也增进了人际关系的融洽和谐。

　　崇明山歌深为人们所喜爱,由此而衍生出来的曲调更是在现实生活中脍炙人口,无时无处不在被应用和延伸着。有人说,山歌是酒,可以消愁解闷,驱除疲劳;山歌是蜜,可以唱在我嘴里,甜在你心头;山歌是阳光,可以温暖我的心,点亮你的情。愿崇明山歌犹如一枝独有乡土芬芳的鲜花,盛开在祖国的百花园。

小镇茶馆

茶馆店,是人们喝茶、聊天的好地方。

过去,家乡附近的小镇上有家茶馆店,面积不大,里面仅摆着几张方桌和几条长凳,非常简陋。来这里喝茶的人都是些上了年纪的老茶客,他们不管风雨阴晴,每天早晨必到,且每个人形成了固定的位子。

许多人来这里喝茶,是老朋友聚会的场所,谈谈家常,说说农事,听听乡间趣闻。一张张饱经风霜爬满皱纹的脸上,绽出微微和从容的笑意。茶客们轮流做着新闻发布人,内容广泛,信息量大,且没有什么规则,想什么时候插嘴就可以插嘴,声音要多高就可以多高,为一点芝麻小事争半天也是寻常事。也有来这里谈生意的,这些生意大多是泥匠、木匠以及农副业生产方面的资讯,包括盖房、做家具和大米、玉米、麦子等农作物以及农药化肥的价格之类的事。还有些是来此谈天说地解愁闷的,或者述说邻里纠纷、家庭矛盾之类的烦心事。当然,也有请人来此调解的,可谓吃茶讲理,经过大家七嘴八舌、说说笑笑地劝解一番之后,便和解了。有几个养鸟的茶客,手臂上抬着鸟儿,相互逗着、夸着它们的聪明灵巧,人鸟相视,津津乐道。

茶馆兼营老虎灶,就是沏开水的地方,乡间称"泡开水"。泡开水者也都是老常客,他们大多是住在镇上的人家,自己不烧水,拿了铜吊(水壶)或者热水瓶到那里去灌。老虎灶的经营方式灵活,价钱又便宜,过去都习惯于用竹水筹,1分钱一枚,倘若你一下子买10枚,还可以多给一二枚,老虎灶的老板都是熟悉的老邻居,对老人小孩都笑脸迎送。

茶馆还是传播传统文化的舞台。茶馆店也是书场,到了下午和晚上,说书先生说书卖艺,人们便边喝茶边听书,有说有笑,好不热闹。印象中的说书内容丰富多彩,有缠绵缱绻的男女恋情,有闻所未闻的历史掌故,有令人毛骨悚然的鬼怪传说,但更多的还是风云际会的英雄传奇,像《三国演义》《水浒传》《西游记》《杨家将》《岳飞传》之类,内容绝对老少皆宜,雅俗共赏。那时候,我们放学回家经过茶馆时,也会驻足在门口听上一会,看看热闹,其乐融融。

岁月流逝。如今,乡间的茶馆店有的拆掉改作他用,有的被棋牌室、咖啡馆和茶楼所替代了,方桌和板凳也改为包房、沙发、茶几了,来这里的人,玩的喝的是浪漫,情调,气派……

茶馆店是供人休闲和歇脚的好去处。过去老人们安享晚年,沉浸在一盏之中。想起那茶馆里手抚茶杯,神态安详,悠然啜饮的往事,不觉怅然。

崇明灶花与画笔

崇明灶头画,是农家灶头墙上的画,俗称灶花。

崇明灶头画是一种民间古老艺术,有着一千多年的历史。崇明灶头画,过去在乡村,可谓:有户必有灶,有灶必有画。灶头画题材以吉祥图画、花卉山水为主,也有反映百姓生活和民俗的内容,表达了人们积极向上追求幸福的理念。

崇明灶头画是崇明泥匠人的一门绘画艺术,是崇明地地道道的本土文化。崇明灶头画在那海岛交通相对比较闭塞、条件相对比较艰苦以及缺少文化生活气息的年代里,起到了追求文化艺术的作用,如今已列入上海市非物质文化遗产名录。

崇明灶头画的画笔特殊,这是泥匠人经过长期实践探索而发明创造的绘画土笔。如用竹子特制的竹笔,即选用老竹根劈成竹片在水中浸泡后,用木榔头轻轻敲打,打出一丝丝竹精,便可加工制成竹笔。再如棕榈笔,将棕榈树的枝干砍下后,在离树身最近的柄棕处切开,树干间有丝丝木质纤维,就是做笔的天然材料。

还有棉花笔,泥匠工用棉花蘸墨汁后画梅花,这与中国画的没骨画法一样,一蘸一点即成,既快又有造型。

泥匠师傅在墙体上作画,如果用写字的毛笔去画,画出来的线条太软,线条勾不挺。但竹笔或棕榈笔的竹精及木纤维是硬的,悬空后画出的线条苍劲有力,气韵生动,形神一体,水墨分层明显,视觉张透力强。所以崇明泥匠师傅的原始绘画工具,可以画出意想不到的艺术效果,是崇明人灶头画中的精髓。

文化一旦扎根,就会生发出伟力。虽说在当今现代生活的环境下,灶头和灶头画已退出人们的生活舞台。然而,在文化大发展、大繁荣的感召下以及随着科技的进步,灶头画经过艺人们的不断探索创新,已演变成当今崇明"瀛洲壁画",又称"移动壁画",将传统的固定在墙上的壁画,发展成为小型的可移动壁画艺术品,让传统艺术进入千家万户及商场、酒店、宾馆、学校……这些移动壁画,虽然是新材料制作的,不像旧时的那样古朴,但其蕴含的灶花元素给人一种似曾相识的感觉。

虽然瀛洲壁画以建筑石膏板为材料,但画笔的工具没变,仍是棕榈笔、竹笔和棉花笔。瀛洲壁画是本土文化,是灶头画的延续、传承和发展,反映了崇明艺人的聪明才智。由此成立的瀛洲壁画艺术研究院,在崇明已有一定的知名度,还形成了一定的规模,同时已申请国家专利。相信在未来,这一传统的乡土艺术之花会不断发扬光大,并一步步走出海岛,走向更广阔的世界。

修 谱

　　修谱,即修续家谱,旧时在家乡崇明岛上非常盛行。

　　家谱,又称宗谱、族谱,是以表谱形式,记载具有血缘关系的同宗共祖的家族世系、人物、事迹的图籍。家庭、家族是社会的最基本单位,家谱与正史、方志一样,具有重要的史料价值。

　　据父辈们讲,在20世纪60年代初之前,我们家族的家谱存放在原老宅上的家堂里。那时,几乎每隔一两年都要修一次家谱。那些修谱的人,大都是乡里乡亲比较熟悉的,而且具有一定文化的老先生担任,并成为他们的一种职业,或是上门修谱,或是族内长者主动邀请他们进行修谱。直到"文革"期间,家谱作为"四旧"销毁,从此,我们家族的家谱就没有了。

　　修谱时,他们根据族内人员的变动情况,如哪家小伙子结婚,将新过门的媳妇修到谱上,或哪家生了孩子也都及时地按辈分将其修到谱上,尤其是新生的孩子,也都按家谱的辈分进行取名。

　　同时,家谱中对于家族世系传承、人口迁移、婚姻状况、生卒年份、重要履历，均有记录，是研究人口移动史、婚姻变迁史、人类遗传学的重要资料。家族对族产的记录，常占相当篇幅，如哪家盖新房，购买土地等都有记载，这成为研究社会经济史的很有价值的史料。家谱中常附有家训，这有教化意义，对于研究传统文化的传承方式，也有特别价值。

据上海图书馆收藏的宣统元年，崇明新开河镇北五里敦睦堂藏版、郭秀山创编的《郭氏家谱》记载，迁到崇明岛的郭姓，系唐代名将郭子仪第4个儿子郭弘仁的后代，是从江苏常熟迁来崇明的，我这一辈属郭子仪的第29代后人。郭氏家谱内容为家史梗概、谱例、世系表，并记载着家族人口及分布的繁衍变化，人口迁移、婚姻状况、先人的高尚品德、族人须遵循的规矩等，较全面地反映出郭氏族人从外地迁居崇明的世系脉络，以及垦荒定居、勤劳致富、人才辈出的概貌。

如今，有许多家族家谱早已没了踪影，更谈不上去修家谱，许多年轻人连自己的曾祖父、祖父的名字都叫不上来，多少有点数典忘祖。我们家族的家谱，在"文革"期间，也连同家堂一起作为"四旧"销毁，从那时起，所生的孩子也不再按家谱辈分取名。家谱的失传，留下一丝说不尽的遗憾。

竹篾怀想

一天,来到崇明民俗村,见一位老者正在娴熟地编制竹篮,竹篾在10个手指间如蝶翅翻腾跳跃,一旁堆满了制作好的竹制品,簸箕、篮子、箩筐等,精致美观、琳琅满目。此情此景,让我感到既熟悉又亲切,想起了当年自己编竹篾的情景。

40多年前,我也曾做过竹匠。记忆中的家乡崇明岛,几乎家家都种竹。那是个手工时代,到处盛行竹制品,竹匠师傅在乡间更是随处可见。

大凡竹制品都是平篾而制,家乡崇明岛流行的却是侧篾制品。所谓侧篾制品,一般都是选用毛竹的中部至根部部位作原料,而且是3至4年的老毛竹,用以制作竹篮、箩筐等比较粗一点的家常用品,但凉席、淘米箩等精细一些的生活用品则用密竹等细竹,都是以平篾而制。

侧篾编制的方法和其他竹制品都是一样的,所不同的是劈篾,劈侧篾要比劈平篾的难度大得多。劈平篾时厚薄的均匀度容易掌握,而且即使有一根掌握不好也只是影响损失一根篾。但劈侧篾时就要复杂得多,首先,将毛竹劈成一根根粗细一致的竹条,削去内黄,并要求每根竹条的厚宽度都保持均匀精确,如在劈竹条时均匀精确度掌握不好,稍有不慎就会使整个竹条出现偏差,造成竹条报废。其次是劈篾,每根篾都要均匀,厚薄一致,才能劈好篾。所以,在乡间,能做侧篾编制品的人不多,他们大多是历经多年,经验丰富的竹匠师傅,初学者是轻易不上手的。那时候,我也是经过较长时间的学习和摸索,才渐渐掌握这门技艺的。

不过,对这种源自民间、流行于乡间的侧篾制品是谁发明的,什么时候传承下来的技艺,我始终不得而知,也难以考证。但侧篾制品既省材又实用,它能将篾青篾黄均匀搭配,合理利用,使整根竹子都能派上用场,不造成浪费。而且每根篾片上都有青和黄,既耐用又美观。因此,侧篾制品的成本要比平篾的成本低廉得多,价格也较便宜实惠,深受人们的喜爱。

如今,乡间种竹子的人家基本没有了,竹制品已逐渐被塑料制品或其他产品所替代,竹匠师傅也或失业或改行,早已销声匿迹了,尤其那乡土质朴的侧篾制品更是踪影难寻。但那侧篾编织的情景,却是深深留在我心中的一份美丽而遥远的怀想。

想起旧时的升箩

近日,在家乡崇明召开的一次企业联合会上,举办方赠送每位参会者一只手工制作的升箩,作为传统民俗文化的纪念品,真可谓是礼轻情意重,让我想起了旧时的升箩。

升箩,乃衡粮之器,历史久矣。《汉书》中有文:"十升为斗……斗者,聚升之量也。"因此,升箩,亦有日进斗金,步步升高的吉祥寓意。

升箩,乡间也有叫升落或升络,在崇明岛东部地区还有叫升诺的。过去,在乡间可谓家家必备的度量工具。那时,用升箩来度量米、麦之类的粮食,一石等于十斗,一斗等于十升,一升约一斤半多些。

那时候的量器,跟老秤是一致的,都是按十六两一斤计算。古人称秤杆谓权,秤砣谓衡,于是有了权衡一说。升箩也是一样的。告诫人们,拿秤或升称量东西就是权衡利益,就要懂得权衡用秤、用升之道。

另据称,在秤杆上有 16 个刻度,每一个刻度为一两,每两都用一颗星来表示,其中七颗星代表北斗星,六颗星代表南斗星,剩下三颗星分别代表福、禄、寿三星。秤杆上的秤星谓准星,告诉人们,北斗七星定方向,称、量东西不可贪财迷钱莫辨是非,东南西北上下六方,用秤和升时要心归中正,不失信、不偏斜。福禄寿三星,称或量东西给别人要称对、量准。如少一两缺福、少二两缺福和缺禄、少三两福禄寿全缺,如果多一点给人家,那就会添寿加禄增福。称对了、量准了,就会信誉好、威望高、生意兴。所以,秤砣和升箩虽小,其实是在称量人心良心。利益虽高,不义之财不可取。这就是用秤、用升之道。

然而,在旧时,有的奸商米店,常常是高秤进米,低秤卖米,用大斗进米,小斗卖米。在用升箩量米时,还用一根有些弧度的木棍或竹条,将弧度向下,刮低升口的米,做些缺斤少两的缺德事。这种人终将受到良心的谴责,留下臭名。

过去,在一个村子里,谁家有一杆秤称出的东西比较准,那借秤的人就多,这也是以一杆秤能衡量出信誉的标志,秤准了心才能准。因此,家有一杆秤,常被人家借是好事,既能借出人情,又能秤出人心。

有道是,"度万物,量天地,衡公平"。由此可见,秤和升箩的称米、量米过程,就是看一个人做事是否公正公平、诚实守信的过程。这一杆秤、一只升箩也是衡量一个人良心的一把尺。

过去在崇明乡间,会做木匠的人随处可见,但能做出一只上口大、底座小、细腻精巧、容量比例精确的升箩的木匠却不多。升笾虽小，但需要榆树、楝树等材质较好的木料和高超的手艺。因此，在民间有这样的说法来评价一个木匠的技艺，"能做升笾的木匠才算得是一把好手"。可见，做升笾时要求掌握的技艺，须得美观、牢固、拼装时不差一丝一毫，精确难度可见一斑。

这种升笾，在乡间一直延续到 20 世纪 70 年代，因器具大小有差异而不标准，加之随着社会的发展、时代的进步，各种器具的更新换代，石斗升等衡粮器具早已由电子秤等先进的设备所替代而淘汰不用了，但它却深深地留在那岁月已经消逝的时光里和人们难以忘却的记忆里。

故事传说

月光菩萨的传说

相传,自崇明岛露出长江水面那天起,崇明就与月光菩萨结下不解之缘,民间流传着月光菩萨诞生崇明岛上的种种传说。

据考证,唐代武德元年(618),长江口在今扬州、镇江一带,那时的崇明岛在长江口只是两个小沙洲,称为东沙和西沙,面积亦甚小,数十平方公里。当沙洲刚露出水面时,在江水中若隐若现,圆圆的西沙宛若一轮红日,长长的东沙形似一弯明月,故传说西沙是日光菩萨的降生地,东沙则是月光菩萨的降生地。

月光菩萨,又称月神,是中国民间流传最广的神仙之一。月神又叫月光娘娘、太阴星主、月姑、月光仙子等。相传,上古时代后羿射下九个太阳并令最后一个太阳按时起落为民造福,从此,人间恢复了正常生活。但太阳神和月亮神的日光和月光一直没有找到理想的诞生之地,直到唐代崇明岛露出长江水面时,如来佛祖一看是风水宝地,弹指一挥,日光和月光同时诞生于崇明西沙与东沙,以使崇明成为风调雨顺的人类居住宝地,同时还教会了崇明人猜天本领,成了与天、地、水、风相抗衡的法宝。日光和月光也修成正果,成了菩萨,担负起保人间平安的责任。

崇拜月神,中国各地由来已久,世界各国也是普遍存在,这是人类对天体的敬畏。月亮阴晴圆缺诱发人们种种梦幻,"白兔捣药"使月亮更加神奇神秘,"七仙女下凡"充满着无限情思,而"月宫仙桂"的神话更是给人以无穷遐想。人们常把桂花与月亮联系在一起,编织了一系列动人的神话故事,如蟾宫折桂、吴刚伐桂、月桂落子等,故桂花被称为"仙树""花中月老",桂树称"月桂",月亮称"桂宫",桂树成为月球上的神树。人们也把桂树作为成功、友谊、爱情、美好和吉祥的象征,凡仕途得志、飞黄腾达者谓之"折桂"。其中,最著名的是"吴刚伐桂"。传说,西河人吴刚被罚至月中伐桂,只有中秋这一天,吴刚才能在树下稍事休息,与人共度团圆佳节,并捧出他自酿的桂花酒,与人间一起品尝,那桂花酒当算是天宫中第一名酒了。然而,相传这桂花酿制的桂花酒是崇明老白酒的前身,不但其配方、配料和做法相同,而且至今崇明老百姓家家都种桂树,家家都会酿制老白酒和甜酒酿,并有放些桂花的习俗。加之岛上取的水甘冽,岛上种出的米香软,拥有了上乘的原料,崇明老白酒和甜酒酿成了崇明岛上人家常年不断和老少皆宜的健康保健食品。

月光菩萨是位慈悲为怀的女神,常化为月华降到人间,护佑一方平安喜乐,使崇明岛更有了灵气和灵性。如今历时近1400年,崇明岛屹立长江口,气势宏伟,"外捍百岛,内障三吴","长江锁钥,瀛海岩疆",崇明岛成了风清气爽、安居乐业的美丽家园；土肥水秀、物产丰富的鱼米之乡；人杰地灵、文化底蕴厚重的风水宝地，广被骚人墨客誉为"日出云生之外，高人仙乐之地"。明太祖朱元璋特赐崇明石碑，称之为"东海瀛洲"。崇明是中国第三大岛，世界上最大的河口冲积岛，更是中国乃世界唯一长寿之岛，中国生态文化之岛和中国地质公园，我们怎能忘记月光菩萨和日光菩萨的恩泽呢？

　　人们为了感恩月光菩萨赏赐，在汉传佛教中，将农历八月十五中秋节这一天，作为恭逢月光菩萨的圣诞。良宵时分，明月东升，人们都要边赏月、拜月，边吃月饼，其乐融融。这一民间习俗成为与春节、端午节一样的重要传统节日，已深深地根植于世代相传的崇明人心中，一直延续至今。

　　云无空碧在，天净月华流。每逢中秋之夜，素净、安乐的夜色包裹着大地，静心遥看一缕清朗明洁的月光，似一泻千里的瀑布，飘飘欲仙，仿佛月光菩萨微笑着向你招手，让人真切地感受到神圣、温柔，体味着沁人心田的情感与日月灵气交融，油然升起浓浓思乡情。

八仙造米的传说

具有1 300多年历史,位于江海之汇处的崇明岛除有着独特的地理位置和自然环境之外,还孕育着丰富的神话传说和深厚的文化底蕴。崇明物产丰富、地域特征明显,譬如像崇明大米,不但吃口香糯,而且还有"八仙造米"与"大米缺角"的美丽故事。

传说当年八仙过海来到东海瀛洲——崇明岛,因当时岛上还没有大米,于是玉帝便给八仙们下达一道任务,为崇明人造一粒大米。接受任务之后,年初十一早,众仙家纷纷腾云驾雾,各显神通登岛。然铁拐李因是跛脚,行动自然不及其他仙家来得便捷。结果七仙们等得不耐烦,就先动手造起米来。为了要表示八仙是一个整体,他们故意在一粒大米上剩下一只角,好等老李来补上。

终于铁拐李也赶到了,但当他看到七仙们抛开他先干的举动,就大为不悦。于是带着情绪气鼓鼓地说:"今天我要独造一粒与众不同的圆米来,让你们的大米永远不完整!"

面对此情,众仙面面相觑,十分尴尬。好端端的大米,缺了只角岂非扫兴,万一玉帝怪罪下来,大家脸上都难堪。为了息事宁人,众仙纷纷上前劝说。

张果老说:"老李啊,你就顾全大局吧。你看连人间凡夫俗子都知道我们八人是团团圆圆的,你看他们围坐八仙桌,一家人平时连吃饭都是和谐的,那我们为什么还要闹出不和谐来呢?"铁拐李听了并不作声。

蓝采和上前劝说道:"铁兄啊,你造的那粒米,人类最终还是会把它抛弃的,你何必去对着干呢。"后来汉钟离、何仙姑、吕洞宾、韩湘子、曹国舅也上前劝说,但都没用。一向独断的铁拐李固执地说:"我们造米留下一点遗憾,那是因为我迟到了,你们没有耐心等我,那么我们不妨也给人类留下一些遗憾吧。留点缺憾,才能让人类明白世上没有十全十美的事,才能让人去奋进、去创造,促使人类在不完美中去追求完美。"众仙听了铁拐李的解释后,觉得在理,纷纷称是。

据说,所谓"铁拐李独造的那粒圆米",就是一种稗子,也叫稗草,外形与稻叶相似,是一种生命力极为顽强的野草、恶草,崇明当地人称之为"旺子",恐怕就是兴旺、旺盛的意思吧。从此以后,每块稻田里,免不了都有稗草,虽然农民见着就拔,但还是长了又拔,拔了又长,似永远也拔不完。

当然,现在人类的认识提高了,大米缺角(每粒大米都如此),那是因为缺角的部位是水稻胚芽生长的地方,待成熟后胚芽自然脱落,成熟的大米便少了一只角,这是水稻繁衍的器官,是水稻新的生命所在。我们不给新的生命留下一线通道,那大米还会再繁衍生息吗？生物界如此，我们人类也是如此！

如今，随着时代的进步和社会发展，有关"八仙造米"的故事渐渐被人们淡忘了。但是，生长在崇明岛的大米如同金瓜、白扁豆、香芋、芋艿等一样，与众不同，特别香糯，却是不争的事实。这里是否与"八仙"有关，更是一个不解之谜。不过，在崇明岛上人们为了纪念八仙造米，定阴历年初十为米生日，所以崇明人一直讲："自年初一起的生日：一天、二地、三山、四水、五马、六牛、七菱、八鹿、九柴、十米。"即年初十为米生日。同时，在崇明岛上有句"十相九足，白米缺角"的俗语亦深入百姓心中，世代相传，直至今朝。其意是：凡在世界上，连完美无比的大米都缺一只角，那还有什么能十全十美，任何人、任何事情都会有缺点和不足，都会留有缺憾，这要看你如何去面对。

人生路上总有曲折和起落，不要因为一时缺失而哀怨，也不要因为一点成功而自喜。人类只有自觉地去接受生活中的缺憾，并带着缺憾去创造生活中的美好和幸福，这才是应有之道。我们不妨从"十相九足，白米缺角"这一民俗俚语中去领悟出真知，获得启迪。

酒药仙草的传说

据史料记载,崇明老白酒的酿造历史可追溯到700多年前,崇明岛这块神奇的土地上就有了美味的老白酒。这项独特的酿制方法最先由聪明的崇明岛人所独创,成为崇明人一种必不可少的美味食品。崇明老白酒以纯糯米酿制,而且不同季节需要不同的方法酿制,才能做出美味米酒。崇明老白酒是上海地区独有的酒种,2009年被列入上海市非物质文化遗产名录,并获国家质检总局颁发的国家地理保护产品称号。目前,崇明老白酒已在上海地区乃至全国范围内都有一定的知名度。

然而,有关崇明老白酒,在民间还有着一个美丽的传说。相传,古时有一位靠为当地财主打柴草谋生的乡村小伙子,虽家境十分贫困,但他却是个远近闻名的大孝子,宁愿自己挨饿受冻,也不让相依为命的老母亲受半点苦。

这位小伙子在田间割草干活时,将每次财主家给的一块当作点心的米饭团,用布包好后藏在田头一棵老槐树的树洞里,并顺手从田间拔了一把开着粉红色喇叭花的野草盖住,待干完活后带回家与母亲一起享用。

可有一日,割完草后,天突然下起了大雨,这位小伙子想起了独自在家的老母亲,情急之下,走得匆忙,竟忘了取出藏在树洞里的米饭团。等到数天后再来这里时,米饭团已被雨水和遮在上面的草汁浸泡得软乎乎地黏在一起。可是,因为家里实在太穷,没有一点吃的东西,这位小伙子还是舍不得丢掉,把它拿回去和母亲一起吃。然而,到家后打开布包,立刻被眼前的一幕惊呆了,饭团不但没有变质,而且还被花草染成金黄色,并散发出阵阵奇香,吃一口,味道竟出奇的好。原来,那把开着粉红色喇叭花的野草是一种能使米食发酵的酒药草。仅几天时间,竟意外地发现,这团米饭经过自然发酵成了醇厚清香的酒酿。

从此以后,母子俩就用这酒药草和面做成曲饼,并将它均匀地撒入煮熟的米饭里发酵,酿制成酒酿和米酒出售,日子过得红红火火,他们做的酒酿和米酒也深受人们的喜爱。于是,渐渐地用酒药草做酒酿和米酒的方法在民间广为传播,很快成为海岛居民家家都会做的美味酒酿和老白酒,并一直延续至今。同时,人们为了感恩酒药草给海岛人民带来的好运,将这酒药草称为"仙草"。

如今,在崇明岛乡间,也有用番瓜花、丝瓜花开足新鲜时收下,晒干后作酒药的,其效果与酒药草相仿,都能酿制出美味的酒酿和老白酒。

民间故事

在乡间,作为沙地传统文化精粹的民间故事,内容生动、真切、委婉、深刻,既反映了劳动人民的高尚品格,也表现了淳厚朴实的民风和丰富多彩的现实生活。

所谓民间故事,实质是农人们在生产生活中现编现说的打油诗、顺口溜,俗称"田乱话""嚼笑话"。它根植于地域乡土文化之中,是地地道道极具乡土特色的故事。劳动人民在漫长的岁月中,口耳相传地产生了许多隽永美丽动人的民间传说和故事。

崇明地处江海之交,受南北风俗交汇浸润。独特的历史、地理、文化、风俗,孕育了丰富的口头文学。在 1986 年开展的民间文学集成普查和 2006 年开展的非物质文化遗产普查中,崇明共搜集到民间故事 1 300 多篇,遍布全岛。

民间故事源远流长,精彩纷呈,是人们一种独特的娱乐方式。有了民间故事,乡村才永远不会无聊和寂寞;有了民间故事,人们在田边地头干农活才会越干越快乐,越干越有劲,越干越欢畅。

民间故事是酒,可以消愁解闷、驱除疲劳;民间故事是蜜,可以说在我嘴里,甜进你心头;民间故事是阳光,温暖我的心,点亮你的情。传统民间故事,五花八门,无论在小河旁、田坎边,还是在劳动间隙、饭后小憩,说说笑笑,风趣幽默,富有哲理,其乐融融。

如今,我已离开家乡多年,听不到民间故事了,然而,我对那如泣如诉、如诗如歌的民间故事,却有着独特的感情。我喜爱民间故事,它像家乡的江河一样在我心中长流不断,充满了浓浓的乡情风韵,犹如穿越岁月时空的天籁之音,在我耳畔久久回响。那么温馨,那么亲切,又那么遥远。

附:民间故事四则

(一)杨圣岩的故事

据考证,杨圣岩,又作杨瑟岩、杨瑟严、杨圣庵,其原型的真实姓名为杨舜年,家住崇明建设镇富安村(原官尖长民沟沿),生活在清代乾隆、嘉庆年间。其祖上务农,家境贫寒,但从小聪明过人,成年以后教书为生,因有非凡才智而专门代人诉讼。传说他有"挥笔成文,出口成章,闭目生一智,三步起一谋"的聪明才智。他不畏权势,爱打抱不平,经常巧施计谋,惩罚恶人,伸张正义;常在诉讼中,智作诉讼,诘难官府,仗义直言。光绪《崇明县志》中记载,杨"才识过人";《瀛洲诗抄》中记载杨"天才赡逸",精于"人算人"。但有时也爱报复,对老百姓搞恶作剧,民国出版的《江南四大恶讼师》,杨圣岩便是其中之一;在沙地民间,人们常把杨圣岩称为"坏人""恶讼师"。因此,在乡间对一些奸刁滑赖(阴险奸诈)、爱出馊主意以及小气精明、或搞挑拨离间的人俗语称"此人坏来像杨圣岩"。其实,对杨圣岩不能简单地以"好"或"坏"来划分。他既有同情百姓、仗义执言、为民申冤的一面,又有自恃清高、不分善恶、捉弄百姓的一面。作为沙地民间的机智人物,杨圣岩的故事可谓沙地民间文学的瑰宝。

(二) 乌女婿的故事

从前有个富人,有三个女婿。大女婿二女婿家境富裕,且曾读书识字,只有小女婿家境贫困,没有读过书,在家种田,"大字勿识马马凳,不字勿识鸡脚爪,而字勿识野铁拉"。所以丈人总抬高富女婿,看不起穷女婿,富连襟也看不起穷连襟,他们背后都称他为"乌"(傻)女婿。

有一年,丈人60岁生日,三个女儿和三个女婿都带着寿面寿桃寿酒和炮仗小鞭等去给丈人祝寿。在众亲友祝完寿围坐八仙桌准备吃饭时,老丈人站起来说:"众亲众友,今朝大家来为我祝寿,热闹热闹,我十分感谢。开怀畅饮前,我想先让三个女婿各人献一首诗,以助各位雅兴。"众人齐声叫好。

老丈人接着又说:"我的三位女婿都小有文才,今天给各位助兴外还要聆听各位赐教。诗第一句、第二句、第四句末一个字一定要用'出、十、得'。"

首先,大女婿站起来向老丈人和众亲友鞠了个躬,开言道:"敝人才疏学浅,随口吟来,不足之处请各位包涵。诗曰:'树上桠枝戳出,枝上鸟儿几十,飞来一只黄鹰,鸟儿一只吓得。'"吟完,满面春色。满堂亲朋欢呼叫好,相碰干杯。

接着,二女婿站起来,也向老丈人和众亲友鞠了躬,说:"蒙泰山过奖,女婿我实不敢当,务望各位见谅。诗云:'屋檐椽子戳出,椽上老鼠几十,跑来一只猫儿,老鼠一只吃得。'"吟完,踌躇满志。满座亲朋又是欢呼叫好,相碰干杯。

这时候,丈人斜眼看着小女婿,心想:看你怎么下台。两个连襟高跷二郎腿,微瞥三连襟,心想:三代不念书,等于一圈猪。看你这个乌女婿怎么过这一关。

小女婿不慌不忙起身,也向丈人和众亲友鞠了躬,不卑不亢地说:"丈人过奖,连襟高才,我实愧当。想我家境贫寒,日头作伴,锄头为伍,无才无学,实难从命。"他故意顿了顿,环顾四周,见老丈人脸色难看,两连襟幸灾乐祸,客人们饶有兴趣,又继续说:"不过今天是丈人生日,我不能扫了各位的兴致。我从肚皮角落头挖来拼凑了几句,不知能不能算是诗。我的诗是:'麦穗绽来戳出,穗穗麦粒几十,飞来麻雀抢食,农人收成吃得。'"

此时,厅堂里气氛热闹,欢乐融融,众人交口称赞,击掌叫绝。丈人和三女婿的两个连襟却极不痛快。本意要在众人面前出丑羞辱他,结果却适得其反。三女婿不但吟出了符合要求的诗句,诗中还隐含着讥讽之意,实在是意料之外,然而也无可奈何了。客人们在笑声中议论:"看来这个乌女婿一点也不乌啊!"

(三)神仙与农妇的故事

从前有位神仙骑着一匹白马路过田间,遇见一位插秧哥,便问,插秧哥一天能插几千几百棵?插秧哥回答说,不晓得。神仙说,那你好好想想,下次再来问你。

过了一天,这位神仙又来到田头,又以同样的话问插秧哥,插秧哥回话说,今天我要问你跑马哥,你一天能跑几千几百步。神仙问插秧哥,昨天问你,你不晓得,今天此话谁教你的。插秧哥回答,是我娘子教我的。神仙问插秧哥,你娘子在哪里,我要去见见她。插秧哥说,在家里。神仙按照插秧哥指的方向,到了他家。神仙见到插秧哥的娘子时,刚从马背上下来,其中一只脚还未落地,便问,你看我是上马还是下马。这时,插秧哥的娘子刚好一只脚跨在门外,一只脚跨在门内,就答,你看我是跨进还是跨出。神仙接着说,我嘴里有口馋吐(崇明方言,是指"口水"),你看我是吐进还是吐出。插秧哥娘子连忙拎起一只马桶说,你知道我是要撒乌(大便)还是撒尿(小便)。问得神仙哑口无言,调头就走……

(四) 急性子、慢性子和贪小便宜的故事

从前,一知县吩咐两个差使在三日内寻找三个人,分别为:一个是急性子,一个是慢性子,还有一个是贪小便宜的。两个差使被这事给难住了,到哪里去找啊,但知县的命令不可违抗,只好同意了。他俩商量后说,反正还有三天时间,不妨今晚去看戏。

晚上,当戏看到中途时,一小孩急匆匆地走进戏院,来寻找父亲,找到父亲后说,不好了,家里失火了,快回家救火。那父亲慢条斯理地说,等看完戏再回家。坐在一旁的人听后,当即打了他两记耳光,并说,家中都烧起来了,还有心思看戏。小孩的父亲还在一旁辩理称,我家的事,不用你管,于是,两人便扭打起来。这

一情景正好被两位差使看到,感到机会来了,将他俩带到知县面前,一个急性子、一个慢性子就这样在无意中找到了。

然而,马上快到第三天了,贪小便宜的人还没找到。正在为此犯愁时,两位差使那天早上上街吃豆腐浆时,看到早饭铺前站着一堆人,听一个人在演讲。那个人每说一句话就用指头沾着店家的芝麻往嘴里舔一下,结果,演讲完了早饭铺上的芝麻也被舔光了。老板出来一看芝麻没了,两人便打起来了。一差使对另一个差使说,机会来了,将这名贪小便宜的人抓到县衙。三天之内完成了任务。

一周后,知县出去办事,为了赶时间,叫急性子推车。一路上急性子推得飞快,当走到一条大河为过桥需绕很多路的时候,急性子提出来说,老爷,我背你过去,免得绕很多路。老爷同意了。当背到大河中心时,老爷夸他说,今天幸好带你出来,省了不少时间,回去后奖你10两银子。老爷的话刚说完,急性子就把老爷从背上放下来说,我现在就要银子,结果把老爷放在河里了。老爷气愤极了,说,你这人怎么这样啊。急性子说,我就叫急性子啊。接着,老爷回家换衣服快到家门口时,慢性子出来说,老爷不好啦,小少爷掉到井里了。老爷说,捞起来了没有。慢性子说,我想等老爷回来了再捞出来。结果捞起来时,小少爷已断气了。当时老爷气得晕了过去。后来料理小少爷后事时,让贪小便宜的人去买棺材。他趁人不备,把一口小棺材放进大棺材里,盖好后只付了一口大棺材钱,将两口棺材一起抬回来,并兴高采烈地对老爷报功说,今天真的贪到了便宜,我想老爷死了也要棺材的。老爷一听便气得瘫倒在地,指着三个人,吩咐差使,连声说,走……走……走。

　　此外,还有一些地名的形成和取名中都有着耐人寻味的民间故事,如庙镇、巴掌镇、摸奶桥、恶姑港等。可以说,独特的乡土文化,产生了独特的民间故事。

摸奶桥的故事

摸奶桥。位于米行镇北,在瀛北大队一生产队内,有一条长约7米的独木桥。相传在前清时期,当地有一个不务正业的年轻人,家庭富裕,却整天游手好闲,仗势欺人。一日该男子在那独木桥边游玩,见桥那头一位漂亮女子手提饭篮要过桥,便故意从另一头过去,当行到桥中央两人相遇时,桥狭窄,两个人不好走,该男子便对着这位女子讲,你把手搭在我肩上,两人擦肩才好过去。这女子信以为真,当两只手搭在这人肩上,正想穿过去时,这家伙便乘机调戏该女子,吓得女子大声呼喊"救命",并落入水中。正在田间劳作的乡邻听到呼救声,从四面八方赶来,把姑娘救起,抓住了这个家伙,并罚他限期三个月将这座独木桥改建成石桥。这家伙自知理亏,只得乖乖地从家里拿了钱,造了一座石桥。从此,乡邻们为教育后代不调戏妇女,就称这座桥为摸奶桥。现该石桥早已拆除,不复存在,但"摸奶桥"的故事一直在民间流传着。

巴掌镇的故事

巴掌镇原名为兴隆镇,坐落于崇明堡镇瀛南村,南靠长江堤,西距四滧港约1公里,街长约200米,是一条曾兴旺一时的乡间集镇。巴掌镇离我老家不远,小时候,我在四滧小学读书时,曾和同学们经常去那里玩耍。

据史料记载,该镇形成于清代咸丰年间,初仅有一爿经营油酱烟酒的小店,无镇名。以后,由于该镇靠近海边,有许多船只停靠在这里,周边渔民将长江捕捉到的鲜鱼、鲜虾等上镇应市,逐渐店家增多,南北商贾,聚集在此,使之该镇商业迅速发展。于是,烟糖百货、茶馆、酒店、豆腐店、布庄、面店云集,买卖兴隆,乡间文人便以此取名为兴隆镇,足见兴隆古镇发展历史悠久。

有关巴掌镇的由来,在乡间,流传着两种不同版本的故事。其一,相传,在明末清初,镇西市梢开设有店主为张甫林的一爿布庄,某日清晨,有一容貌端庄的青年女子前来卖布,布庄内一个看布先生见色起邪念,趁机予以调戏,该女子奋起反击,扇了这看布先生一记巴掌。时值早市，引来许多人围观，在众目睽睽之下，迫使该看布先生赔礼道歉。这件事轰动远近，成为当时的一大奇闻。因此，人们将兴隆镇称为巴掌镇。

其二，相传，旧时某日，有个人大约在五更到镇上去喝茶，走在兴隆镇街头，看见早点摊上的黄二娘开后门鬼鬼祟祟四处张望，见没外人就叫屋里一个男人从房间里出来，小声说："今夜老辰光，从后门进来，我等你。"这人想，黄二娘不正经，偷野汉子。

看完这一幕后，这人便来到茶馆里喝茶，碰见了几个老茶友，就把刚才看到黄二娘的这件事一五一十地传了出去。哪知道，被旁桌的人听到后，偷偷地告诉了黄二娘。

那黄二娘三十岁左右，长得漂亮，能说会道，丈夫比她大十多岁，是个老实人，每天刚过半夜就出门，做早点生意，黄二娘乘机勾引野男人，想不到今天这件事被人家发现并在茶馆里讲出来。于是，黄二娘怒气冲冲地来到茶馆，指着讲她的喝茶人说，你给我把野汉子捉出来，不捉出来不要放狗屁。说着就左右开弓，啪！啪！两记响亮的巴掌打在这个人的脸上。这个人真是哑巴吃黄连，有苦说不出，连连赔礼道歉。捉贼要捉赃，捉奸要捉双，这是自古就明白的道理。这种男女私事不好在大庭广众信口开河乱讲的。从此以后，人们就将兴隆镇称为巴掌镇，兴隆镇的名字倒渐渐地被人们淡忘了。

后来，由于长江江岸不断南坍北移，以及农村经济不景气，该镇日趋萧条冷落，至新中国成立前夕，只有一两爿规模极小的烟杂小店维持镇面。新中国成立后，政府本着因地制宜的原则，对供销网点的布局进行重新调整。由于该镇位置偏僻,以及镇上居民不断外迁,取消供销网点,致使原先的街道建筑景象难觅,兴隆古镇销声匿迹。然而,巴掌镇的名字连同它的故事却一直流传至今。

徐家大潭的传说

崇明港沿镇友谊村,徐氏家族属地,有个徐家大潭。

相传,徐家大潭在1 000多年前的宋朝已形成,面积约200亩,在20世纪40年代末还有六七亩,如今只剩下2亩多,被当地称为无底洞,救生池,救命水。

徐家大潭历经千余年,潭水依然丰盈。据称潭底直通大海,有30多米深,水生物特别丰富,潭中之水取之不尽,用之不竭。当年,家乡遇到干旱时,其他河沟的水干枯,唯有该潭之水源源不断,四面八方乡亲纷纷前来取水饮用或用来灌溉农田,以使旱灾之年,确保粮食丰收。因此,在民间流传着许多有关大潭中的种种神秘故事和鬼神出没的神话故事。

小时候,也听过大人们讲述徐家大潭的故事,说那里有巨大成精成仙的龟,还有鱼、虾和螃蟹之类的生物。以此流传有鱼精、虾精出没,吃了多少童男童女等,以吓唬孩童。也有传说当年唐僧去西天取经经通天河乘坐在乌龟背时,遇风浪,经书翻入长江。

而这只乌龟捞起经书后,游至长江入海口的崇明岛,保住了经书,定居在徐家大潭,给海岛百姓带来福祉。从此以后,这里成了如诗如画的好地方,家家保平安,年年风调雨顺,物产丰收。

有声有色的传说、故事显得神奇,但当你来到这里时,总有一种神秘之感,无论在阳光下或月光下,徐家大潭都仿佛镀上了一层飘忽的圣光,远远望去,如烟云,如梦幻,总给人美好的遐想。

借得凉风

春风唤醒万物,夏风清凉宜人,秋风吹卷落叶,朔风寒冷刺骨。可见,风是自然现象。它让庄稼拔节,瓜果清香,花儿幽香,鸟儿飞翔……倘若没有风,这个世界该多么沉寂?

然而,风又变化不定,没有人知道它从哪里来,又要到哪里去,一会儿东,一会儿西,四处闲逛。夏日村庄里,太阳呼啦一下钻了出来,田间劳累的农人卷起草帽,想哄一点风来,可它就是不买账,无奈重新戴好草帽,又在田间弯腰埋头干起活来。到了中午时分,除了蝉鸣之外,整个村庄一片寂静,午休的人们在堂屋就地摊一张凉席,享受着一丝过堂风。

因为风的缘故,在我的家乡崇明,民间流传着一句叫"六月十二借凉风"的俗语,说的是酷暑六月,沙地天气异常炎热,但是,在农历六月十二这一天,无论天气怎么炎热,总会有阵阵凉风吹来,为人们带来凉爽的快意。然而,这六月十二凉风的借得,还有一个凄楚感人的传说:从前有位沙地老妇天天在海边土地庙焚香祈祷。八仙之一的吕洞宾感到十分奇怪,便上前询问:"请问老妇,你在此天天焚香祈祷,是祈求家庭富贵,还是子孙平安?"老妇不无伤感地笑道:"都不是呀。我老妇身体不行了,恐怕要老死在这炎热的夏天。这样,奔波在外的五个儿子来不及看我一眼,我就发腐变臭了,所以求求老天爷给我一点凉风。"吕洞宾被这位老妇的心愿深深感动,就在老妇去世的六月十二那天,使出仙法借来阵阵凉风,了却她的心愿。从此以后,沙地六月十二这一天,总有凉风习习送爽。

于是在乡间,每当六月十二那天,人们就企盼着是否能从老天爷那里借到凉风,并以此来预测当年夏天的炎热程度以及年景的好坏。倘若那天吹来的是东南风,则是借得湿润的海风,那么当年的天气定会凉爽舒适;如果那天吹来的是西南风,则是借得内地的热风,那么当年的气候则是酷暑难熬。其实,六月十二借凉风这一民间俗语,反映了沙地人的人心向上,希冀辉煌的一种文化境界和人们渴望风调雨顺、五谷丰登、国泰民安的一种精神寄托。

风是天地间最自由的精灵,变幻出无穷的面目,如同多姿的人生。久居城市的我,时常想起故乡夏日的风,尽管岁月的风已经把父老乡亲们的头发吹白,腰吹弯,脸吹黑,但在风中踽踽而行时,他们能从飘忽不定的风里总结出沙地人丰富的智慧和农耕生活经验,并从中悟出一点"道"来……

传统美食

蟹肥景美醉梦乡

——宝岛蟹庄行记

盛夏的一天,雨后天晴,艳阳高照,空气格外清新。我们一行早早地从市区宝杨码头坐船向位于崇明绿华镇的宝岛蟹庄出发。

客轮到达崇明南门港后,我们便坐车直奔坐落在绿华镇绿港村的国家中华绒螯蟹标准化养殖示范基地——宝岛蟹庄。车行驶在通往蟹庄的公路上,透过车窗一眼望去,一口口蟹塘清澈明丽,一条条水泥路笔直通达,一株株水杉树秀枝挺拔,一座座临水小楼错落有致……如此风姿迷人的美景,别有一种怡然清静之意,宛如一幅如诗如画、生生不息的生态画卷,顿感心旷神怡。

走进蟹庄,若有若无的微风在身边萦绕,清脆的蝉鸣在头顶回响,恍若走在铺满绿色的公园里。这里随处可见花红树绿,色彩缤纷,迎风飞舞的曼妙风情,不仅能欣赏到不同种类的树,而且树与花草相间,搭配得当,独具特色;不仅能听闻鸟语花香,而且还能见水见绿和掩映于茂密的植被之中精致的小亭,真可谓是水在园中流，树在园中长，花在园中开，蝶在园中舞，鸟在园中鸣。我们呼吸着清新湿润的空气和植物的味道，享受着徜徉在这片美妙之地的愉悦，置身其间，无不为之感慨万千。

我们首先来到蟹庄的展示馆，观看了崇明蟹的生长历史、生长特性、生长环境的图解。它详细介绍了崇明蟹的种类，养殖方法和旧时传统的捕蟹方式，同时还见识了蟹簖、丝网、竹篓等传统捕蟹工具。那一行行文字，一幅幅图像，一件件实物，生动地展现了崇明人养蟹捕蟹的艰辛历史和勤劳勇敢的精神风貌。置身其中，仿佛儿时记忆中的岁月，重新回到眼前，那时和乡亲们一起，在清澈的河沟里用那些原始的工具钓蟹、簖蟹、摸蟹的往事刹那涌上心头……

参观中，宝岛蟹业有限公司董事长、上海市河蟹行业协会会长黄春告诉我们，上海宝岛蟹庄创建于2011年，面积为600亩。俗话说，水清蟹肥，鱼虾成群。崇明地处长江入海口，集千山之精华，聚万水之灵气，拥有得天独厚的生态环境。然而，选择绿港村的这块土地养蟹，主要是由于这里靠近江边，便于引入原生态优质新鲜的长江活水，经自然沉淀和水草净化后再灌入蟹塘，以确保水质清纯，而且又紧挨被称为"天然氧吧"的国家地质公园——西沙湿地和明珠湖。特殊的地理位置和自然环境，为螃蟹定居生长创造了优越条件和理想环境。因此，生长在这里的崇明蟹青背、白肚、黑毛、金爪和肥、大、鲜、腥、甜皆备，与一般螃蟹大有不同。每年三四月间，蟹庄将从崇明东滩冷暖水交汇的地方采购芝麻大小的蟹苗（即中华绒螯蟹），放入塘内进行饲养，经过一年半时间的悉心照料,到了来年九十月,便可打捞上桌,此时是一年中蟹黄最满,蟹肉最嫩的时节。若你有机会来宝岛蟹庄可以一面近距离感受大自然原生态的渔家风情,一面品尝到肥美鲜香、别有风味的崇明蟹。然而,清蒸蟹是品尝崇明蟹最经典的传统吃法,除了能最大限度地保持原汁原味外,尤其能突出崇明蟹的色、香、味。当一大盘蒸熟的色泽鲜红的崇明蟹端上桌品尝时,雌蟹的蟹黄厚得堆起来,冒着黄灿灿的蟹油,入口鲜香浓稠;雄蟹的蟹膏则晶莹透亮,腻满蟹壳蟹肚,鲜味绵绵不绝,吃一口满嘴留香。品蟹时,再配上一壶醉香的崇明老白酒与一碟驱寒的姜醋,细细地品,美不胜收,回味无穷,实在是人生一大快事。

　　有梦的人会不停地追梦,追梦的人不会安于现状。每一次圆梦都将是宝岛蟹庄人追梦的起点。在宝岛蟹庄人的心里,宝岛蟹庄的未来会更加诗意和美好。作为国家中华绒螯蟹标准化养殖示范基地的宝岛蟹庄将以生态自然景象、养生休闲度假、旅游养生产品的有机结合为宗旨,以实现环境效益、社会效益和经济效益的和谐统一为目标,把宝岛蟹庄打造成环境舒适、清雅,宜养生、休闲,主题鲜明的休闲度假胜地,让这片宁静的土地成为中华绒螯蟹的摇篮,让怀揣着梦想的旅行者们在这里找到甜蜜的梦乡。

　　当我们离开宝岛蟹庄时,已是夕阳西下,绚烂的落日余晖映红了天际。放眼宝岛蟹庄,蟹塘水中的倒影涌动着鱼鳞般的彩霞,塘岸上林间的知了在引吭高歌,构成了一幅立体的画,一首动听的诗。此时的蟹庄恰似镶嵌在宝岛大地上一颗璀璨的珍珠,在夕阳的照射下闪闪发亮,光彩夺目。

　　车子在平坦的公路上奔跑,悠悠碧水,萋萋绿树,幢幢农家小楼……一幅幅画面渐次往后退去。不远处是一片片密密匝匝的橘树林,绿叶如翠,清风徐来,散发着一股沁人心脾的清香。公路两旁,一块块水稻田,绿莹莹的秧苗,随风摇曳,泛起层层涟漪,尽显青葱活力。一阵阵青蛙的鸣唱声如拉歌一般地此起彼伏。几只白鹭落在水田里,顾影自怜地梳妆、嬉戏,悠闲自在。极目远眺,一丝丝轻柔的云雾夹着一缕缕炊烟浮动着,似涓涓细流,从村舍、树梢之间穿隙而过,飘荡游移……

　　宝岛蟹庄渐渐消失在我的视线里,我的心似乎仍眷恋在那里。

崇明白山羊

在中国传统文化中,羊往往被视为吉祥、美好的象征。《说文解字·羊部》云:"羊,祥也。"《示部》说:"福也,从示羊声,一曰善。"在饮食文化中,先人对于"鲜"的认识来自鱼和羊。"羊"大为美,"美"源于羊。可见鲜美相连,且都与羊有关。

羊肉味甘而不腻,性温而不燥,具有补肾壮阳、暖中祛寒、温补气血、开胃健脾等功效,历来被中国人当作进补的重要食品。

崇明地处长江的入海口,素有"长江门户,东海瀛洲"之称。其绿色农业占据主导地位。因阳光充足,空气湿润而纯净,农作物生长良好,家家户户吃的蔬菜都是绿色食品,这种独特的地理和水土环境带来了丰富的特产。

崇明白山羊属皮毛肉兼用型品种,体型中等偏小,体格健壮,具有适应性强,繁殖率高,肉质鲜美等特点,获得国家"农产品地理标志",被命名为"长江三角洲白山羊",系全国重点保护和发展的家畜品种。崇明白山羊,毛洁白而富有弹性,是制笔的好原料。

羊肉更是营养丰富,味道鲜美,是上品佳肴。

崇明岛千年沿袭下来的特色饮食文化在民间广为流传,成为人们餐桌上的一道道饕餮盛宴。崇明岛人对羊肉的吃法更是别具一格。先将杀好的羊肉切成均匀的段块,放在开水里并加几块萝卜同煮片刻,除去膻味,然后取出在清水中将浮沫洗净。锅上火,入羊油烧热,下姜片炝锅,投入羊肉爆炒,加料酒翻炒,再加老白酒或黄酒、糖,倒入可以没过羊肉的水,旺火烧沸后改中火炖,烧炖至七八分熟时加入酱油,再改小火继续炖至羊肉软烂,出锅前加以味精调味,撒上蒜叶翻炒,色泽红而透亮,香飘屋内外。此种做法,在乡间土灶上烧的味道更佳。同时,以上方法,如不加酱油而加盐炖煮则为白煮,味道同样鲜美,吃起来肥而不腻。

在吃羊肉时,不要忘了羊杂碎也是一道美菜,就是将羊肚(乡间称羊草包)、羊心、羊肺、羊肠等,多次反复冲洗,再加以盐,反复揉搓,把黏液及肚油等一些杂质去掉,再将它们放到锅里煮一会儿,随后捞起羊肚刮去白液,切成段块,有些羊杂捞起切片,羊肝和羊血则用清水洗净切块。最后,将各种羊杂、葱、姜等一起入锅,加入清水烧开,去掉表层的浮沫,倒些黄酒,盖上锅盖,用小火慢慢焖,待酥烂后加盐、胡椒粉、葱花、姜末等调味品,既可做炒羊杂,也可做羊杂汤,气味醇香、浓鲜,足以让人"闻香下马,知味停车"。这道全羊菜,常常是过去乡间吃讲聚(均摊费用一起聚餐)的主打菜,诱人的香味放肆地侵入人们的味蕾。回忆当年的羊肉味道,今天仍觉口舌生津,齿颊留香。

如今,正宗的崇明羊肉在城市里很难见到。一日与几个朋友小聚，见店招牌标着"正宗崇明羊肉"，便要了一份。不一会儿，大瓷碗的羊肉端将上来，但一看颜色和品尝味道，远不如家乡的味道鲜美。

崇明白山羊吃百草，其肉具有"暖中补虚，开胃使力，滋肾气，补肺助气"等功效。因此，常吃羊肉可以去湿气、避寒冷、暖心胃、补元阳，对提高人的身体素质十分有益。到崇明，喝崇明老白酒，品正宗白山羊肉，享受农家淳朴风情，这也是崇明岛独有的一道风景线。

崇明老白酒

崇明米酒，俗称"老白酒"。它以糯米酿制而成，味道甜润，色呈乳白，有别于一般的白酒和黄酒，故又有甜白酒、水酒之称，是上海地区独有的酒种。

崇明米酒，以本地优质糯米为原料，利用得天独厚的自然环境，沿用古老而独特的传统工艺发酵酿造，要经过浸米、淘米、蒸米、淋饭（即对蒸好的米进行清洗，让米粒分开）、白饭加酒药等近10道工序，然后，用棉花胎或草盖压好缸盖，让酒药有效地发酵。缸外面用稻草围住，绳子扎紧，确保温度。这样，用不了一周时间，香喷喷的大米便成为米酒。

崇明米酒，在乡村，可以说没有哪一家庭没有酿造过的，用几斤糯米、几两酒曲、一个小缸便可酿酒，每个家庭可谓一个袖珍的酒厂。特别是每到秋后、新米入仓或是逢年过节的时候，家家都有扑鼻的酒香。

崇明米酒，老少皆宜。崇明岛上的人不管男女老少人人都能喝，连谁家生了小孩，刚满月开腥时，大人们也少不了用筷子蘸着老白酒往小嘴里送，从小培养其酒量。在岛上，红烧鱼、肉时，也要用老白酒作调料，味道特别好。每逢春播秋收的农忙季节，或是天寒地冻在野外劳动，或是开河开沟、捕捉鱼虾螃蟹等水中作业时，只要有两三碗老白酒下肚，手脚便开始发热，干起活来精神异常振奋，喊起号子的声音也会特别响亮。

崇明米酒，酒度适中，在15度左右，食后有回味而后劲足。崇明人十分好客，凡有亲朋好友临门，都得喝老白酒，主人必定是小碗、大碗地频频劝酒，常常使那些不知底细的初客或是"贪杯"的常客，一碗接一碗，不知不觉便会进入梦乡。

崇明老白酒源远流长，早在北宋时期，家酿老白酒已蔚然成风。明末清初，岛上酒坊、酒店星罗棋布，古有"十家三酒店"之说。清代康熙年间，崇明老白酒"名扬江北三千里，味占江南第一家"。如今，崇明老白酒，米香纯正，酒质地道，风味独特，是一种不加任何添加剂的营养酒，其中以"菜花黄"（即油菜花开时酿的酒）和"十月白"（即农历十月酿的酒，又称之为"三白酒"，意谓是在芦花白、棉花白、霜花白时所酿）为最佳。因此，它越来越引起崇尚健康人士的关注和青睐，品牌的知名度和影响力日益提升，正在香飘海内外。

瀛洲有酒满岛香。在崇明岛上，农家人的生活，也像这米酒一样，每天都醉走在乡野上：看桥，桥是醉的；看水，水是醉的；看花，花是醉的；看乡村，乡村是醉的；看崇明岛上的人，也是醉的……

崇明羊肉米酒

提起崇明老白酒和甜酒酿(崇明当地人称酒酿),在上海地区乃至江苏的启东海门等地,可谓是家喻户晓、人人皆知。崇明人自制老白酒始于宋代,至清代康熙年间,崇明老白酒被誉为"名扬江北三千里,味占江南第一家"。拥有700多年悠久历史的老白酒,崇明岛上的农户人家几乎家家都会酿制,人人都会喝。如今,崇明老白酒传统酿制技艺已被列入"非遗"。然而,对于"羊肉酒酿"却无人知晓,连崇明本地人也很少有知道的。其实,在旧时,崇明岛上就有做"羊肉酒酿"的,并曾经在堡镇等地区流行一时,直至20世纪60年代渐渐地消失了。

"羊肉酒酿"的制作过程很简单,与做甜酒酿(酒酿)基本相同。将煮熟的羊肉去除骨头,切成豆粒大的小块与米饭搅拌均匀,再洒上酒药,放置"酒酿缸头",将草盖盖上,把它安置在草窠里,盖上厚厚的棉被保温。大约一个星期后,这"羊肉酒酿"就成功了,掀开草盖头,阵阵酒香扑鼻而来,弥漫整间屋子,分外诱人。

这"羊肉酒粄"的卤汁特别的鲜与甜,其羊肉也上口,无半点羊膻味,未尝心已醉。

中医认为,"羊肉酒粄"选料纯真,营养丰富,其有阴阳双补之功效,常吃"羊肉酒粄"皮肤白嫩,气血顺畅,强健身骨,延年益寿。因此,当时在崇明岛上,上了年岁的老人把它当作冬令补品来食用,许多少妇更是将它作为养颜润肤的佳品。

近日,享有2010年世博会特许供博产品声誉和中国米酒之王著称的"农本牌"农家崇明老白酒生产商——崇明农家酿酒有限公司,为了使这一行将失传的传统工艺发扬光大,根据"羊肉酒粄"的配方精心研制成"羊肉米酒"。其制作方法和操作过程与传统崇明老白酒相仿。首先,在选料上以精选本地优质糯米和本地白山羊为原料。值得一提的是,由于崇明地处江海交汇处,气候温和,日照充足,四季分明,空气纯净,土壤肥沃。在这得天独厚的自然生态环境下,其原料本身就是地地道道的绿色食品。酿酒用的水,采用长江二级原水加工成原料水,再经过八道环节,对水中氯、有机汞等影响米酒酵母菌生存的有害物质进行离子处理,以使达到接近太空水的水质标准。其次,在制作过程中,沿用古老而独特的传统工艺发酵酿造。经过浸米、淘米、蒸米、淋饭(即对蒸好的米饭进行清洗,让米粒分开)、拍饭和浦水等工序,连同煮好的羊肉去骨,切成豆粒大的小块与米饭、酒药搅拌均匀,放入缸内,用棉花胎或草盖压好缸盖,缸外面用稻草围住,绳子扎紧,封缸保温,让酒药有效地发酵。这样,经过10来天的发酵,香喷喷的大米和鲜嫩的羊肉便酿成透明晶莹、芳香幽雅、味醇甘鲜的

"羊肉米酒"。再加上崇明湿润的气候成就了优质老白酒,离了岛,相同原料和配方,酿制出来的酒品质大相径庭。

"羊肉米酒"的酒精含量也与崇明老白酒一样,一般为16度左右。然而,"羊肉米酒",品在口中,香味更纯正,酒质更地道,风味更独特,是一种不加任何添加剂的绿色营养保健酒。而今,还进行科技攻关,对酿酒的酒曲、温湿度以及用水等进行研制和改良,以使从根本上解决传统老白酒"后劲绵长,喝后头晕目眩不适之感和保质期短"的缺憾,深受人们的喜爱。

"立足上海是昨天,面向全国是今天,辐射海外是明天",这是农家酿酒有限公司董事长俞建荣发出的壮语,也是农家酿酒有限公司的经营理念和发展目标。在我国的传统文化中,"羊"与"祥"通,象征着祥瑞、吉利,与羊有关的羊肉米酒,亦有吉祥、美好的寓意,愿人们喝了崇明羊肉米酒吉祥美好。时下,崇明"羊肉米酒"越来越引起崇尚健康人士的关注和青睐,品牌的知名度和影响力日益提升,正在香飘海内外。

鱼羊鲜汤

一日,来到崇明老家,在朋友那里吃了一道鱼羊肉汤,味道特别鲜美,让人回味无穷。

鱼羊鲜汤,即黑鱼肉和白山羊肉炖煮成的汤。据说这是目前时兴的营养美食,肥而不腻,诱人食欲,是崇明岛上一道独特的风味菜。

鱼羊鲜汤的做法是颇有讲究的。首先,要挑选幼龄时经过阉割又当年长大的崇明白山羊,肉切成方块、洗净,用沸水烫,并撇去锅中漂浮的沫,再放入炖锅内,加入适量的水,用旺火煮沸后改为小火,慢慢地将羊肉烧炖至七八成熟。然后再将野生黑鱼洗净切成条块,入滚烫的油锅内煸一下,这样,既可去腥还不易煮碎,捞出后放入羊肉汤里一起炖,先是用旺火将鱼羊肉汤烧沸腾后,改为小火炖煮至汤发白。此时,瞬间香味就四溢开来,出锅时加上葱、姜、盐等调料,一道香气扑鼻、味道鲜美、汤汁浓郁的鱼羊鲜汤就出炉了。

其实,鱼羊汤的鲜美,除了烹饪技艺外,关键是取决于鱼羊本身的优质。崇明地处长江入海口,地理位置独特,环境优美,气候适宜,物产丰富。崇明白山羊生长在无与伦比的风清、水洁、土净之地,吃着无污染的新鲜野草健康成长,经过一年的精心喂养,膘肥体壮,重量可达五六十斤,肉质鲜嫩,生态原味。崇明黑鱼野生在河沟港汊,与长江的活水相通,好水质孕育的野生黑鱼,粗壮肥大,肉质细嫩,鲜美无比。

每到秋冬季节,正是羊壮鱼肥之时,这时吃鱼羊鲜汤,不仅味道鲜美纯正,更是一道好滋味的食疗佳品。常言道:"冬吃羊肉胜人参,春夏秋食亦强身。"崇明白山羊吃百草,其肉有"暖中补虚,益胃滋肾,润肺助气"等功效。因此,常吃羊肉可去湿气、避寒冷、暖心胃、补元阳,有益健康。黑鱼具有温补之性和健脾胃、化痰止咳之功效。据科学研究发现,鱼体内有两种不饱和脂肪酸,对清理和软化血管、降低血脂有好处,还能健脑和延缓衰老。所以,鱼羊一起做成的汤,不仅味道特别浓香、爽口、纯正,更是一道最佳组合的健康美味佳肴,简直堪称民间一绝。

崇明有俗语称:"多吃一只白山羊,少穿一件老棉袄。"寒冬常吃羊肉可益气补虚,促进血液循环,增强御寒能力。眼下,天冷了,正是吃鱼羊肉的好时光,喜爱美食的人们来到崇明,在尽情享受这里优美生活环境和安全营养食品的同时,千万别忘品尝鱼羊鲜汤。

常忆手工糕饼香

小时候,乡村的糕点都是手工做成的,用料都是农家自种自产的米粉或麦面,品种也仅有桃酥、麻饼、雪饼、八仙糕之类的几种。然而,即使是那样几种单调的糕点在那物质匮乏的年代,农家人也是一年难得吃上几回,只有到了逢年过节、人家办喜事,或家里来了亲朋好友才能见到。

那时候,我最喜欢吃的是雪饼,那是用面粉做成茶杯口大小的小饼,上面涂上一层白糖粉,经烘熟后就可食用,颜色又白又细腻,吃起来又脆又韧又甜,带有一股麦子和焦米浓浓的香,松脆爽口,特别美味。

还有就是麻饼,外面皮子用面粉、糖撒上芝麻做成,比饼干软而有筋骨,里面馅子拌有豆沙、青丝、玫瑰等,出炉时呈现鲜亮的光泽,还没扳开就香味扑鼻,勾引着味蕾,让人馋涎欲滴。

然而,这些糕点,在乡间小镇都有销售的,雪饼比较便宜,只有三分钱一只,芝麻饼的价格要比雪饼贵得多,一角多一只。因此，当时乡村大多数人家只买几分钱的雪饼吃，经济实惠，很少有买芝麻饼的，价格太贵舍不得吃。

那时候，除了集市小镇有供应之外，在乡间也有糕点师傅走街串巷挨家挨户上门做的。做这种糕点的成本较低，米和麦子都是自己种的，糕点师傅做的糕饼也只收取手工费，而且收费标准很低，干一天活只收几块钱的辛苦费。那时候乡村糕点师傅通常做的糕点主要是桃酥和八仙糕，做其他糕点缺少设备。因此，每到过年过节时，条件好的人家单独请糕点师傅做，条件差的几家合伙在一起请糕点师傅做，这样比起到商店购买便宜许多。再加上，自制的糕饼，原料配比严格，制作精细考究，味道极好吃。

糕饼买回或做好后，人们总是舍不得吃，将它藏进罐子或坛子里让孩子当作零食吃，每次分发给孩子们只是一块。当孩子们得到这块糕饼后，也是小心翼翼地分着吃，咬几口后，将剩下的用纸包好后待下次再吃，到最后连沾在纸上的一点饼渣、糖屑也舍不得放过，还要卷起包装纸，把饼渣、糖屑一起倒进嘴里，那香味至今还记忆犹新。

光阴似箭，一晃不知过了多少年。如今，各种美食糕点层出不穷，花色丰富多彩，大大小小的超市或商店里摆满货架，琳琅满目。尽管那种手工糕饼早已退出了历史舞台，但对于我来说，无论年轮如何旋转，也无论人们怎么变着法地做，变着样地吃，那记忆中的家乡手工糕饼余香和温馨却常常萦绕在我的梦中……

重阳糕往事

在我的家乡崇明岛,每逢重阳节,家家都有做重阳糕和吃重阳糕的习俗。

重阳节,正值新米成熟。此时,家家户户都忙着磨米粉,做重阳糕。然而,崇明人对做重阳糕是很讲究的。首先,在米粉的选配上,需用糯米粉拌粳米粉搭配,只有搭配适中,做出的重阳糕才松软好吃。如用纯糯米粉做出的重阳糕太软,难以成形,而用纯粳米做重阳糕又太硬难吃,只有以糯米和粳米各一半,做成的重阳糕最佳。其次,在蒸糕的过程中,加入白糖和豆沙,并以一层米粉和一层豆沙均匀搭配,这样,蒸熟后的重阳糕,红白相间,再加上一些青红丝、果仁和桂花等,则色彩鲜艳,十分美观。当重阳糕刚出笼的时候,热气腾腾、香喷喷、甜滋滋、松松软软的,大人小孩都爱吃,让你在视觉上、味蕾上有着妙不可言的享受。

在我的记忆里,尤其是那个饥饿年代,即使在节日里,想吃重阳糕,也并非易事。那时候的重阳节,能吃上重阳糕简直是种奢侈。但是，为了能让孩子们吃上重阳糕，父母亲也总是想方设法做一点。于是，几家人家合在一起蒸上一笼，然后每家分切几块，给孩子们吃，大人都舍不得吃。而且做出的重阳糕也不完全是米粉的，而是在米粉中掺杂些麦粉、玉米粉、高粱粉之类的杂粮粉。用不起白糖就用糖精代替，这样的重阳糕蒸出后趁热吃还可以，要是经冷风一吹，便硬得如石块。即使是这样的重阳糕，也都没剩下的。

家乡人称，吃了重阳糕，生活节节高。可见，做与吃重阳糕不仅是一种风俗，更是寄托着人们对未来生活的美好祝愿和向往。

秋风起，淡淡香，又到吃重阳糕时。如今，家乡的重阳糕再也不是奢侈品了，已形成了选料精细、制作考究、花色繁多、口味多变的鲜明特色。此时，如果你到崇明来，重阳糕那香甜的味道，从农家屋里飘出，与袅袅炊烟融和一起，在空中弥漫……

炒焦麦粞

崇明人钟爱饮食文化,琢磨出各式美食佳肴。然而,在20世纪60年代那艰苦的岁月里,"吃"成了人们的第一话题。从小就在我的家乡崇明岛上长大的人,都不会忘记那个年代的炒焦麦粞。

所谓炒焦麦粞,那是崇明的土话,实则是将晒干的麦子,先是放在锅里炒熟,再用石磨磨成的粉,乡人称之为"焦麦粞"。吃的时候往里面拌些糖和猪油。可直接干吃,也可用开水冲着吃,老少皆宜,吃过之后,一股沁人的浓香在唇齿间回荡,久久不散,有满嘴留香的感觉。

炒焦麦粞,看似容易,但要真正把它炒好,要掌握一定的技巧。炒时绝不能马虎,要用慢火,不能用急火,而且要不停地快炒勤翻,反反复复,待将麦子炒到"啪、啪"声此起彼伏和呈金黄色时即停火,恰到好处,才使炒熟的麦子,既不夹生,又不焦煳,如掌握不当,炒得不透,太生难吃,炒得过甚焦煳发苦。所以,在炒麦子时，灶上炒的和灶膛里烧火的要配合默契。待麦粞磨好后，可存放在陶瓷罐里，用盖子盖好，以防受潮，这样可以随时享用，储藏一两个月都不成问题。

乡间有句俗语叫作"要吃焦麦粞用唾吐水来拌"。说的是焦麦粞又细又干，吃时，要少吃慢嚼慢咽，吃多了、吃急了容易使焦麦粞喷出，甚至还会呛着。那时候，我们每次从学校里放学回家，父母总是先让我们吃一点焦麦粞充饥一下肚子，以免等到吃晚饭时，怕肚子会饿得受不了。其实，充饥肚子还有另外一个用意，那就是让我们去割羊草、喂鸡鸭，或是帮助大人到田间干一些诸如拔草、捉菜虫之类的孩子力所能及和没有技术含量的事情。此时，当大口大口享受着穷苦时代的饕餮美食之后，不由心花怒放，干起活来特别起劲。

家乡崇明人对炒焦麦粞情有独钟。在那个年代，每到麦子成熟登场的季节，或是到了农忙的时候，几乎家家户户都要赶着炒焦麦粞。此时，乡村处处都会散发着浓浓的焦麦粞香味，可谓是苦涩乡村一道高档的美食。在我的印象中，当时我们这个大宅院里住着十几户人家，一盘石磨白天黑夜转个不停，此时，磨声、笑声组合成一首和谐的乐曲，响彻整个宅院。那时候，每逢开河、筑岸，或出远门劳作时，乡亲们总会带上一包焦麦粞，在劳动间隙休息时，大家围坐在田间地头，一边吃着焦麦粞，一边说说笑笑，聊着家常，真是苦中有乐，其乐融融，干活的疲劳顿消云外。

炒焦麦粞，记录了我们的青春岁月。如今半个世纪过去了，尽管现在生活条件好了，焦麦粞早已被麦乳精、奶粉、核桃粉等许多营养保健食品所替代了，但是一想起炒焦麦糊，小时候吃时美美享受的情景和香香的味道仍不时地从舌尖上浮现，嘴里的馋涎也不由自主地涌动着，仿佛面前就放着那香气扑鼻的美好、温馨、甜甜的炒焦麦糊。

"腌鸡"忆情

小时候家乡比较贫穷,几个月都难得闻上肉腥味。但不管怎样艰难,岛上的人家有种东西是不能少的,那就是"腌鸡"。家乡人把咸菜叫作"腌鸡"(也有叫"盐齑"),以形容它的鲜美。如今虽离开家乡多年,但最难释怀的就是家乡的"腌鸡",它深深印在我的记忆中,也时常回想起那个美味而熟悉的味道。

农家在四五月间,田里的草头、芥菜、大头菜、雪里蕻长足了,家家户户就忙开了,将这些菜洗净、切碎、摊晒。此时,农家宅院的屋檐下、院子里摊晒得满满的,随处可见。晒干后的蔬菜拌盐装进坛瓮,或用脚踏,或用棒槌填,或用扁担头压,尽力踩实压结。然后,再在坛口上盖上稻草,封上泥巴,确保密封,不能漏气,否则会变质。然后,将坛子倒扣在墙角的泥土上。如此封存的一坛"腌鸡",两三个月后便可开坛食用,开坛时清香扑鼻,抓一把浇油蒸煮,那浓香可口的味道,让人垂涎欲滴,催人食欲。

还有一种腌制的方法,将整棵的蔬菜洗净,放在一口大缸里一层蔬菜一层盐进行踩踏,直踩得蔬菜青汁淋淋,再压上一块大石头,称"水踏腌鸡",隔一段时间捞起来,蔬菜就变得黄灿灿、香喷喷,将汁水挤干切碎清炒,脆生生的,分外清香,味道鲜美。

这种自制的"腌鸡",各家各户都要腌制好几坛,排列在房屋的墙脚边,一坛接着一坛吃,一般都要吃到第二年春夏季新的"腌鸡"开始,如此循环往复不断食用。在乡下,家里有没有几坛"腌鸡",这似乎已成为过日子的一种标志。

岛上有句农谚称:"三天勿吃'腌鸡'汤,脚踝郎里酥汪汪。"意思是说,一个人如果数天吃不到"腌鸡"汤,两腿就会发软乏力,可见"腌鸡"已成为农家人的饮食习俗。要说这种自制的"腌鸡",还真是内容丰富,组合自由,色泽鲜明,实属乡村美味。它可以同各种各样的食品搭配着吃,如"腌鸡"豆腐、"腌鸡"小寒(豌豆)、"腌鸡"海鲜、"腌鸡"肉丝、"腌鸡"竹笋等。不管哪种做法,都不生不硬不涩不腻,绵软细润。尤其是"腌鸡"豆瓣汤,更是崇明岛上的一道出了名的特色菜。首先将干蚕豆用水浸泡,直至蚕豆发胀后剥成豆瓣,然后与"腌鸡"同锅烧汤,便成了素鲜加素鲜的"腌鸡"豆瓣汤。

"盐齑"古已有之。康熙四十九年崇明秀才沈溟,在《长吟》的五律中唱"书生家计足,瓮内有黄齑",把草头盐齑当作备荒的嘉蔬。乾隆二十七年崇明贡生,曾参与编修乾隆《崇明县志》的施涵,在《病中述怀》的七律中吟诵:"乱施芝术医无术,小试齑盐粥有功。"把草头盐齑当作养身治病的药膳。著于乾隆十八年的吴浏《崇沙竹枝词》有句:"随舡小菜草头齑,更带咸糟鳓鲞肥""'霉头'‘鱼饼'独堪夸,‘生果'‘油斋'细白虾。"

在我的童年时代,每逢冬天的农闲季节,农家人常常吃"腌鸡"泡饭。先是将一把"腌鸡"切成细末,然后拌合在米饭里一起煮成粥汤,在寒冷的冬天里,一家人热热闹闹地围在一起,吃着热气腾腾的腌鸡泡饭,一股热流迅速蔓延全身,从头到脚直透心脾。

如今家乡条件好了,种的蔬菜吃不掉,各种各样的山珍海味也在市场上随处可见,可供随时品尝,但农家人习俗难改,还是要腌制些"腌鸡",百吃不厌,并带进城里作为馈赠亲朋好友的"土特产",连一些知名饭店及宴席也作为特色菜肴,登上大雅之堂,让这既传统又普通的"腌鸡"作为一道独具魅力的美味佳肴传承不息。

故乡甜芦粟

一场绵绵的秋雨后,霞光初露,白雾缭绕,透着清凉。走在家乡的田间小路上,贪婪地深吸着新鲜空气,陶醉于自然。突然,被眼前一片绿绿的甜芦粟吸引了,那青翠的甜芦粟,经过雨水的冲洗,越发显得绿意盎然,我不由自主地用手掐了一根那带着雨露的甜芦粟,一股淡淡的清香直钻肺腑,让人动心。

崇明岛甜芦粟(俗称芦穄),在海岛种植历史悠久,明正德年间纂修的《崇明县志》上已有记载。崇明甜芦粟茎青、汁多而甜,肉质松脆。品种分为青壳、黄壳、黑穗、红穗和糖穄等近10种,糖穄品质最佳。甜芦粟含有碳水化合物、脂肪、蛋白质、铁、钙、磷等多种营养成分,据医学研究表明,常吃甜芦粟有降火、清肺、润肠等祛疾疗病之功效。近年又育成一种名为甘蔗芦穄的新品种,它既有甘蔗枝干粗壮的长处,又具有芦粟甜美、松脆的特点。

崇明岛有着得天独厚的生态环境优势,土质为标准的夹沙黄,最适宜芦粟的生长。这里家家户户宅前屋后,田间地头,随处可见。到了夏秋季节,正是甜芦粟成熟之时,满眼芦粟,红穗、黑穗随风摇摆,宛若款步而行的女子回眸,低眉浅笑,可谓乡村一道靓丽的风景。尤其是炎热的夏天,劳动回来,吃上一根甜芦粟,透心的凉爽,不亚于香蕉苹果或可口饮料,且方便又解渴。

崇明甜芦粟,一年中分两熟,一熟为春季种,夏季成熟;一熟为夏季种,秋季成熟。种植甜芦粟时,先得选好种、育好苗,待苗长到约一尺高时进行移栽,移栽后要精心照料,勤施薄肥,这样,100天左右成熟食用时能保质保甜。甜芦粟除了吃新鲜之外,到了晚秋,还可以将它收割后填在泥土里储藏,即在田地挖一个一尺多深的坑,将整根带壳带叶的甜芦粟填在坑中,上面盖上一层稻草和一层泥土,这样可以随吃随取,吃到春节前后。经填过的芦粟,其味道比新鲜的更甜脆。

记得小时候,生产队种植大片大片的甜芦粟,一到成熟期,那诱人的甜芦粟让你馋涎欲滴,香漫心房。那时乡下生活比较困难,缺粮少食,难以填饱肚子,每到此时,村子里的孩子们便躲进芦粟田地吃个饱作充饥,真是爽快极了。然而,在这个季节里,每当夜晚那摇曳的芦穗总让我们这些孩子们浮想联翩,"狼呀""鬼呀"地让你心有余悸,不敢独自出门。

如今在乡村,种植甜芦粟,除了自己食用外,有多半是作为一种副业经营的,于是那一片片翠绿的甜芦粟,让田园充满了诗意。它汁多味醇,清香可口,晶莹透亮,松脆易嚼,食后口齿留香,回味无穷。于是崇明甜芦粟在那琳琅满目的土特产中享有盛名,不管是外地人,还是市区的人到崇明来总要带上几根品尝一番,崇明人出岛走亲访友也总是带些作为馈赠亲友的礼物。

每当回到家乡,看到农家田地丰收的甜芦粟,一种情愫始终在心田脉脉流淌,便觉余味悠长,放飞一种温馨的遐想……

家乡田螺记情怀

每到春耕时节,就会想起小时候家乡崇明的田螺。

田螺,也称为螺蛳。春分前后,气温渐渐回暖,田螺在春雷阵阵、春雨绵绵中纷纷从河沟的水里爬出,在春水清冷的河沟边沿上舒展、缓行,形成浩浩荡荡的队伍,倒映在平如镜面的河沟水中,像人们外出踏青的样子,有着春天的欢欣和喜悦。

春分到清明前后,是田螺一年中最肥美的时节。此时,正值水田刚犁过,正准备插秧,才犁好的稻田,水浑泥浊,待沉淀一夜之后,就泥平水清了。次日晨曦初露,春寒料峭,我们结伴,拎着竹篮下田摸田螺。此时,清浅的水田里,密密麻麻,星罗棋布地爬满了田螺,它们正伸着软足,顶着硬壳,嘴里吐着小泡泡,十分可爱。那黑压压一片片、一簇簇小精灵似的田螺,成为春日乡村一道独特的风景线。此情此景,诱使人们迫不及待地卷起裤腿,脱下鞋子,不顾早春的清冷,下田去摸。其实,说是摸,实则是用两只手捧,用不了多久,就会满载而归了。这也是孩子们最为欢愉的时刻。

满竹篮的田螺拎回家后,将个头大的挑拣出来,小心翼翼地放在盆里,加满清水,待作食用。大约经过一天时间,二到三遍的换水清洗,田螺就会吐净体内黏液,即可食用。此时炒熟的田螺,没有土腥味,再加上那时的环境没有任何污染,田螺肉的味道特别鲜美纯正,可谓是一道让我们馋涎欲滴的美食佳肴。剩余的小的田螺及田螺壳用锄头敲碎,拿去喂鸡鸭,鸡鸭吃了田螺壳后会增加钙质,使蛋壳坚硬,鸡鸭肉和蛋的营养更丰富,味道更鲜美。

那时候的田螺是摸不光的,它的繁殖率极高,但遗憾的是,随着农田使用化肥和农药之后,生态环境起了变化,水稻田里的螺蛳渐渐地减少了,有的田间甚至已近灭绝,只是在河沟边还能看到极少的田螺。这也使我想到,现代社会的文明进步总是以一些东西消失灭绝为代价,这是我们处在现代社会中每个人不得不面对的无奈现实。然而,小时候在初春的寒风中下田摸田螺时嬉笑打闹的情景犹在眼前浮现,那飘散在春风里四溢的田螺清香始终在我的记忆深处。

崇明山药胜补药

秋冬果实丰收,其中最具明星气质的当属有补药之称的山药。

山药,终年生长在不见天日的土中,却有着一身曼妙柔嫩的白色,一点也不逊色于日光下雨露中垂在枝头的果实。有道是,常吃山药胜吃补药。山药各地均有栽培,是一种秋冬季节供应市场的食物。众多的山药中,崇明山药可谓是其中的上品。崇明地处江海交汇处的长江入海口,四季分明,阳光充足,雨量充沛,土地肥沃,空气湿润而纯洁。得天独厚的地理环境和优越的生态资源,农作物生长自然良好,更适宜山药的生长,养育出高质的山药。

崇明山药,形似佛手,也称"佛手山药"。它不但具有水净、地净、空气净的环境优势,而且是纯生态种植,为食疗兼备之蔬菜。它富含淀粉、碳水化合物、蛋白质、粗纤维、维生素、糖以及多种矿物元素和氨基酸,对止痛、助消化、益肺固精、滋补强身,以及治疗糖尿病、小儿腹泻等病症大有裨益,被列入药膳之列。常吃山药,对人体有非常好的保健作用,适合举家长期食用。

崇明山药,个头粗壮,肉质脆嫩,洁白如玉,切薄片,一炒就熟;切段块,一烧就酥。出锅装盘后,色泽鲜丽,看起来已是舒服,口感毫无滑腻之感,扑鼻的香味袅袅飘进鼻腔,风味独特,百吃不厌,沁人心脾。

崇明山药,是崇明的名特优蔬菜之一,是秋冬蔬菜中的珍品,不愧为崇明的金牌素品。

山药,也称薯蓣,以根茎入药。山药药用历史悠久,在《山海经》和《神农本草》中列为上品。其性味甘、平、温,具健脾、补肺、固肾、益精之功能,主治脾虚、泄露、久痢、消渴、遗精、带下、虚劳咳嗽等症,对糖尿病患者更具有独特的效果。《本草纲目》认为,山药"益肾气,健脾胃,止泄痢,化痰涎,润毛发"。山药营养丰富,可药可食,长期服用可以达到滋补养生,辅助治疗的双重作用。

据药理研究证明,山药的免疫抗衰老作用明显,能调节免疫平衡,有抗衰老、延寿的作用。山药中的黏液蛋白能预防心血管系统的脂肪沉积,保持血管弹性,防止动脉粥样硬化,并减少脂肪肝的发生。现在酒店餐桌里,有时会上一大盘,盛着玉米、山芋、山药、毛豆、花生、芋艿等,谓之五谷杂粮,可算作饭,也可算作菜。

秋冬季是食材最丰富的季节,在家乡,更是少不了崇明山药的。进了腊月,百姓家的厨房、院落,都成了崇明山药一展风姿的舞台,有滋有味的日子中总有它们的身影。

玉米锅巴

说来不怕见笑,我喜欢吃玉米锅巴。

何时养成这一嗜好,一时也难考证,只记得在崇明老家,对玉米锅巴,从小耳濡目染。那是父母在煮玉米面饭时,玉米面饭煮熟,锅里的饭吃完后,将剩在锅底的一层锅巴,洒上一些白糖,再用温火烤一下,一大张香喷喷、脆松松、甜滋滋的玉米锅巴出锅了,每当此时,我们兄妹几个各分上几块锅巴,吃的有滋有味,在那个年代,这着实是一种享受。

那时候,在崇明乡下,吃玉米锅巴是农家人的一道家常饭。人们把玉米磨成面粉后,将锅内的水烧开,并乘着水边开边将玉米面粉慢慢洒落到沸水中调匀,或在米饭煮熟后,再拌上一些玉米面,用微火烧片刻即可。但要使锅巴不焦不糊,味道可口,也是要有点技巧的,关键是掌握火候,不然,时间短了会夹生,时间过长会焦煳。同时,还要用土灶煮,而且要放在铁锅里煮,这样煮出来的锅巴口感纯真,原汁原味,特别的香脆。于是,在小时候,我们也常常依着大人们的样学做锅巴,却常因不得要领,煮出的锅巴不是煳,就是不熟,结果弄得一锅饭十分难吃。

然而,这香脆可口的锅巴,在"三年自然灾害"期间也曾消失过。那时粮食歉收,乡亲们由原来的玉米饭改成了玉米粥,而且薄得几乎成了汤水,因此,就难以作成锅巴了,很长时间没了踪影,只能在梦里解馋了。

如今,离开家乡多年,这种价廉物美的锅巴再也没见过,即使回家乡也难能见到。原因是,原先的土灶,现在已为液化气灶。原先的铁锅也由铝锅、不锈钢锅、高压锅替代了,连原先的玉米面也由大米和面粉所替代了,玉米锅巴似乎只能留在人们的记忆中了。

前不久,我回崇明老家,突然想起了玉米锅巴,便问及哥哥嫂嫂有没有玉米面,结果他们一连走了好几个邻居家,才要了一点玉米面,于是一家人忙着重开多时不用的土灶和铁锅,煮了一锅玉米面饭,终于过了一把吃玉米锅巴的瘾。品着香脆可口的玉米锅巴,童年的记忆又涌上了脑际,那种感觉与吃目前市面上流行的意大利馅饼、奶油蛋糕之类相比,实在不能同日而语……

我边吃边想并半开玩笑地说,随着崇明生态岛的开发建设,是否建议把玉米锅巴的技艺去申请专利,让正宗的崇明玉米锅巴不要失传,用以招待四方来客。

美食情浓

上海的美食孕育于传统文化,植根于千家万户,闪耀着中国劳动人民的智慧火花。作为"移民"集中地的上海有极大的兼容性,形成南北互补、东西交融、中西合璧、精彩纷呈的海派美食文化。我的家乡崇明,凭着独特的沙岛自然生态和田园风光,洁净的空气和水土,使美食绿色、无污染,原汁原味,在海派美食文化中独具一格。崇明美食可谓丰富多彩,其季节特征尤为鲜明,月月季季不断,月月季季不同,常换常新,一年到头,叫人口福不止。

"爆竹声中一岁除""总把新桃换旧符"。一到春节,家家户户都会忙于蒸年糕,这是崇明人一年中最有乡土味的一种节庆方式。每家每户一般要蒸几笼,小笼五六斤,大笼十几斤。年糕出笼可谓香飘十里,充满浓郁的温情气韵。看一看,让你"馋"意大生;闻一闻,使人馋涎欲滴;尝一尝,真是香醇糯软,直至吃到农历二三月。

"阳春二三月,草与水同色。"真正的春天终于来了,万象更新,草木返绿,各种野菜萌生,嫩嫩的、绿绿的,悄悄地从阡陌交叉的田野里钻出来,这是人们尝新的好时机。此时,田头、路边,会冒出无数嫩绿娇翠的野荠菜、马兰头。挑上一篮野荠菜,捣碎叶片,掺和肉末,手工做点馄饨、饺子,其味极其鲜爽。城里人常吃机器加工的"吉祥馄饨""大娘水饺"是没有这种美味的。若再挑上一篮马兰头,切细叶片,开水一烫,掺上豆腐干粒子,加味精、香油等调味品拌之,入嘴则清醇爽口,食后齿颊留芳,滋神养体。

到了清明时节,草头又上市了,取来跟面粉和弄,做成烧饼,可谓色香味俱全,白绿分明,清香诱人,风味独特。有名句曰:"山不在高,有仙则灵。"但此处可谓:"菜不在贵,新鲜则灵。"

"风老莺雏,雨肥梅子,午阴嘉树清圆。"又到初夏季节,芦苇叶子刚抽青,人们就去河沟边采上几把,随后裹上大米、红豆、枣子……蒸煮出来的粽子"冲天香阵透长安",满院满街充盈香郁的温馨气氛。粽子入口,香浓味美;粽子下肚,心安神泰。"小康人家"之乐趣可见一斑。

到了盛夏,甜芦粟、菜瓜可以采摘了,这也是岛上特产。尤其是甜芦粟,形如甘蔗,其秆则更细高,表皮披白色蜡粉,品种有"青皮白心""红皮红心"等,汁多、松脆,富含糖分,咬上一口,甜渗心田。

"秋高气肃,西风又拂盈盈菊。"金风送凉时日,崇明简直成了"美食天堂",山羊肉、蛏蜞、毛蟹、河鲫鱼、龙虾、田螺、白扁豆、赤豆、香芋、芋头……还有崇明特产金瓜,外形像甜瓜,呈奶黄色,皮特硬。如要食用,吃法较特殊,需把瓜切成对半,加水烧煮或上笼蒸煮，待熟取丝状瓜瓤，装盘加调料搅拌，品尝咀嚼时会感到异常清脆爽利，乃是上等佳肴。据说，金瓜的历史渊源，是在明代朱元璋时代，从西洋引进的，至今已有百年以上的种植历史。且金瓜含有维生素、蛋白质、碳水化合物、氨基酸等多种营养，经常吃金瓜，有提高人体免疫力，促进新陈代谢，延缓衰老之功效。

待到八月十五桂花放香时，轻轻打下其金色的花蕊，调配成桂花糕，又香又糯，甜而不腻，回味悠长。

稍后，便是九九重阳节，正是新大米收成之时，家家户户又忙着用新米做起重阳糕来。崇明人吃着重阳糕，生活节节高，好一派和谐安乐的景象。

崇明人最钟爱的美食中，还有那一年四季都少不了的"腌鸡"（即咸菜），是用雪里蕻菜、草头菜腌制成的，味道之鲜美，胜过任何佳肴，崇明人称之为"三天不吃腌鸡汤，脚踝郎里酥汪汪"，喝了腌鸡汤，手里脚里都添劲道了。

真是：一享家乡风味，慰藉思乡之情。

又到芋艿飘香时

我的家乡崇明岛,出名的土特产不少,其中,芋艿的知名度尤为居高。每到夏秋时节,在农家的房前屋后、田间地头、沟沿河边,到处都可见到碧绿青翠的芋艿田,芋艿叶或挨挨挤挤、或稀稀疏疏,一大片一大片,构成了乡村中特有的旖旎风光。

崇明岛的芋艿,当地人称香酥芋,它是一般的红梗芋艿在当地驯化、长期选育的结果,所以,吃口要比其他地方的芋艿香酥爽口,有粉质感,吃在嘴里别具风味,有那种独特的甘香、粉松、微甜的感觉。

春天,那尖尖的芋艿苗从地里悄悄地钻出,渐渐地张开圆圆的叶子挤来挤去,如倒立的小伞,有的平躺在地面,有的昂首向天。那嬉戏的蜜蜂、蜻蜓、蝴蝶,穿梭在嫩绿的叶间,寻找着它们自己的欢乐。

我犹喜那星空下、凉风微习的夏夜,来到芋艿地里,听那里传来的响亮但不烦人的蛙鸣,阵阵凉风,带来清香,沁人心脾。此时,遥望夜空,那满天繁星,一下笼罩四野,蒙蒙的天河以及天河两边的牛郎织女星都是那般银色的晶莹。

一场夏雨或秋雨过后,观赏芋艿叶,乡间也叫"芋艿荷",更是一番情趣,可谓是大自然俊美的一种享受,那片片芋艿叶聚集的水珠尚在,随风飘舞着,好像点缀在少女翠绿裙摆上的闪亮珠片。芋艿叶摇摆起伏着,小珠也跟着活蹦乱跳,像一群顽皮的孩童,风采动人,有时一下收不住脚步,就滚落到大地母亲的怀抱,顿时不见了踪影。

记得小时候,待到雨过天晴,我和邻居家的小伙伴,脱掉鞋袜,挽起裤管,钻进芋艿叶间,嬉戏追逐,打闹玩耍;有时也会探究妙趣,欢呼雀跃,笑声飞扬;更是有趣的是,我们也常把它做成一顶芋荷帽,戴在头上玩,不一会工夫,搞得浑身上下湿漉漉,脏兮兮的泥水沾满了脚和腿……

崇明岛的芋艿最有趣的是吃,而且吃法也有多种多样。按照家乡人的习惯,有单独煮着吃的,或是红烧着吃的;有同花生、毛豆、山芋等一起煮着吃的,或同鸡、鸭、鹅一起炖着吃的。尤其是芋艿烧肉,可谓是崇明岛一绝,实在要比板栗、菱角还有特色。将五花肉切成块,放入芋艿块,在土灶上,用微火红焖,大约半小时起锅,这芋艿则是粉嘟嘟的、糯糯的,外有肉汁相裹,吃起来似乎有一种清甜甘香的气息在其中。

芋艿自古是文人墨客的爱物,苏东坡赞曰:"香似龙涎仍酽白,味似羊乳更全消。"据说郑板桥就非常爱芋艿,有"闭门品芋挑灯,灯尽芋香天晓"的妙句。有首民谣曰:"深夜一炉火,浑家团圆坐。煨得芋头熟,天子也如我"。而在我的家乡崇明,每逢中秋佳节,全家人团聚在一起,边吃芋艿、边赏月、边唠家常……那情、那景,在这芋艿诱人的飘香中,溢出阵阵浓浓的乡情,让人陶醉。

如今,条件好了,对鸡、鸭、鱼、肉有吃厌的时候,然而,对我来说,芋艿总是百吃不厌。每每想起故乡,就想起故乡的芋艿,一股浓郁的芳香便扑鼻而来。

忆"吃扛聚"

过去在崇明乡间,生产队劳动起早贪黑,从早做到晚,一年忙到头,除了下雨天,没有休息天。有人别出心裁地想出了一个主意,隔三岔五吃扛聚,缓解劳苦和乏味的心境。

吃扛聚,实则是聚餐。吃扛聚的都是同村人,自愿组合,不分男女。组织者由大伙推荐,一般都由生产队长或生产组长担任,他们有号召力和组织能力。吃扛聚的经费按人头分摊,一次聚餐,平均每人花二三元钱。别看这二三元钱,这在当时算是一笔不小的开支,那时干一天活仅二三毛钱。刚开始时吃扛聚的人是极少的。

吃扛聚的菜肴,按人员多少来采购,并由大家商定,通常是买一只白山羊,或是猪肉,也有组织人员到河沟里去捉鱼,但崇明老白酒是必备的。所有的东西备齐后,大家动手,忙上忙下不亦乐乎,搬来桌子、板凳。在社场上支一口大铁锅,锅下柴火熊熊,上面阳光普照,顿时洋溢着欢乐的笑声。一会儿,一股诱人的香味散发出来,氤氲着整个社场的上空,放肆地侵入人们的味蕾。

当一碗碗、一盆盆热腾腾、烂巴巴、膻悠悠、白嫩嫩、香喷喷的山羊肉端上桌来,大家的脸上绽放着笑容,立马大块吃肉,大碗喝酒,似狼吞虎咽,从中也表露出海岛人粗犷、豪爽的性格。

吃扛聚也有称"吃讲聚"的,意为相聚在一起吃吃讲讲。大家围坐一起,边吃边喝,有说有笑,叙友情、谈农事、拉家常,绘声绘色,餐桌上的气氛融洽而和谐。半天下来,酒足菜饱,有的"醉眼蒙眬看世间",有的在家里懒得说话,吃扛聚时却谈笑风生,滔滔不绝,也有的吃喝得得意了,会玩上几把扑克,场面嘈杂喧闹,人声鼎沸,一片欢腾,其乐融融。在聚餐后的几天里,大伙干活,热情高涨,感到浑身特别的舒坦、轻松、来劲。

吃扛聚还曾流传着"打巴掌不放"的故事。据说,某日夜晚几个人在一起吃扛聚,正在吃得兴头时,突然间一阵风将煤油灯(当时农村没有电灯)吹灭。此时,为了不让大家乘黑贪吃锅里的菜,有人提出以拍手表示停止吃东西。然而,有位小伙子灵机一动,用一只手打巴掌,一只手夹菜吃,反正黑灯瞎火谁也看不清。后来人们以"打巴掌不放"来比喻贪吃或菜肴味道特别鲜美。

这种吃扛聚,刚开始时只有几个、十几个中青年人参加,后来随着经济条件的逐渐好转,参加的人越来越多,吃的菜肴也越来越丰富,热闹场面不亚于办喜事和过年过节。大家聚在一起,既联络了情感,又丰富了文化生活,给闭塞、寂寞、单调的乡村增添了一份乐趣。

花开花谢生命如流水。吃扛聚的经历已过去 50 多年了，而且连吃扛聚这一口口相传的词语也无资料考证。在如今喧嚣的尘世里，在"吃香喝辣"的时尚中，我却仍然怀念那时纯朴的充满民风民俗特有气氛的吃扛聚。